Alban Nikolai Herbst

Meere Roman

marebuchverlag

marebibliothek

Geschichten vom Meer

Herausgegeben von Denis Scheck

Band 10

Als der Maler Fichte im Juni 2002 nach Deutschland zurückkehrte, fand er sein Berliner Atelier unverändert. Irene Adhanari-Jessen hatte es in der Zeit seiner Abwesenheit betreut und der Galerist Nothelfer für die Finanzierung der laufenden Kosten gesorgt. Fichte sah als allererstes Julian Adhanari, seinen Sohn. Dann prüfte er seine bisherige Arbeit, erst monatelang in Berlin, daraufhin in Wisetka. Es galt zu sichten, was hält.

In dem umgestalteten Bunker und einem auf das Kliff führenden Streifen Wald soll dem Maler ein lebenslanges Arbeitsrecht eingeräumt werden. Dafür sollen nach seinem Tod all jene Werke ins Eigentum des polnischen Staates übergehen, die sich von Land und Bunker nicht ohne Zerstörung ablösen lassen.

Ein Wiedersehen mit Frau Adhanari-Jessen hat Fichte bis heute verweigert.

Wheel down, wheel down to southward;
oh, Gooverooska, go!
And tell the Deep-Sea Viceroys
the story of our woe –

Rudyard Kipling, Lukannon

Für Kavita-Janice Chohan

I

Hier hat sie oft gesessen. Hier hat sie sich einmal hinabstürzen wollen. Hier ist Irene am Leben geblieben. Vielleicht, weil der Delphin sprang. Eine, die aussieht wie sie, darf nicht sterben, Delphine wissen das, es kam eine Welle, nahm bückend Anlauf und hob den Nacken alle die zwanzig Meter hinauf, eine Wölbung aus Wasser und doch nicht aus Wasser, die sie zurückhielt und für zwei Wochen einem anderen Mann an den Hals warf. Woran Fichte selbst schuld war. Doch das ließ er sich von niemandem sagen. Nun reckt er seinen Schädel in die Hitze und trotzt Irene dem Meer wieder ab. Denn diesmal hatte sich keine Welle erhoben, diesmal hat nichts Irene zurückgehalten, sie hat sich in Seeschaum aufgelöst. Fichte umklammerte ihren Körper, und auch sie hielt sich fest, aber seine Gewalt tat ihr weh, er preßte zu sehr, sie mußte sich immer flüssiger machen und ist ihm durch die Arme geronnen. Auf seiner Haut letzte Bläschen, die platzten, er umarmte nur noch sich. So daß er ein drittes Mal hierherkommen wollte, wo seine indische Frau oft gesessen hat, auf diesen Felsen, der in die Arabische See blickt. Obwohl Irene ebenso wenig indisch war wie alles andere, das sie vorgab zu sein. Astrophysikerin, daß er jetzt lachen muß! Sie hatte vor, was Fichte einst begann: sich selbst erfinden. Sie studiere Mathematik, erzählte sie an ihrer beider erstem Abend, Mathematik und Astrophysik. Und sprach vom Kosmos, als stünde sie mit ihm auf vertrautestem Fuß. Sie saßen in Charlottenburg beim Italiener, und Irene sprach vom Weltall wie von Meeren. Sie erzählte, es gebe Ebbe im Nichts und Flut, und sie leuchtete so. Schon stritten die beiden, und die Gespräche der anderen rauschten um sie wie aus Muscheln.

Sie verabschiedeten sich. Sie stand auf Atemnähe vor ihm. Er küßte sie und sagte: «Ich will dich ficken, bis ich wund bin und du ohnmächtig wirst!» Damit schob er sie von sich, ließ sie stehen. Er flüchtete, auch wenn er sehr langsam, überaus arrogant davonschritt. Er fürchtete sich, weil eine junge Frau so uralt war. Erregt, aufgeregt, von Sinnen legte er sich auf seine Matratze ins Atelier. Es klingelte an der Tür. Da war es vier Uhr nachts. Irene hatte seine Adresse herausbekommen, Linienstraße, aber sein Name stand nicht auf dem Klingelschild. Sie hatte unten in der Kneipe den Kellner bekniet: «Wo wohnt Fichte?»

Wenige Wochen später nahm er Irene die beiden silbernen Delphine ab, die sie an den Ohrläppchen trug, und steckte ihr die Goldblättchen hinein. Sie scheute, und er lachte, weil die Prozedur eine so linkische Fummelei und in gar keiner Weise zeremoniell war. Dennoch sagte Irene: «Jetzt hast du mich zur Frau gemacht. Silber ist für Mädchen.» «Silber ist Reinheit», sagte er, «es gibt keinen schlimmeren Begriff in der ganzen Geschichte der Menschheit.» Heimlich zog sie die Stecker immer wieder heraus, steckte sie immer wieder hinein, war erstaunt, tastete. Es war, als hätte sie einen neuen Körper bekommen. Wie hätte er ahnen können, daß sie eines Tages zu den Delphinen zurückkehren würde? Er begreift es immer noch nicht, legt sich die Gründe zurecht, wie seit je bleibt ihm nichts anderes übrig, als Splitter und Schutt und Spolien in Weltentwürfen zusammenzufügen. Nun geht auch Irene in die Materialschlachten ein, die seine Ateliers und schließlich diesen Bunker füllten, zusammengebacktes Acryl, Sand, Ölfarben, Leinwände und Steine, Leimplakken und all diese Fotografien, die Fichte hineinbetoniert hat. Zwar sieht es noch heute so aus, als würde der Boden das tragen, aber das ist Täuschung, wie alles, was mit Fichte zusammenhängt, nichts als eine Täuschung ist. Während er endlich beim Arbeiten schreien konnte, ohne daß verstörte Nachbarn gleich die Polizei alarmierten, wollte er nicht sehen, daß Irenes Fußsohlen bluteten, sondern hieb seine Farben händevoll in Gemälde, die immer gröber wurden, genauer zwar, doch massiver, er weiß es ja: unmenschlicher, die endlich, nahe Wisetka, in den Naturpark übergingen. An dessen Strand Irene meinte, bei guter Sicht Rügens weiße Kliffs herüberleuchten zu sehen. Das war völlig unmöglich. Sie aber sah sie.

Schweigend schaute sie ganze Stunden auf die Ostsee hinaus. Und Fichte – er hatte den aufgelassenen Bunker entdeckt – merkte nicht, was mit Irene und ihm geschah. Sondern wütete, indem er das Gewölbe umzugestalten begann und Leichen aus ihm hinausmalen wollte, die er selbst hineinprojezierte. Sie sollten nicht umsonst verreckt sein, die Zwangsarbeiter und Probanden, an denen sein Großvater ungerührt vorbeigeeilt war, besessen vom biomechanischen Zukunftsmenschen.

Angler hatten Irene aufgefischt. Sie war völlig unterkühlt, aber wollte keinen Arzt, nie hat sie einen Arzt gewollt, nicht einmal, wenn sie hohes Fieber hatte. Sie hat Ärzte immer gehaßt und daß jemand Fremdes in sie hineingreifen durfte. Sie legten sie in Fichtes Studio auf die Matratze, die Leute gingen, und sie lächelte.

«Ich habe einen Delphin gesehen.»

«Unsinn, nicht in der Ostsee.»

«Doch, Fichte, ich habe ihn gesehen.»

Sie lächelte die ganze Nacht und schlief, denkt er sich, mit offenen Augen. Am nächsten Morgen, heftig, umarmte sie ihn, wurde schwanger. Und ist, fast drei Jahre später, ein zweites Mal ins Meer gegangen.

II

Delphis und delphys. Irene hat sich selber *Indische Göttin* genannt, indischegoettin@web.de. Fichte lächelt wieder, weil Irene sich in seinen Wahn so hineinzuschmiegen verstand. Nicht, daß er ihn wirklich für einen hielte, denn alles ist Wahn: was wir sehen, sehen können, was wir denken, wie wir fühlen und was wir glauben, wo Recht und

Unrecht sei. Aber noch nie hatte eine Frau so willentlich-ausschließlich seine Visionen betreten und sie mit sich und ihrer Begeisterung gefüllt. Dem gab er sich von allem Anfang an hin. Auch wenn er distanziert blieb, Irene immer wieder zurückschob. Es verletzte sie damals, daß er so selten bei ihr übernachten wollte, daß er immer aufstand gegen drei oder vier, damit er spätestens um sechs in seinem Atelier in Mitte war. Vielleicht wollte er sie nicht seinem Chaos aussetzen, so daß sie ihm nicht weglief. Vielleicht genoß er aber auch die Macht, die er über sie hatte, wenn er sich entzog. Außerdem gab es Lu, sie rief morgens beinahe täglich an. Er wollte sie auf keinen Fall verlieren, aber je mythischer Irene sich machte, desto hilfloser taumelte er. Das erste, was sie ihm, nachdem sie miteinander geschlafen hatten, ins Ohr leckte, war: «Fichte, du wirst mich nie wieder los.» Er hat diese Erfindung geglaubt, hat sie selbst dann noch geglaubt, als Irene ihn lange später fragte, ob er sich ihrer wirklich so sicher sei. «Fichte, du wirst mich nie wieder los.»

Sie waren einander bereits am ersten Abend verfallen, auf den ersten Blick, wie man sagt. Obwohl Irene ihn bereits *vor* dem ersten Blick gespürt haben will: Sie habe ge*fühlt*, daß Fichte die Galerie betrat. Daran hielt sie über vier Jahre fest. Und hatte sich endlich umgedreht und ihn angesehen. Er war gekommen, um Stendels erste große Vernissage mitzufeiern, Galerie Nothelfer – allein schon der Name! Alles wird Bedeutung, wenn einer es bedenkt.

Und da stand sie dann. Abgerissene, ihr viel zu große Lederjacke, das dunkle, geölte Haar zurückgebunden, über den hoch angesetzten Wangenknochen feine Aknenarben in die Haut geätzt, aber das sah man erst, wenn man die Haut schon roch. Irenes Schläfen bis von den Kiefern hoch von Moos überhaucht. Wie kann eine Frau so behaart sein, hat Fichte später immer wieder gedacht, selbst zwischen den Brüsten hätte sie zupfen müssen, aber das tat sie nie und hat sich ebenso wenig von ihrem Oberlippenflaum getrennt. Bevor Irene, seinetwegen, ihr Geschlecht zu rasieren begann, wuchs ihr aus einer dünnen, nabelabwärts führenden Garbe ein Busch wie ein Dschungel über den Schamgrund in den Damm bis weit hoch zwischen die Hinterbacken. Er konnte es nicht fassen. «Knie dich hin. Beug dich vor. Zeig mir deinen Arsch. Zieh die Backen auseinander.» Sie tat es, tat es oft, es war im ganzen ersten Jahr Ritual. Das fing schon an, bevor sie, auf ihm reitend, ihm «Schlag mich bitte, schlag mich ins Gesicht» abverlangt hatte.

Sie sprachen lange nicht. Gingen aufeinander nicht zu, sondern verharrten. Sie wandte sich weg. Er plauderte ein wenig mit Nothelfer, der ihn beharrlich umwarb. Doch wollte er nicht von Kreienhoop fort. Selbstverständlich verriet ihn auch der und kündigte ihm fünf Jahre später die Vertretung. Er fragte Nothelfer nebenhin, wer das sei, die junge entrückte Frau.

«Sie sind ein Romantiker, Fichte. Ihre Kritiker haben ganz recht.»

«Können Sie mich ihr vorstellen?»

«Fragen Sie mal besser Ihren Protegé.»

«Stendel?»

«Das wissen Sie nicht? Sie ist seine Freundin.»

Das war Fichte unangenehm, er war Thomas auf etwas väterliche Weise verbunden. Der junge Mann hatte ihm seine allerersten Arbeiten gezeigt, er hatte seine Entwicklung gefördert, soweit ihm das möglich gewesen war. Doch Stendel hatte nie von Irene gesprochen.

«Aber vielleicht haben Sie Glück», setzte Nothelfer hintennach, «ich habe gehört, daß die beiden sich trennen.»

Fichte bahnte sich einen Weg durch all die Schwätzer, von denen er abhängig war. Derentwegen er unter jähen, fast irrationalen Ausbrüchen litt. Anerkennung, Anerkennung! Fieber! rief er, Gewalt! Bis er sich, nachdem Irene endgültig fort war, in eine knochenhafte, fensterlose Hütte in den Süden Siziliens verkrochen hat wie einst sein Vater auf die Balearen. Fünfzehn Jahre lang lebte der bei Cas Concos, Felantix, Steine nur und Kakteen, nur Wüste, und wollte nicht mehr sprechen. Bis er umfiel mit sechzig, ein Hirnschlag, da war er tot. Wirklich hatte Fichte die Vision, seines Vaters alte Finka suchen zu müssen und sich, wenn es sie noch gab, darin zu vermauern. Dann aber hätte jeder gesagt, typisch Fichte, noch aus dem Verlust seiner Liebsten macht er ein pathetisches Symbol. Diesmal wäre daran etwas gewesen. Deshalb hält er seit bald zwei Jahren auf der Costa dell'Ambra Ausschau nach ihr. Auf einem anderen Kliff, einem bernsteingelben. Wehrhaft ragen die bizarren Felssedimente ins Meer. Fichte hat sich einen Sonnensitz darin eingerichtet, den ein Parasol aus fester Gaze überspannt, die ihm der Wind jeden Monat zweimal zerreißt. Dreivier Tage lang war er in dem klippenartigen Hang herumgeklettert, bis er etwa fünf Meter unter dem einen der beiden Plateaus die kleine grottenartige Aushöhlung fand. Er nennt sie seine Kapelle. Dort sitzt er stundenlang auf dem weißen Klappstuhlplastik und wartet. Bis er das Rauchen wieder aufgab, immer die Zigarren neben sich. Er paffte gegen den Wind an, der ihn das gar nicht genießen ließ, und stellte sich vor, auf Irenes Spinneninsel in Palolem zu hocken oder in Polen auf seinem Kliff. Denn es gibt hier, gleich rückseits der Straße, sogar ein Haff: eine jetzt, Anfang Februar, wassergefüllte Lagune, einen *pontano*, der innerhalb von weniger als drei Monaten, weil der ehemalige Zufluß zum Meer zugeschüttet und überbaut worden ist, verschlammen und wie ein Wadi austrocknen wird, der ganze Grund in harte, sandgrüne Schollen zerplatzt.

«Stimmt das, Thomas, daß ihr euch trennt?»

«Scheiße», sagte der und hob sein Beck's, «das Leben ist Scheiße.»

«Du kannst dich wirklich nicht beklagen, es sind alle gekommen, die wichtig sind.»

«Wer ist schon wichtig.»

«Also ihr trennt euch?»

«Das haben wir beschlossen, ja.»

«Dann hättest du nichts dagegen, wenn ich …?»

Stendel sah Fichte fast mitleidig an, als dächte er, was willst du alter Kacker von so einer Jungen? Keine Chance, Mann, nicht die Spur von Licht.

«Also von mir aus …»

Er ahnte nicht, daß er längst verloren hatte, daß er seine Freundin jäh losgeworden war, als Fichte bei Nothelfer eintrat. Sowieso hatte fast keiner was mitbekommen. Irene, sicher. Und Fichte selbst. Er hatte sich schließlich viel mit der Erde, mit dem Erdmantel, beschäftigt, die «Vier Pfeiler», an denen er damals für die Nerthus-Serie gearbeitet hat, die Farbe Gelb, die ihn hier auf Sizilien unfaßbar – er möchte sagen: zum ersten Mal *wirklich* – umgibt, der Stein, der ihn schon früh umgetrieben hat und der auf den Bildern nie halten wollte, erst in Wisetka ist Fichte das Unmögliche gelungen. Er hat für das Unmögliche, die Höllenpaläste, mit Irene, der Möglichen, bezahlt. Und bereut es. Wird bald wahnsinnig darüber, daß es nichts mehr nutzen würde, schlüge er mit einem Vorschlaghammer auf seine Paläste ein. Er würde sie zertrümmern, jetzt, da sie fort ist.

Er sah Irene nicht mehr, vielleicht hielt sie sich in einem der anderen Räume auf. Er suchte. Irene blieb verschwunden. Stendel fragte: «Du kommst doch noch was essen mit?»

Zögernd, weil sie nicht mehr aufgetaucht war, folgte Fichte Nothelfer, Stendel, Müller, den beiden Schwarzers, drei ziemlich albernen Kunststudentinnen und noch ein paar anderen Typen. Schweigend gingen Stendel und er nebeneinander her durch die enorm warme Mainacht. Fichte verkniff sich, Stendel zu fragen, wo Irene abgeblieben sei.

Es war ein kontinentaler, meerferner Frühling.

Fast eine Dreiviertelstunde lang saß Fichte mürbe und nervös zwischen den Leuten im Restaurant. Mit Vampiren hatte Kalkreuth, professionell gesehen, 1975 begonnen, «Der Vampir, op. 1 – op. 29». Aus dieser frühen, sogenannten phantastischen Phase waren die ebenfalls musikalisch gezählten Biomechanoiden entwickelt. Auch von denen hatte Fichte sich abgewandt. Er hatte aus Fichtenrinden leere Rahmen gebaut und bemalt und hatte die Rahmen niemals bespannt. Sie waren Pforten, die Kunst hockte dahinter, als sähe man verkehrt herum durchs Objektiv. Einmal hatte er die korkige Haut eines ganzen uralten Baumes verarbeitet und weit dahinter sieben abgestoßene Schaufensterpuppen mit Kinderschuhen und Altkleidern viertels in Beton eingegossen. Mit Briefen und Fotografien aus den späten Dreißiger, den frühen Vierziger Jahren. «Erinnerungen an Cas Concos». Keiner verstand, weshalb die Installation so hieß, die er in Anlehnung an Vostell, gleichsam als Hommage, Environment nannte. Einige Kenntnislose fanden sie zynisch. Aber sie machte ihn bekannt. Documenta 1982. Spätestens seit diesem Jahr gab es Julian Kalkreuth nicht mehr. Seither gibt es nur noch Fichte.

III

Und dann kam sie doch. Sie hatte in den zahllosen Kneipen der Gegend gesucht, war bloß auf der Toilette gewesen, das hatte, weil Fichte erschienen war, nun länger gedauert, Lippenstift, Eyeliner, der spitze Endzug an den Brauen. «Ich hatte wirklich nicht vor, dich zu treffen, ich wollte endlich einmal alleine bleiben. Seit ich dreizehn war, hatte ich immer einen festen Freund, immer war einer da, der unbedingt auf mich aufpassen wollte.» Sie habe extra die ältesten Klamotten genommen und sich nicht einmal geschminkt. «So. Jetzt bleib ich erst mal für mich.» Die Zeit mit Thomas habe ganz plötzlich keine Rolle mehr gespielt, erzählte sie ihm, ein paar Tage später, geradezu erlöst sei sie gewesen und habe sich auf ein neues, ungebundenes Leben gefreut. Obwohl Stendel und sie noch zusammen wohnten, «na gut», sagte sie, «das läßt sich ändern. Es will ja nicht nur einer fort.»

Doch ihr junger Künstlerfreund hat ihr in dieser ersten Nacht das Radio zertreten, als sie ihn wegen Fichtes Adresse fragte, die er ihr selbstverständlich nicht gab. So telefonierte sie herum, ganz egal, wie spät es war, und der abgelegte Gefährte tobte in ihrem Zimmer. Sie zog die Wohnungstür hinter sich zu und pfiff sich ein Taxi.

«Fichte, ich konnte gar nicht anders. Es gab nichts mehr, was ich so wollte wie dich.» Aber wütend sei sie gewesen, daß Fichte sie derart leer hatte in dem Lokal stehen lassen. «Was ist dir eingefallen? Solch eine Unverschämtheit hab ich noch von keinem erlebt! Das kann doch gar nicht sein, daß du das nicht auch gefühlt hast, dieses Zupacken, eine Hand direkt ums Herz, die andre mitten in den Schritt. Mir noch *so*was zum Abschied zu sagen ... und es dann nicht zu tun!»

Wenigstens habe sie immer Schminkzeug bei sich in der Tasche, so habe sie sich auf der Toilette herrichten können. Aber als sie dann in Nothelfers Ausstellungsräume zurückgekehrt sei, habe sie Fichte nicht mehr gesehen und Thomas nicht und sonst auch keinen, den sie kannte. «Ich hab gedacht, mir bleibt die Luft weg, mir war absolut elend. Du durftest nicht einfach so weg sein!» Aber es seien noch massig andre dagewesen, sie habe sich bei denen durchgefragt. Wir seien essen gegangen, erfuhr sie.

«Wohin?»

Das nun wußte man nicht. Also hatte Irene Kneipe für Kneipe, Lokal für Lokal abgeklappert und Fichte schließlich gefunden, der sah sie erst nicht, denn er saß mit dem Rücken zur Tür. Plötzlich lag Irenes Hand auf seiner Schulter, drei Tische waren aneinandergestellt, Fichte saß rechts fast am Ende. Und Irene, indem sie das Kinn hob, sagte zu seinem Gegenüber: «Da sitze *ich* jetzt.» Das war derart unwidersprechbar, daß Klaus Schwarzer tatsächlich nicht etwa nur beiseiterückte, sondern wortlos aufstand, um am anderen Tischende Platz zu nehmen. Ganz verwirrt blickte ihm seine Frau hinterher. Man mußte sogar, damit sich der Wechsel vollziehen konnte, zwei der Tische ein wenig auseinanderrücken, und Irene, nachdem

Schwarzer hindurch war, schob sich an Fichte vorbei und rieb, indem sie sich bückte oder sonstwie, ihre rechte Brust an seiner linken Schulter. Das hat sie fortan immer wieder getan, sie liebte es, er liebte es, daß sie sich in ihn einhakte und ihn dabei so an sich drückte, daß sein Oberarm während des gesamten Spaziergangs ihre Brust liebkoste. So gingen sie oft halbe Stunden, und Irene wollte nicht sprechen. Fichte hingegen redete und redete, sprach von seiner Kunst und sprach von Musik. Brachte Irene ins Atelier, in dem er auf der breiten Matratze auch schlief, unmittelbar vor dem Zeichentisch, auf dem Kataloge, Skizzen, Papiere gestapelt waren, eine Art wüster Ablage, solange er sich, meist mitten im Raum auf dem Boden, mit seinem Projekt beschäftigte. Er arbeitete nie auf der Staffelei, dazu wurden die Bilder schnell zu mächtig. Bevor er allerdings an etwas neues Neues ging, zeichnete er präzise Entwürfe auf dem Tisch, wochenlang manchmal, doch ohne sich später um die Entwürfe zu scheren. Jedesmal vorher räumte er den Tisch penibelst auf. Vor jedem Anfang steht die Ordnung. Erst das Leben, indem es sie zerstört, gibt ihr Luft. Stift liegt an Stift und Tube an Tube, und was sonst noch die weite Fläche begrenzen darf, hat sich Kante an Kante und Stoß auf Stoß zu disziplinieren. Du kleidest dich in Anzug und Krawatte, achtest darauf, daß die Schuhe geputzt sind, nimmst ein Blatt und legst es seitenparallel zur Tischkante, senkrecht zu den Stiften und randparallel mit Tuben und Lineal. Jetzt erst bist du bereit, jetzt erst faßt du vorsichtig die Kohle und führst einen ersten Aufstrich durch. Von dem du genau weißt, daß du ihn tilgen wirst eines Tages, da stehst du mit den Füßen im Farbmatsch. Und der Anzug ist beiseitegehängt.

«Ich habe», sagte Irene, «von dir schon gehört.»

«Tatsächlich?»

«Thomas hat von dir erzählt. Ich glaub, er verehrt dich.»

«Das wäre was Neues.»

«Na komm schon. Du weißt das genau.»

«Ich?»

«Und genießt es. Übrigens habe ich dich auch schon einmal gesehen, auf einer Ausstellung in Mainz.»

«Mainz?»

«Da komm ich her.»

«Du wirkst nicht nach Rheinland.»

«Mein Vater stammt aus dem Punjab.»

«Du nicht?»

«Ich bin in Rüdesheim geboren, meine Mutter arbeitet beim Finanzamt.»

«Und was tust du in Berlin?»

«Ich studiere Astrophysik.»

«Ich habe Sternkarten gemalt.»

«Ich weiß. Jedem Samenkorn enspricht eine Sonne.»

«Fast.»

«Wie heißt noch mal das Bild? Thomas war voll begeistert davon.»

«Das geheime Leben der Pflanzen.»

«Irgend ein alter Philosoph ...»

«… ein Arzt: Robert Fludd …»

«… hat dich darauf gebracht. Ich interessiere mich für Philosophie.»

«Hast du eine meiner Karten gesehen?»

«Nein.»

«Überhaupt was von mir?»

«Nur Abbildungen. Aber deine Sachen sollen riesig sein.»

«Gegen das Weltall sind sie winzig.»

«Du giltst als megaloman.»

«Ich gelte als vieles.»

«Bist du das?»

«Was?»

«Größenwahnsinnig.»

«Ich entspreche der Ordnung der Dinge.»

«Das ist keine Antwort.»

«Ich bin ein Suchtcharakter.»

«Wonach bist du süchtig?»

Fichte zögerte. «Nach Genuß», sagte er dann, weil er die ganze Zeit überlegte, wie er Irene ins Bett bekam. «Ich bin Genußmensch.»

Eigentlich interessierte ihn dieses Gespräch nicht. Längst führten sie es auch gar nicht, sondern lockten.

«Sucht und Genuß», erwiderte Irene, es klang beinah ärgerlich, «schließen sich aus.»

Fichte, ebenfalls heftiger: «Durchaus nicht.»

Irene hob die Stimme, sagte entschieden: «Durchaus.»

Um beide das Rauschen in Muscheln.

«Hast du an Meere gedacht?» fragte sie dann.

«Wieso Meere?»

«Weil der Kosmos eines ist. Wale kreuzen darin. Die Astronomie nennt sie Kometen. Delphine zum Beispiel kommen vom Mond. Kennst du Cortázars Text über das Observatorium von Jaipur? Ich hoffe, man kann auf deinen Bildern die Wellen erkennen.»

«Die meisten erkennen nur Punkte, Linien und Zahlen.»

«Damit machst du mir keine Angst.»

«Wieso sollte ich dir Angst machen wollen?»

Irene hob das Gesicht und sah ihn an. Ihr Lächeln erinnerte an Nofretetes Kopf aus der Ägyptischen Sammlung, ganz diese muskulös-weichen Lippen. Irene hat immer feucht geküßt, mit leicht geöffnetem Mund, auch dann, wenn sie nicht begehrte, auch einfach nur zum Gruß. Immer war es, als küßte sie von innen.

«Übrigens», sagte sie, «wärst du nicht megaloman, wärst du mir egal.»

«Das bin ich nicht?»

«Wie soll ich dich nennen?»

«Fichte.»

«Und wie heißt du wirklich?»

«Fichte.»

IV

Ist sie durch die Pommersche Bucht zum Sund ins Kattegat geschwommen? Durch den Skagerrak in die Nordsee, den Atlantik, ins Mittelmeer und weiter durch die Sizilische Straße ins Levantinische Meer, weil sie nicht die Ströme um Afrika reiten, weil sie den Suezkanal durchschwimmen wollte, um möglichst schnell nach Hause zu kommen zu ihrer indischen Spinneninsel? Haben sie die kleinen, lächelnden Wale über den Golf von Aden geleitet und aus dem Roten Meer in die Arabische See, wo sie zu Füßen des Felsens vor die ins Wasser sinkende Sonne springen, damit Irene das Mondweh füllte, woraus ihre erdschwere Schönheit rührt? Nahm sie einen ganz anderen Weg, ist nach Amerika geströmt, in die Südsee? Schwimmt vor den Neuen Hebriden, den Inseln von Tubuai? Überall hat Fichte sie gesucht. Auch wenn er in Wahrheit über Sizilien nicht hinausgelangt ist. Das ist *seine* selige Insel, sein Palolem, wenngleich schon wieder ein Kliff. Er hat alles zurückgelassen, das Atelier in Berlin, Wisetka und die Höllenpaläste im Bunker, in dem, wie er lanciert hatte, die Menschen an medizinischen Experimenten verreckt waren. Er hat sich in dieser Hütte verkrochen, die ihm ein armer Bauer vermietet, der ihn täglich übers Ohr haut und völlig recht damit hat. Wahrscheinlich ist er bloß Landarbeiter und die in die wuchernden Stauden hineingedrückte Hütte gehört gar nicht ihm. Ab Juni hängen die Tomaten schwer wie Hoden in der Plantage. Hier wartet Fichte, hier haust er, einem alten Bukanier gleich, der täglich das Kliff hinaufspaziert und hoch über der Brandung aus einem inneren Fernrohr aufs Meer späht, weil er die alten Kameraden fürchtet, die ihm das Letzte nehmen wollen, woran er sich hält: die Seekarte seiner Erinnerung ... nicht, um sich auf die Suche nach einem Schatz einzuschiffen, schließlich täuschen die hingekritzelten Koordinaten die Lage einer Insel nur vor. Sondern um den Plan zu zerreißen. So sucht Fichte die Küste ab und ist überzeugt, in Palolem auf Irenes Felsen zu sitzen, als hätte er einen Dschungel im Rücken, in dem sich die riesigen Spinnen sammeln, um ihm den Weg abzuschneiden.

Aber es ist Februar, und er ist nicht dort, sondern hier. Nachdem es ewig geregnet hat in den letzten beiden Monaten, trocknet das Land unter der täglich höheren Sonne wieder aus. Es tut Fichte wohl, die feuchtgewordenen Wände seiner Bleibe für ganze Tage verlassen und herumwandern zu können. Bisweilen fährt er an das Strandstück vor der Isola delle correnti und stapft durch die Dünen, badet sogar und läßt sich von der Sonne trocknen, während er zu dem kastellhaften Aufbau hinüberblickt, der das nächtliche Seefeuer trägt. Bisweilen fährt er nach Portopalo, um in der Tavernetta del porto die hierorts leicht scharfen Spaghetti al nero di sepia zu essen. Mit ein paar Menschen zu sprechen. Er hält zu schweigen ja doch nicht durch, wenn auch seine Hütte der mallorquinischen Finka immer ähnlicher wird. Fichte hat sogar zu aquarellieren angefangen, ganz durchsichtige Bildchen sind das, man erkennt fast nichts darauf. Derart türkis leuchtet das Meer. Hin und wieder schleppt er die Staffelei aufs Kliff, doch meist sind die Winde dort oben zu heftig. Fichte hat, wie sein Vater einst, die Unterkunft elektrifiziert, hat zum Spott der Tagelöhner, die sich ihren Strom von der Straße klauen, zwölf Autobatterien parallelgeschaltet. Er könnte sich den Stromanschluß leisten. Will aber nicht. Immerhin hat er ein norditalienisches WC hergeschafft. Die reinste Schufterei, den Sanitärkomplex anzulegen. Er kam sich fast wie in Wisetka vor, nur daß hier alles unter freiem Himmel geschieht, und der Boden ist viel zu hart, um Schächte hineinschlagen zu können. Mit welchem Kopfschütteln die Landarbeiter Fichtes Bemühen quittierten, zumal er sich nichts sagen ließ. Man wechselt eh nur hie und da ein Wort. Es ist schwierig mit dem Wasser. Also eine Wasserleitung wäre kaum zu bezahlen. Deshalb hat er auf der Höhe neben ihm eine Zisterne und etwas tiefer die Latrine ausheben und beider Wände mit Beton ausgießen wollen. Beton gehörte seit langem zu seinem künstlerischen Material. Nun wollte er es praktisch nehmen. Besorgte sich, als er endlich aufgab, zwei Badewannen, die stellte er statt dessen auf. Außerdem wuchtete er ein wenig tiefer einen vernickelten Blechtank vor das Kliff, den er über einen Schlauch mit seiner Zisterne verband. Aus einem zweiten läuft das Wasser direkt in das Becken über dem Duschkopf, das Duschwasser sammelt sich und wird über ein Rohr zur zweiten Wanne hinuntergeleitet, in die Fichte täglich den Spülicht hinzukippt und aus welcher sich die WC-Spülung speist. Das reichlich schiefe Toilettenhäuschen hat er selbst gezimmert und ein Abflußrohr zum Meer verlegt. Ist dann aber, ein dreiviertel Jahr später vielleicht, dazu übergegangen, seine Notdurft direkt am Wasser zu verrichten. Wahrscheinlich würde heute auch er, was er an Irene einmal scharf kritisierte, sein Bier aus der Flasche trinken. Irgendwann hört Zivilisation auf, von Bedeutung zu sein. Selbst für Fichte. Er hat zum abermaligen Kopfschütteln der Sizilianer den felsigen Strand der kleinen Bucht von weggeschmissenen Plastikflaschen, Tüten, sogar von Waschmaschinenskeletten gereinigt, den Müll verbrannt und den Schrott mit einem geliehenen Kleintransporter auf eine Halde gebracht. Bald wird er wieder die riesige Plane spannen, um die Feuchtigkeit aufzufangen, die der Scirocco nachts mitführt oder ein gewöhnlicher Seewind und die über eine Tülle in die überdachte Zisternenwanne rutscht. Doch der aufgefangene Dezemberregen hat bis heute vollauf gereicht. Außerdem darf sich Fichte nicht selten seine Wasserkanister in der Plantage füllen. Fürs Trinkwasser muß er mit seinen Flaschen ohnedies alle drei Tage ins Örtchen Maucini, wo er sich am öffentlichen Brunnen bedient oder im winzigen Lebensmittelladen zwanzig Plastikflaschen Acqua minerale kauft.

Und Fichte hätte Käse im Krug für Irene und Brot und den Aufschnitt im Kühlfach, das er mit einem Riesenaufwand in den Hüttenboden gestemmt hat. Sogar Musik könnte er machen, das Transistor-Gerätchen empfängt MTV. Warum soll sie nicht ihren Pop hören, wenn sie nur wieder zurückkommt? Wer kann noch wüten nach zwei Jahren Trauer? So lange ist es her, daß sie fort ist.

Es soll auch hier Delphine geben, Tümmler und Rundkopf-, auch Streifendelphine wie den einen, der damals vor Grodno angeschwemmt worden war. Doch Fichte sah hier nie einen springen. Am Horizont fahren nur immer die riesigen Tanker vorbei. Er hätte sich andernfalls sowieso vorgemacht, Irene sich unter ihnen tummeln zu sehen. Das vergißt er nie, wie sie erzählte, bei ihrer ersten Indienreise – da kannten sich beide noch nicht – sei sie aus dem Boot gesprungen, einfach so, mit allem, was sie trug, als sie den ersten wirklichen Delphin ihres Lebens sah, vielleicht einen Tümmler, vielleicht einen Schweinswal, und habe versucht, zu ihm hinzuschwimmen. Aber er habe sie nicht an sich herangelassen. Sie sei geschwommen wie irre, nie habe sie eine Notwendigkeit gespürt, schnell zu sein, nie vorher, nie wieder nachher. Der Delphin sei weggewesen, ganz einfach, und sie habe, im Wasser, geweint. «Es hätte nicht viel gefehlt, und ich wäre ertrunken.» Dabei habe sie ihn nur einmal berühren wollen, nur fühlen, wie sich das anfühlt, wenn einer vom Mond kommt. «Ich habe mich auf ihn nicht genug konzentriert, es ist ganz falsch gewesen zu kraulen. Wäre ich langsam, Fichte, langsam, wäre ich einfach nur geschwommen, er wäre nicht geflohen vor mir. Er hätte es nicht mit der Angst gekriegt.»

Hat Fichte deshalb mit dem langsamsten Geschöpf gelebt, das ihm je begegnet ist? Alles, was Irene tat, dehnte die Zeit, indessen für ihn zwischen Entschluß und Durchführung gar kein Unterschied war. Er hatte eine Idee, er setzte sie um, meist hatte er mehrere und stürmte allen gleichzeitig nach. Nie, schon nicht als Kind, hat er stillsitzen können, stand immer unter Spannung. Ganz selten die Momente, daß er ruhig war, eine Zeit lang müde; nachts fiel er sofort, geradezu abrupt, in Schlaf, erwachte, sprang hoch und war laut und hell und schon getrieben. «Sie sind wundervoll, wenn Sie so sind», sagte Ines, seine letzte Geliebte, als er einmal einen Anflug von Lethargie zuließ. Die Vorstellung von Simultanität hat ihn immer begeistert: wie vieles gleichzeitig geschieht und *geschieht*, während Irene so etwas lähmte. Lähmte über alle Ruhe hinaus. Das konnte Fichte halb wahnsinnig machen. Und merkt: Auch das fehlt ihm. Es war immer schwer, mit ihr einen Termin einzuhalten. Nahmen sie sich für den Sonntagnachmittag vor, mit ihrem kleinen Sohn ins Schwimmbad zu gehen, gelang das nicht oft, weil sie ja auch noch frühstücken wollten. Fichte fuhr mit dem Rad früh um sechs ins Atelier, kam heim um zehn mit Brötchen, da war Irene immer noch im Bad, dann erst begann sie, den Tisch zu decken, er ging ihr zur Hand. «Bitte, Fichte, sei nicht nervös. Laß mich allein. Ich muß mich konzentrieren.» Auf die Frühstückseier. Sie stand die ganzen viereinhalb oder fünf Minuten dabei und beschaute das Blubbern, und erst, hatte sie die Eier abgeschreckt und auch dies mit äußerster Sorgfalt, konnte sie sich neuen Aufgaben widmen. Um zwölf saßen sie endlich bei Tisch, um zwei mußte der Kleine schlafen, um vier lohnte der Gang ins Schwimmbad nicht mehr. Irene schnitt Zwiebeln so fein, daß die halbrunden Streifen wie Federn hätten schweben können. Und arrangierte sie, wässerte sie, gab Zitronensaft darauf und, zu Staubfäden gehäckseltes Grün, Koriander. Für ein Abendessen mit Gästen kochte sie wenigstens zehn Stunden. Was auf den Tisch kam, war ein Fest. Die Dinge liebten sie, weil sie sich ihnen widmete. So vergingen die Monate. Später. Als Irene und Fichte zusammenlebten. Nicht in Wisetka. In Berlin.

Fichte mochten die Dinge nicht annähernd so. Erst hier haben sie sich auch ihm zugewandt. Vielleicht, weil er sie nicht mehr gegen ihren Willen benutzt. Doch weißt Du, was ihn am meisten tröstet? Das Gelb, Irene. Nirgends gibt es ein solches Gelb. Selbst, wenn er naß ist, leuchtet der Strand wie die Haut einer riesigen Zitrusfrucht, sobald nur die Sonne auf ihn prallt. Heute hat Fichte fast drei Stunden lang dieses ledrige Gelb angestarrt, das sich schroff links von seiner Hütte erhebt, dann wieder den Blick vom Himmelsblau ins türkise Meerblau getaucht, an dessen vorderem Rand sich ein unterm Schreien der Möven in Schaum und Kieseln verwirbeltes Weiß bricht. Macchia und dürres Braungrün saugen es auf. Bis an die Hütte dörrt die stachlige Vegetation, wölbt zehn Meter vor der Mauer einen undurchdringlichen, mannshohen Busch auf. Über das andere, von graugelblichem Tang überpolsterte Stück der Bucht nebenan fahren Leute direkt ans Wasser, steigen aus, schauen hinüber nach Afrika. Meist sind es Jugendliche. Oft knattern sie auch auf Fichtes Seite mit ihren Vespas den geschotterten Pfad heran und ein paar Meter weiter den gebogenen, schmalen Weg das Kliff hoch, was nachts nicht ungefährlich ist. Oben werden dann Feuer entzündet.

Von Wisetka aus ist Fichte an den fast äußersten europäischen Fluchtpunkt gelangt, er müßte nur noch nach Malta weiter. Aber es muß ja nicht immer, da hast Du ganz recht, das Extrem sein. Und wer sagt ihm, ob es dort so gelb ist wie hier? Früher hätte es ihn dennoch weitergezogen. Immer wollte Fichte Bewegung, Irene hingegen Kontemplation. Sie hat sich bloß von ihm mitreißen lassen, war gar nicht so. Imgrunde war seine Leistungsnot ihr vollkommen fremd. Imgrunde schmerzte sie sie. Riß an ihr. Zerriß sie dann fast. Als er sie auch von ihr forderte.

Nun wird er nachher nach Agrigento fahren, Februar, Du weißt doch, die Mandelbäume. So milde ist ihm zumute. Sämtliche Hügel werden bereits mit Blütenwehen beschneit sein, ein Meer aus Blüten, Irene, dazwischen die aufsteigende Treppe der Tempel, dahinter das Meer und über allem, im Himmelsspiegel, der das Blau zum Wasser zurückwirft, mein Gelb.

V

Irene hat ihn immer nur Fichte genannt. Nicht ungern. Aber einmal flüsterte sie, sie finde den Namen Julian sehr schön. Und ergänzte: «Er paßt zu dir.»

«Julian Kalkreuth», erwiderte Fichte und war, wie immer, unbedingt, «ist gestorben.»

«Aber du lebst.»

«Fichte lebt, ja.»

Und er versuchte ihr zu erklären, wie furchtbar es war, ein Kalkreuth zu ein, daß, einen solchen Namen zu tragen, wirklich *tragen* hieß. Doch Geschichte vergeht, auch wenn die Opfer das nicht wollen. Wer von den nächsten und wiedernächsten Menschen Buße erzwingt, macht sie krank. Lastet Schuld auf einem Mädchen von drei Jahren, weil es in Deutschland geboren wurde? Welche auf einem Jungen von zwanzig? Menschen müssen vergessen dürfen, sonst erstarrt Gedenken zu inhaltslosem Bekenntnis. Irenes Generation mußte nicht mal mehr das. So konnte Fichte erzählen, was immer er wollte, Irene verstand es nicht. Es ging sie, die gerade Einundzwanzigjährige, wirklich nichts mehr an. Sie durfte wieder Idole verehren, um nach deren Rhythmus, wie ihr Bruder Bhadraksh das nannte, abzutanzen. Niemand durfte sie zwingen, auf der *love parade* an Reichsparteitage zu denken. Das hat Fichte alles verstanden, und dennoch: Er fühlte es nicht. Wann immer Irene sich auflösen wollte, Fan sein im Vaterland der Popmusik und einig mit anderen in denselben Wünschen, demselben Lachen, egal, wie dürftig die Harmonik war, das spielte gar keine Rolle für sie, während Fichte abseits stand und unentwegt an Aufmärsche dachte, Massenpsychologie und Fackelzüge, Verführung und antisemitisches Volksgut, Bob Dylan, My Lai – dann entzog sie sich ihm, war so sehr die andren, er hielt das kaum aus. Deshalb verkleidete er sich gelegentlich, es brauchte seelische Vorbereitung, *Vornahme*, um bei Irenes harmlosen Freuden mitzutun. Und auch das ja erst spät. Sie hielt, daß sie so etwas mochte, lange vor Fichte geheim. Dennoch, er hätte davon wissen können. Aber nur dann, hatte er sich in Jeans oder schwarze Klamotten geworfen wie in einen Karneval, zu dem er mit seiner Frau, Irene, eigens hinfuhr, um Urlaub von seinen Prinzipien zu machen, gelang es ihm für ein paar Stunden, seine inneren Schrecken wegzuschließen. Aber sich dem spontan ergeben konnte er nicht. Wie hat Irene darunter gelitten! Immer wieder, plötzlich, diese explosionsartige Wut in ihm: «Das wollen Intellektuelle sein? Die stehen doch für jede Verführung Gewehr bei Fuß!» So brach das aus ihm heraus. «Und die soll ich ernst nehmen?» Ich sehe ihn, Fichte, brüllen, der Speichel spritzt ihm von den Lippen. «Die reden von Kunst? Wie ich das alles verachte!» Ihr hattet wunderbar geplaudert, es gab herrliche Canapés, Irene stand, seine indische Göttin, im Meer der Leute, umspült von den Blickwellen, die an ihrer Lakshmi-Erscheinung leckten. Wie hat sie solche Momente genossen! Wie wollte sie sie teilen mit ihm und sah ihn an, als hätte sie ihm zujubeln wollen: Die hier steht, ist deine Frau! Dich, Fichte, hab ich mir als Mann genommen!

Jemand stellte Beat an oder Rock 'n' Roll, alles schob aufs Foyer, das als Tanzfläche diente, Irene warf ihm eine neue Lockung zu, nun tanz mit mir, nun laß dich fallen! Schwimmen! Aber Fichte konnte es nicht. Er löste sich nur in seiner Musik, bei Stockhausen, Händel, Mahler und dem jungen Penderecki. Oder wenn Eros im Spiel war. Letztlich besaß allein Sex die Gewalt, ihn aus seinen ewigen Kämpfen zu reißen. Deshalb war er, bevor Irene erschien, durch die obszönen Clubs Berlins geschweift, suchthaft, suchend. Fehlte der erotische Rausch, verspannte er sich. Irene sah ihm das an, ach wie ihr Gesicht erlosch. Er quetschte die Wut, preßte sie zu einer Kugel von vielleicht einem Kubikmillimeter, aber Haut oder Seele waren zu dünn, es durchzuhalten: Was da in dieser Kugel tobte, ließ Fichte noch jedesmal platzen. Und er schrie. Schrie nicht laut, nein, diesmal nicht, aber gab der alten Not, die in ihm eingekapselt war, Fetzen für Fetzen wieder Luft. Irene sah ihn immer noch an. Nicht länger Lakshmi, sondern ganz einfach eine enttäuschte, traurige, sehr junge Frau.

Zum ersten Mal bemerkte er diesen Blick an ihr, als Lu im Atelier anrief, während Irene da war. Weil sie da hinausgehen sollte. Als die Kugel endlich geleert war, begriff er. «Bitte entschuldige», sagte er, hob aber schon mit Erklärungen an, Adorno, Philosophie der Neuen Musik, Irene schüttelte nicht einmal den Kopf, schaute ihm bloß weiter und weiter ins Gesicht, als hätte sie zu weinen begonnen. Aber sie weinte nicht, verstand bloß nicht. Irene und Fichte waren einander fremd, grundsätzlich fremd, das legte sich in solchen Momenten auf das brutalste bloß.

«Aber Fichte, die Menschen *feiern*!» Sie wandte sich ab, schritt zur Garderobe.

«Was hast du vor?»

«Laß uns gehen, Fichte. Bitte laß uns gehen.»

Immer dann versuchte er zu retten, was sich nicht mehr retten ließ, allenfalls kitten. Das gelang ihm auch fast jedesmal, und sie tanzten dann doch und waren in Spuren sogar ausgelassen. Aber die anderen Spuren schnitten sich bleibend in Irene ein. Und zerschnitten sie langsam, bis das Meer sie vor der Belastung mit einer Schuld bewahrte, die von keinem zu bewältigen ist.

Schon Fichtes Vater, der noch konkret von dieser Schuld berührt worden war, wenn auch bloß als Napola-Schüler, ist es mühsam gewesen, sie sich einzuverleiben. Er war gerade sechzehn gewesen bei Ende des Krieges. Man hat Fichtes Großvater, Wernher v. Kalkreuth, gehenkt. Der Mann war, als Aristokrat, ursprünglich gegen Hitler gesonnen, seine Frau Maria hingegen, die sich später Theuerkauf nannte, glühende Nationalsozialistin gewesen. Sie setzte gegen ihren Bräutigam ein Hochzeitskleid durch, das eine Hakenkreuzbordüre zierte. Die Ehe war problematisch von Anfang an, doch wurde sie es besonders in politischer Hinsicht: Maria v. Kalkreuth entwikkelte sich zur Gegnerin des Systems, ihr Mann hingegen nutzte die Chancen. Endlich kam er an die finanziellen Mittel, deren sein Forschergeist bedurfte. So paßte er sich kaltschnäuzig an. Die Ehe ging zu Bruch. Die Mutter brach bei dem Vater ein, um sich den Jungen zu schnappen. Der Vater brach bei der Mutter ein, um sich den Jungen zu schnappen. Es waren de facto Entführungsaktionen. Maria Theuerkauf verteilte Flugblätter antinationalsozialistischen Inhalts, ihr Mann denunzierte sie, da kam sie ins Zuchthaus. Und Wernher v. Kalkreuth steckte den Sohn in das Elite-Internat. Nach Ende des Krieges ließ die Theuerkauf ihn zu sich holen. Er habe, erzählte er Fichte später und kam aus dem Heulen gar nicht mehr raus, nicht einmal gewußt, daß Krieg gewesen sei, derart abgeschieden sei das Internat gelegen gewesen. Die Mutter war entsetzt über diesen Hitlerjungen und schickte ihn fort. Sagte sich per Zeitungsannonce von ihm los. Das hat Fichtes Vater so schwach gemacht, daß er nicht einmal mehr fragen mochte. Daß er einfach nicht mehr sprach. Saß man ihm gegenüber, war immer eine Glaswand dazwischengestellt: Man unterhielt sich mit ihm wie über eine Sprechanlage. Und auch vor Fichte, einzig seines Geburtsnamens wegen, wurde die Glaswand montiert. Anders als sein Vater hat er auf sie zeit seines Lebens eingeschlagen.

«Du wirst auch einmal aufgehängt wie dein Großvater, Kalkreuth.»

Fichte war acht oder neun gewesen, als dieser Satz fiel. Eher neun. Der Lehrer hatte gelacht, nichts als ein böser Scherz gewiß. Aber andere, Mitschüler, lachten auch. Die ganze Klasse lachte. Es war kein freundliches Lachen gewesen, und Herrn Hartmanns Satz blieb eine Zeit lang Klassenspaß. Julian ist ein weinerliches, versponnenes Kind gewesen, das Angst vor Schmerzen hatte und sich wegkauerte, kam der Fußball aufs Tor zugeschossen. Dort stellten sie den schwächlichen Jungen immer rein und sorgten lieber für bessere Abwehr, als seine kläglichen Spielversuche weiter vorn im Feld zu ertragen.

«Versuch doch ein einziges Mal», sagte Hartmann, «dich zusammenzureißen.»

Die Mannschaft, der er zugeteilt wurde, verlor. Das war Gesetz. Daß Julian sich zusammenreißen solle, sagte auch seine Mutter, die sich täglich erschreckend zusammenriß. Sie hätte anders ihre zwei Kinder nicht durchgebracht. Wie furchtbar diese Zeit für sie gewesen sein muß, hat Fichte erst mit vierzig begriffen. In den späten Fünfzigern und frühen Sechzigern allein zu sein mit zwei Jungen, und dann, Irene, solchen wie Dietrich und ihm, mit einer Mutter, die ihr dauernd vorhielt, daß sie, Elisabeth, nun *geschieden* sei und ihre Ansprüche als Frau damit ein für allemal aufzugeben habe, das war ganz sicher die Hölle. Kalkreuths Vater galt als verschwunden, er hatte nie Geld gehabt und zahlte der Familie keinen Pfennig. Erst Fichte hat ihn kennengelernt, in der mallorquinischen Eremitage. Bis dahin hatten Dietrich und Julian zu ihrem Vater keinen Kontakt. Es gab weder Briefe noch Anrufe. Wenn ihnen der Vater etwas sandte, schickte es die Mutter zurück. «Wer nicht für seine Kinder sorgt, hat auch nicht das Recht, Geschenke zu machen.» Irgendwann gab der Vater es auf. Lu und Fichte haben ihn gesucht und wirklich gefunden. Da war Fichte um die dreißig. Als seine Mutter sich von ihrem Mann getrennt hatte, war Julian drei, der Bruder noch ein Säugling gewesen. Sie hatte sich eine Stellung gesucht und war mit den Kindern erst einmal zu ihrer Mutter nach Hannover gezogen. Die Großmutter betreute die Jungs über Tag, aber hatte von einer Kinderfrau unterstützt werden wollen, deren Kosten die Mutter nun noch zusätzlich bestritt. Gerda war nicht teuer gewesen, aber verdient werden mußte sie doch. Also legte Kalkreuths Mutter Asbest um ihre Gefühle, je weniger sie hindurchließ, desto leichter war das Brennen zu ertragen. Sie wurde Fußpflegerin, morgens um sieben verließ sie die Wohnung und kam abends gegen acht Uhr heim, da lagen die Kinder schon im Bett. Sie hatte ein kleines schmales Zimmer, mehr weiß Fichte aus dieser Zeit von ihr nicht. Doch. Er sieht sie im weißen Kittel, rechts die Hand in der Tasche an der Zigarettenschachtel. Sie wollte sich von Anfang an selbständig machen, um sich nicht dauernd von ihrer Mutter demütigen lassen zu müssen. Also mußte sie sparen und legte mit einer Tatkraft los, die ihr noch heute, als alter Frau, eigen ist und, nachdem Kalkreuth Fichte erfunden hatte, auch in dem durchbrach.

Bis zur Studentenrevolte war Westdeutschland nichts als ein Mief aus Verklemmung gewesen, Fichtes Kindheitserinnerungen sind insgesamt spärlich. Dennoch, wenn ich zurückdenke, legt sich ihm ein Geschmack von Waschküchen und Kohl auf die Zunge, von unklarem schlechten Gewissen und Prüderie, von milchiggelben Präservativen und tagelang getragenen Unterhosen, die fast schon starre Urinflecken haben. Das will gereinigt werden. Es läßt sich im dauernden Schuldbewußtsein nicht leben. Das mußte irgendwie weg. Sonst wurde man selbst inkontinent. Deshalb preßten sich die Leute zusammen und verkrallten sich ins Wirtschaftswunder. Wer sich an den Aufbau begibt, hat für Schuld keine Zeit. Auch Fichtes Mutter hatte die nicht. Sie war viel zu pragmatisch, mußte pragmatisch sein, um Fichtes weichen Vater zu verstehen. Jeder hatte irgendwie Dreck am Stecken, zumal wer weiter in leitenden Positionen saß. Wer etwas werden wollte, nahm das hin. «Das bringt uns nur Kunden», sagte sie schulterzuckend und erlaubte den Jungens nicht, das Hakenkreuz wegzukratzen, das neben ihr Praxisschild gemalt worden war. Man sprach von Ehehygiene, darunter waren Unternehmungen gefaßt, die auf die eine oder andere Weise an Erotik verdienten und, weil so etwas als schmutzig galt, im Begriff ganz besonders sauber sein mußten. Klinisch sauber. Produktiv.

Hartmann war der Klassenlehrer, er unterrichtete Gemeinschaftskunde und Sport. Mit ihm ging es immer ins Schullandheim nach Oderbrück im Harz. Alle Zöglinge liebten ihn. Julian Kalkreuth nicht. Abends saß man ums Lagerfeuer, Hartmann langte nach seiner Gitarre und sang Schlager, den ersten Pop, Folklore. *Michael, row the boat ashore!* Es knisterte das brennende Holz. Funken sprangen. Die Schüler hielten auf Stöcke gespießte Kartoffeln in die Glut und sahen zu, wie die Schalen schwitzten und dabei zu schrumpeln begannen, bis sie dunkelbraun waren. Alle sangen. Nicht Julian Kalkreuth. Wenn er den Mund aufmachte, verzog man das Gesicht. «Du hast keinen Gruppengeist», sagte Hartmann. Die Sache war einfach: Die anderen mochten Kalkreuth nicht, der mochte nicht die anderen. Das hat sich, seit Fichte da ist, geändert. Sie mögen zwar auch den nicht, aber sie schaffen es nicht, ihn kleinzumachen. Ihre Vergnügungen gehen ihn allerdings nichts an, sie sind ihm verdächtig. Um ehrlich zu sein, habe ich bis heute Angst vor ihnen und stand schon deshalb besser beiseite. Oder wurde wütend. Er sah in der Schule verträumt aus dem Fenster, sah sich einfach hinweg und zuckte zusammen, richtete der Lehrer das Wort an ihn. Es kam vor, daß die Klasse Völkerball spielte, vor Kalkreuths Füßen ein Käfer krabbelte, er sich bückte, ihn aus dem Staub nahm, das Spielfeld verließ, zum Lehrer lief, der unter der Sommersonne den Schiedsrichter gab, und von ihm wissen wollte, zu welcher Gattung das Insekt gehöre.

«Du mußt dich anpassen, Junge!»

«Mach doch einmal das, was man dir sagt!»

«Du wirst auch einmal aufgehängt wie dein Großvater, Kalkreuth.»

Damals, als er acht war oder neun und Hartmann diesen Satz aussprach, hat Fichtes früherer Nazi-Name aus ihm einen kleinen Judenjungen gemacht. Ich habe eine Gänsehaut bekommen, als Fichte das begriff, und den Gedanken sofort zensieren wollen, weil er dachte, daß sich ein Deutscher so etwas nicht anmaßen darf. Mußte Julian Kalkreuth deshalb verschwinden? «Wo immer du hinkommst, Fichte, siehst du gleich Feinde», hat ihm Irene vorgehalten. «Ich kann so nicht leben. Ich möchte Frieden. Sei doch einfach mal offen. Es ist gar niemanden hier, der dich angreifen will.»

Wer die Last für etwas tragen soll, das er sich nicht vorstellen kann, muß es sich erfinden. Er wird sonst krank oder verstummt. Sicher, vorstellen kann es sich jeder irgendwann, deshalb gibt es ja Geschichte als Lehrfach. Aber wie sollen wir es *fühlen*, wie Buße für etwas tun, innen, in uns, wenn wir uns nicht persönlich erinnern, wenn der Raum, in dem angeblich unsere Schuld sitzt, leer ist? Man muß ihn irgendwie füllen. Doch jede Erfindung verändert. Fichtes Vater entschied sich zu schweigen. Fichte erfand sich. Und war nun auf etwas gegründet, das vorbei war. Das nur noch als Anspruch von Opfern existierte, die ihren Frieden machen müssen, aber das nicht wollen; doch alles bereits aus dritter Hand. Man trieb längst Geschäft mit den Toten. Das zog Fichte wie ein Gespenst, das nur in Träumen existiert, an den Fäden seiner Psychologie. Leere läßt sich nicht vermitteln. Vielleicht läßt sich auch Fichte nicht vermitteln.

«Ich möchte ein Kind von dir.» Fichte schwieg dazu. Irene sagte das, da waren sie noch keine drei Wochen zusammen. Was heißt ‹zusammen›? Richtig wäre es, sie seine Geliebte zu nennen. Und doch war sie von allem Anfang an mehr. Aber das gab er nicht zu, nicht ihr, nicht sich selbst. «Ich werde niemals sagen, daß ich dich liebe», sagte er.

Gleich an ihrem ersten Morgen hatte er Irene eröffnet, daß er mit Lu zusammen sei und das auch immer bleiben werde. Ein Kind hatte er nie gewollt, zwar mit Lu bisweilen an dem Gedanken herumgespielt, aber imgrunde abstrakt, es war eine sentimentale Vorstellung gewesen, der er sich in innigen Momenten aus Zweisamkeit nicht anders hingab, als hätte man ein Bett aufgeschüttelt, damit die Innigkeit noch etwas länger daliegen kann.

«Ich möchte ihn Julian nennen.»

«Wen?»

«Unser Kind.»

Seltsam, daß Fichte nicht erschrak. Daß er nicht abwehrte, jedenfalls nicht gewaltsam. Daß er sich nicht verkrampfte.

«Du bist immer so krampfhaft, ich halte das nicht länger aus!» Vor zwei Jahren. Euer letzter verzweifelter Monat, ein April, der Szene auf Szene türmte, der Februar vorher, Boone, die Blutschlacht, «come with me, little one, come with me». Fichtes Eifersucht, Heulerei, seine Tobsuchtsanfälle. Aber schon früher: «Entspann dich doch, Fichte, sei einmal locker!»

«Es wird vielleicht ein Mädchen», sagte er hilflos.

VI

«Schlag mich bitte, schlag mich ins Gesicht!»

Irene schrie das nicht, wirkliche Forderungen werden leise erhoben. Fichte lag rücklings auf der Matratze neben dem Zeichentisch, sie ritt ihn, die Hände hinter ihrer Taille in seinen Oberschenkeln verkrallt, den Brustkorb vorgedrückt, der ganze Oberleib ein Bogen.

«Schneller, Fichte, schneller!»

Er drückte die Bauchmuskeln heraus, damit sie ihren Venusberg daran reiben konnte und sein Schwanz entlastet war. Er wollte auf keinen Fall kommen. Durfte nicht kommen, Irene verhütete nicht. Und Kondome verabscheuten beide, weil Latex den Tiergeruch verdirbt. Aber Irene wollte sich auch den Geschmack seines Spermas nicht verleiden lassen. Und mit welcher Hingabe trank sie, nahm, ein Pflanzenkelch, Fichtes ganzes Ich in sich auf, er durfte sich nicht rühren, so ließ sie ihre Lippen, Nofretetes Lippen, Shaktis Lippen, mit Druck den Schaft umfassen, und sie glitten hinab, langsam, noch saugte Irene nicht, sondern nahm sich wie bei allem Zeit, erreichte die Wurzel, würgte kurz, ganz kurz, und ihre Lippen glitten wieder hinauf. An der Eichelwulst verharrte sie, ich konnte spüren, wie sie jedes Schlucken vermied, dann drängten ihr Mund, ihr ganzes Gesicht, abermals hinab. Und neuerlich hinauf. Ohne die Berührung zu lösen. Sie verhielt. Ihm war ein Zittern in die Schenkel geraten. Dem lauschte Irene nach, damit es Fichte nicht – hier stimmt das Wort – übermannte. Er selbst hatte keine Kontrolle darüber. Sie lauschte weiter. Es vergingen Minuten. Dann begann sie, vorsichtig zu saugen, wollte noch immer nicht schlucken, nicht jetzt schon, nicht bevor, was irgend möglich, in ihm zusammengelaufen war. Ihre Lippen lutschten über die Eichel, lösten sich endlich von ihr, weil Du etwas sehen wolltest, blieben indessen mit ihr durch viskose, fast durchsichtige Schleimfäden verbunden, die wie Hängebrücken schwangen. Je öfter sie den Schwanz abermals in ihren Mund hineinnahm, desto fester wurden sie und waren schließlich zäh. Es machte ihn rasend, wie sie es genoß, ihm die dicken Fäden wegzulecken, wenn sie langsam von ihren Lippen auf sein Glied zurückgeflossen waren, sie aus seinem Schamhaar zu saugen und mit der Zunge von seinen Schenkeln zu nehmen.

«Fick mich jetzt, Fichte!»

«Ich kann nicht mehr ... ich komme gleich ...»

«Beherrsch dich! Fick mich!»

Schwangst Dich über ihn, setztest Dich fest. Deine Brüste hüpften. «Grad zwei Hände voll», hattest Du an unserem zweiten Abend gesagt, «mehr ist nicht erlaubt.» Das wurde ein stehendes Wort. Lag ich auf Dir, in Dir, dann wolltest Du meinen Speichel trinken, ich sammelte ihn, Deine Lippen zitterten, ein flüchtiges Beben, sie taten sich auf.

«Mehr!»

Ich gab mehr.

«Mehr!»

Fichte sammelte wieder, gab wieder.

«Mehr!»

Er keuchte: «Mehr ist nicht erlaubt». Und sie lachten. Das brachte eine kleine Störung in seine Erregung, so konnte er den Vorgang dehnen, zog seinen Schwanz heraus.

«Nimm ihn in den Mund. Aber tu nichts. Laß ihn nur auf der Zunge liegen, mit offenen Lippen. Nur da liegen lassen.» So verharrten sie keuchend, seine Stirn an der Wand, kühl, was gut tat, sie Teppich, er kätzisch gespannt. Er spürte, wie seine Flüssigkeit auf Irenes Zunge lief, nicht viel, sicher nicht viel, auch noch kein Sperma, dennoch war es, als würde er strömen. Sein Schwanz hörte allmählich zu zucken auf, blieb aber steif. Fichte war nur ruhig und wartete ab. Kurz, indem er den Schaft vorsichtig aus ihr hochnahm, legte er seine Hoden auf ihre Lippen. Sofort saugten sie, zogen an der weichen, haarigen Skrotumhaut.

«Nein», sagte er und hob seinen Unterleib, «jetzt bin ich dran.»

Und leckte ihr das ganze Gesicht, leckte zur Seite, es gab nur eines, was er nicht durfte: Irene ertrug in den Ohren Liebkosungen nicht. So leckte er, «mit breiter Zunge», wie sie sagten, ihren Hals hinab, kurz in den Nacken und wieder über die Schultern hinauf zu den Brüsten, an deren Knospen er sog. Und weiter und weiter. Über den Bauch zum Nabel, die Haarspur hinab in den Busch, der derart intensiv nach Geschlecht roch, daß man zurückgeschreckt wäre, wäre man nicht so Tier gewesen und durchflutet von Instinkt. In Spuren riechen Frauen, wenn sie erregt sind, sogar am Haaransatz so. An den Schläfen. Und manchmal, selten, im Nacken. Zu diesen wenigen gehörte Irene. Er liebte es, an ihren Schamlippen mit den Zähnen zu zerren, sie langzuzerren, länger, bis er Irenes Schmerzzucken spürte. Sie war so naß, alles war Meer. Und Schlick. Ein warmes, stallig duftendes Wattparfum, das ganz selten spitz roch.

«Noch fester, Fichte, beiß fester!»

Und er biß. Er hätte Dich blutig gebissen, hätten nicht plötzlich Deine Hände seinen Schädel zurückgedrückt, mit einem heftigen, brutalen Pressen, gegen das er sich stemmte. Erst als Irene abließ, konnte er Mund, Nase, Kinn in ihren Schoß graben, ihn auslecken, aussaugen. Sein ganzes Gesicht überströmt.

«Steck sie rein, steck sie tief rein. Ganz rein!»

Irene kam mit einem leisen Schrei. Doch das war alles nur der Anfang.

«Gib mir zu trinken, Fichte.»

Ich weiß nicht, was es ist, das einen so besinnungslos macht und mit einem anderen, einer anderen vergräbt. Daß man von ihr, von ihm alles haben will und wirklich alles verlangt. Daß dies mit Sekreten verbunden ist. Mit Schleim. Ausdünstungen. Und mit Gestank. Liegt das daran, daß Leben nur dort entsteht, wo etwas gärt, nur aus Morast und eben nicht aus der duftigen Klarheit? Als spürten wir das, wenn uns der Geruch einer Achselhöhle erregt und wenn wir besinnungslos einander zwischen den Beinen schnuppern. Was tun wir miteinander, wenn wir uns lecken? Resorbieren wir den anderen? Mitunter nimmt solche Lüsternheit das Ausmaß einer schrankenlosen Erkenntnis an, eine Art Überbewußtsein, dessen schwarzes Licht alles, was von zivilisierter Bedeutung ist, gänzlich wegschmort, ohne daß man das überhaupt merkt. Auch Fichte merkte es nicht. Deshalb hielt er so unumwunden an seinen Sicherheiten fest. An Lu. Ich sage sogar: Nicht einmal er. Denn er hätte es anders wissen können, weil ihn die Bilder, an denen er, mit Farben und Leimen vollgespritzt, herumwütete, längst mit der Nase darauf stießen. Mit der Nase und dem Schwanz. Bis zu dem Tag ließ er von Lu nicht ab, als Irene von ihrer zweiten Indienreise wiederkam, von ihrer fünften, sechsten oder siebten, natürlich, ich weiß nicht. Für Fichte ist es die zweite gewesen, nämlich die zweite, seit Irene und er zusammenwaren. Irene war früh und über Weihnachten hinaus weggefahren. Fichtes Stipendium war um, er kehrte nach Berlin zurück, auch wenn er bereits den Vorsatz gefaßt hatte, den Bunker zu kaufen. Die Verhandlungen zogen sich noch über ein halbes Jahr hin. Er hatte gar kein Geld dafür. Wernecke, der Freund, half ihm dann aus. Zwar nahm er die Arbeit an den Höllenpalästen im Mai wieder auf, da bist Du ein erstes Mal ins Meer gegangen, da wurde euer Kind gezeugt. Doch der Kaufvertrag kam erst im Juni zustande. Ende Juni 1997.

Lu wollte ihn zwischen den Jahren besuchen. Sie wußte noch nichts von Irene. Nach über anderthalb Jahren.

Dachte Fichte. Was hat sie gelitten, was hat dann Lu gelitten! Und Fichte? Was war mit ihm? Er hat damals den entscheidenden Fehler gemacht. Entweder im Dezember 1996, als er Irene die 500 Mark für ihre Reise nach Goa gab, um seine Beziehung zu Lu nicht aufs Spiel zu setzen. «Du hast mich weggeschickt», warf ihm Irene nachher vor. Oder im Januar, als er sich nach siebzehn Jahren von Lu trennte. «Schlag mich bitte, schlag mich ins Gesicht.» Plötzlich, mit seiner Entscheidung, war das vorbei. Und stellte sich so, wie es gewesen war, auch nie wieder her. Verfiel in derselben schleichenden Weise dem Alltag, wie Fichte das mit Lu erlebt hatte, die an seinen Affären nicht weniger verzweifelte als zwei Jahre später Irene.

«Fremdheit macht Erektion», pflegte er zu sagen. Das klingt sehr sicher, ich weiß. Irene hat es zynisch gefunden und später, als Boone aufgetaucht war, gegen Fichte gewandt. «Du sagst doch selbst immer, niemand könne für einen alles sein.» Das stimmte. Damit hatte er sich zurechtgelegt, nicht eifersüchtig sein zu müssen, was ihm auch lange gelang. Daß zum Leben bestimmte Aushäusigkeiten gehörten, die er immer so einzurichten verstand, daß sie den eigentlichen Kern seines Lebens, seine Liebe, nicht anrühren konnten. Nicht Lu und später nicht Irene. Beide sind ausnehmend schöne Frauen, Irene war nur jünger. Aber es wäre darauf nicht angekommen, hätte sie nicht unablässig Fichtes sexuelle Grenzen verrückt. Ihrer beider Leidenschaft taumelte durch die ersten anderthalb Jahre wie ein zunehmend voluminöses Crescendo, das alles verrührte und voranpeitschte, das physiologisch in ihnen war. Lu und er hatten sich beruhigt, auch bei ihnen war Leidenschaft gewesen, auch wilde, aber sie hatte niemals die Perversion berührt. Die hatte Lu, als beide einander nahe kamen, bereits mit einem vor ihm durchlebt. Der Mann hatte ihr in den Mund gepinkelt.

«Wie schmeckt das?» wollte Fichte wissen.

«Nach Liebe», sagte Lu.

Diese Antwort zog tagelang den Boden unter ihm weg. Aber Kalkreuth war gerade erst Fichte geworden, und er traute sich noch nicht, selber dergleichen zu wünschen, schon gar nicht, etwas zu fordern. Doch gab es etwas darüber hinaus, worunter Fichte litt, immer litt, und woran er später auch mit Irene zu leiden begann: Je besser er die Geliebte kannte, je öfter er bei ihr gelegen hatte, je mehr er ihr eigentlich verbunden war in seiner Arbeit, beider Wünschen, in der gemeinsamen Wohnung, je familiärer er wurde mit einer Frau, desto kleiner war der erotische Reiz, welkte, wurde schal. Es gab Tage, da hätte er sich schlagen können, weil er sah, wie schön die Frau neben ihm war, wie zum Verrücktwerden begehrenswert, und dennoch, er begehrte nicht mehr. Fichte hat nie zur Ehe getaugt, auch wenn er sich nach so etwas sehnte. Immer ist er höchst anfällig für fremde Reize gewesen. Ganz wie Irene. Was er über sie erst sehr viel später erfuhr.

Fichtes Unfähigkeit konnte die Angst streifen, impotent geworden zu sein. Nicht selten schlug er sich mit einer solchen Befürchtung herum. Manchmal kam die alte

Lust noch durch, wogte hoch. Verebbte. Es war zum Heulen. Aber dann, in irgendeinem Lokal. Auf einer Matinee. Eine andere Frau. Sie mußte nicht einmal schön sein. Nicht einmal schlank sein, Irene. Fremdheit machte Erektion.

In einer solch abgeklärten Phase war Fichte, für die Arbeit, so schützte er Lu vor, von Hamburg nach Berlin gezogen. Er wollte wölfisch durch die Nächte treiben, hier schauen, da schauen, ich gebe es zu. Fichte brauchte Inspiration. Eine Künstlerkollegin, die zeitweise Callgirl gewesen war, unternahm mit ihm Züge durch Privatclubs. Ihretwegen bekam Fichte Zugang, wo einer wie er, der nicht in die Szene, der in gar keine Szene gehörte, sonst abgewiesen worden wäre. Tagsüber malte, nachts fickte er. Sah sich Sadomaso-Performances an, die ihn so gut wie nicht berührten; er fand sie eher komisch. Am witzigsten war eine sodomistische Installation, die sich «Der Sieg des Pan» nannte, mit nicht nur verstümmeltem Genitiv, sondern auch in völlig irrer Besetzung: Oben auf einem Sims saß ein onanierender Mann mit Schweinsmaske. Der gab den Pan, vielleicht weil sein Schwanz bemerkenswert dimensioniert war und der Vegetationsgott, moralisch gesehen, sowieso Schwein ist. Unten war ein großer Raum mit Stroh aufgeschüttet, darauf käuten vier echte Widder. An den Wänden kauerten, auf die Ellbogen gestützt und ihre nackten Ärsche hochgestreckt, vier Frauen. Ganz offenbar erwarteten sie von den Böcken Aktion. Die aber kauten und kauten. Fichte sah dem Ganzen minutenlang zu, dann hatte er das Gefühl, eines der Tiere fixiere ihn. Er erwiderte den Blick. Nie wieder ist er einem solch menschlichen Ausdruck von Verständnislosigkeit begegnet. Von so kopfschüttelndem Mitleid.

Zwei Wochen immer blieb Fichte in Berlin, dann reiste er für die nächsten zwei Wochen nach Hamburg zurück. Lebte seinen bürgerlichen Mittelpunkt aus, fuhr abermals ins hitzige Berlin. Es war, für ihn, ein guter Turnus. Und dann, Galerie Nothelfer, standest Du da in Deiner abgerissenen Lederjacke, als hättest Du auf ihn im Anstand gelegen, das dunkle, geölte Haar zurückgebunden, schattig die Schläfen. Anderthalb Jahre danach, Januar 1997, steht er in einer Hamburger Telefonzelle, er hat das Handy lange verweigert. Hat nie kontrolliert werden wollen. Kannte sich schließlich. Er liegt mit Irene im Bett, und Lu ruft an. Oder will später wissen, warum das Ding ausgestellt war. Er liegt mit Sabine im Bett, und Irene ruft an. Oder will später wissen, warum das Ding ausgestellt war. In seinem Leben hat sich viel wiederholt.

«Irene?»

Schweigen.

«*Ich* bin's, Irene.»

Schweigen.

«Was ist?»

«Ich muß dir was sagen, Fichte.» Schweigen.

Er fing an zu zittern, fast heulte er schon, Tier, das die Verwundung vorausspürt. Aber ließ es nicht raus.

«Bist du noch da, Fichte?»

«Du hast dich verliebt.»

«Nein.»

«Was dann?»

«Ich werde heiraten, Fichte. Ich ziehe nach Wales.»

Er schwieg. Zitterte.

«Er liebt mich. Er will nur mich. Mich allein. Ich fahre nächste Woche.»

Er knallte den Hörer auf die Gabel, hätte fast losgeschrien. Wieder diese Kugel in ihm, die er wegbeißen mußte. Wie sollte er ohne Irene weiterleben? Das war völlig unmöglich. Er rief abermals an. «Ich liebe dich.» Es war das erste Mal, daß er das zugab.

«Du liebst auch sie.»

«Und wenn ich mich für dich entscheide?»

Jetzt weinte sie.

«Irene, wenn ich mich für dich entscheide, was dann?»

«Du wirst Lu niemals verlassen.»

Irene hängte auf und ging, obwohl er noch zwanzigmal anrief, an diesem Tag nicht mehr ans Telefon. Er rannte, unfähig, irgendetwas anderes zu denken als «Irene – Lu – Irene» quer durch Eppendorf, war so außer sich, daß er nicht einmal Selbstmitleid hatte. Er besoff sich auch nicht. Völlig wirr kehrte er heim, also dahin, wo sein Zuhause – eines seiner zwei Zuhause – vor dem Telefonat noch gewesen war. Von Wisetka, dem dritten, hatte er sich ja verabschieden müssen. Einstweilen jedenfalls.

Lu wußte längst Bescheid. Seit sie zu Weihnachten an der Ostsee gewesen war. Nein, sie kannte Dich nicht, niemand hatte ihr etwas hinterbracht. Sie habe eine Fantasie, sagte sie am Morgen nach ihrer Ankunft, als die beiden beieinanderlagen und Fichte in die Luft starrte. Sie hätten miteinander schlafen müssen, aber er rührte sich nicht. Es ging einfach nicht. Er war verdorben worden. Irene hatte in ihm etwas angerührt, aufgerührt, hatte etwas aus ihm freigesetzt, von dem er nicht einmal zur Zeit der Biomechanoiden gewußt hatte, daß es das in ihm gab. Und Kalkreuth, trotz seiner Vampirbilder, die es bereits zeigten, sowieso nicht. Geschweige daß es so vorherrschend würde, so alle Fantasien im Wortsinn ins Reale bindend! Er hätte Lu niemals am Boden festgepflockt, um sich auf ihr Gesicht zu setzen, sie hätte ihm ihre Zunge nicht in den After gesteckt, weil er dann vor Wollust so schrie. Und weitergeleckt, während er seinen Schwanz rieb und rieb, es nicht mehr halten konnte, aus der Hocke hochkam.

«Gib es mir, Fichte, gib mir!»

Und sie schluckte. Was danebengespritzt war, wischte er ihr zwischen die Lippen. Sie leckte alles weg. Es gab Tage, Irene, da war er so wund, daß er beim Scheißen blutete.

Sie haben nicht viel ausgelassen in ihren ersten anderthalb Jahren. Nicht alles geschah zu ihrer beider Genuß, manches ging ein bißchen daneben; sie haben dann ziemlich gelacht. Das meiste aber machte sie süchtig. Wer sagt uns, wohin sie noch getrieben wären, hätte es «du hast mich weggeschickt» nicht gegeben, nicht den alternden Hippie Charles Groves, der Irene in Palolem gewann, sie mit sich nach Wales nehmen wollte und ihr das versprach, wonach sie sich so lange gesehnt hatte: ihr ein Mann zu sein, zu dem sie alleine, ausschließlich, unverbrüchlich gehörte? Hätte Fichte sich nicht für Irene entschieden, so unfaßbar für sie, in diesem seligen, unseligen Januar 1997.

«Ich habe doch nicht ernsthaft geglaubt», sagte Irene, «dich nie wiederzusehen. Ich wollte nur, Fichte, daß die Waage endlich ausgeglichen ist. Du hättest Deine Lu behalten und ich meinen Charles gehabt. Und wir hätten weitergefickt. Ich habe nur endlich auch ein Zentrum finden wollen.»

Sie habe eine Fantasie, sagte Lu.

Irene hatte recht, sie ist Fichtes Zentrum gewesen. Nicht nur, daß ihre Kanzlei immer die größten Schrecken von ihm fernhielt: Er hatte Schulden, hat Schulden, wie Du weißt. Nicht daß er wirklich je arm gewesen wäre, gemessen an Kollegen und seinem Ruf hat er seine Bilder selten schlecht verkauft. Es gibt Sammler, sogar Museen, die halten auf ihn. Es reichte nur nie zu wirklichem Ruhm. Und daß die Kritik Fichte bis heute nicht mag, ja, was Wunder! Guck sie Dir doch einmal an, diese Hansel. Er ließ sich auf dumme und um so exzessivere Händel ein. Da war Lus juristischer Beistand ein Segen. Aber darum ging es nicht eigentlich. Sondern wer so zum *inneren Toben* neigt wie er, braucht etwas, das ihn erdet. Man ist ja nicht eigentlich schwer als Erfindung, da steckt ja nichts im Boden drin, keine Wurzel, kaum ein Seil am Pflock. Nur der Trieb hält einen fest. Fichte fickte, damit er merkte: Auch sein Körper war, nicht nur die Kunst. Die immer umfassender wurde und großartiger, seine «Neigung zur Echtzeit», wie Wallmann einmal geschrieben hat, berauschte ihn. «Wenn Fichte einen Berg malt, dann häuft er ihn auf, und verzweifelt, weil er nicht an die Höhe herankommt. Diese Vergeblichkeit schreit den Betrachter aus jedem Bild an. Fichte ist maßlos selbst im Erschrecken. Letztlich begründet nur das den Rang dieses Malers.» Das stand genau so im Katalog, Beyeler, Basel 1989. Fichte hat sich halb schief gelacht und schenkte dem Kritiker zur Eröffnung drei Miniaturen: Aus einem Rainer-Katalog riß er zwei Abbildungen aus, klebte sie auf Sperrholzplättchen, stach sich in die Handfläche und schmierte das Blut darüber. So sehr ärgerte er sich. Dann brachte er Betongranulat auf jedem Bildchen an. Und je einen winzigen dreiviertel Judenstern, der aussah, als hätte, die Zunge zwischen den Lippen, ein Kind ihn zu malen versucht und wäre gestört worden dabei. Was für lachhaftes Zeug man schrieb, nachdem die Sternchen entdeckt worden waren. Irene störte das nicht. Ernsthaft hat sie alle seine Kataloge studiert. Ich meine, wer liest so etwas schon, das ganze Gewäsch? Bewundernswert! Sie hat stundenlang dagesessen und nicht nur die Drucke gewälzt, sondern jeden Kommentar verschlungen. Es gab nichts, was sie über Fichte nicht wissen wollte. «Das ist großartig, Fichte, ich bin einer solchen Arbeit noch niemals begegnet.» Sie war von seinen Bildern besessen wie er selbst, wurde, in Wisetka, ein Teil von ihnen. Spätestens, als er anfing, Dich in die Höllenpaläste hineinzumalen.

Lu hat er nie gemalt. Er hat sie nicht in sein Kunstsystem einbinden wollen, immer ihre kenntnisreiche Distanz geschätzt. Sie sollte nicht erstarren, wie jedes Bild, letztlich, erstarrt ist. Ein fertiges Bild ist tot, Arnulf Rainer, den Fichte wahrscheinlich auch deshalb haßt, hat recht: Malerei lebt nur im Prozeß. In Meeren, würde Irene sagen. Gebirge und fertige Bilder sind Kenotaphen: Es liegt niemand darin. Keine Seele um sie herum, wenn man aufgehört hat, an ihnen zu bauen. Ihm wird das zunehmend klar. Unter der Sonne. Im Wind. Auf Sizilien. Daß er an das, was er wollte, niemals herankam, so viel Energie er auch bündelte. Daß er deshalb immer weitermalen mußte, in der wütenden Hoffnung, eines Tages, wenn alles vollendet wäre, ergäbe das Zusammenspiel sämtlicher Brocken eine Art kosmische Installation, in der sich endlich etwas *rührte*. Deshalb diese Not, daß sich auf Dauer mit feuchten Materialien nicht arbeiten ließ. Dennoch, er versuchte es sogar mit Schlick, den er in Eimern vom Strand das Kliff hoch- und bis in den Bunker schleppte. Er trocknete immer viel zu schnell aus, hielt nicht, zersetzte sich, wurde Sand. Fichte band ihn mit Zement ab. Es ging ihm imgrunde um den Geruch, den Schlick- und Wattgeruch. Die Undenkbarkeit Deiner Abwesenheit. Undenkbarkeit *einer* Abwesenheit. Lus Abwesenheit. Was nun anstand. Wovon Fichte glaubte, es werde ihn zerstören. Immer alles genießen, Irene, alles auskosten und jeden Schritt, der denkbar ist, tun. So ist Fichte. Dabei verliert einer notwendigerweise die Übersicht. Leben und Distanz schließen einander aus. Wer sich sichern will, muß uneigentlich sein. Oder jemanden haben, der ihm das abnimmt.

Den brauchte auch Irene, so verwundet, wie sie war. So wenig wußte sie, was sie ist. Sie mußte sich ihrer ständig versichern. Auch deshalb hat sie einmal gefragt: «Wen liebst du eigentlich, Fichte? Hast du mich jemals gesehen?»

Sah sie denn *ihn*?

Sie fragte anfangs des letzten halben Jahrs, das ihnen blieb: «Was ist Liebe?»

«Was für eine Kinderfrage», wehrte er ärgerlich ab.

«Fichte, was ist Liebe?» Und dann, wie aus dem Hinterhalt: «Wen liebst du in mir, Fichte?»

Er habe eine Projektion geliebt, warf sie ihm vor und vergaß, daß sie sich selbst eine war. Daß einem ihr Körper, nein, ihr Gesicht so über allen Verstand ging, war ihr immer Chance, aber zugleich Verhängnis gewesen. Sie umgab sich fast nur mit Prominenten. Einfache Bekanntschaften beendeten sich immer sehr schnell. «Ich habe endlich einen Freund gefunden», erzählte sie, wenige Wochen bevor sich das Unheil entlud. Sie meinte Boone. Der sich zwischen sie geschlichen hat, eingeschlichen, als Fichte schwach gewesen ist. Dem Irene ihr ihm entzogenes Vertrauen schenkte. «Weißt du, Fichte, was heute passiert ist? Ich hab eine Zeit lang mit Boone gesprochen, mußte dann wieder arbeiten. Und da kamen ein paar Jungs, richtige Stars in der Technoszene. Du sprichst mit

Boone? fragten sie. Boone spricht mit dir? Das würden wir uns niemals trauen! Von ihm kommen wir alle her.» Und sie lachte voll Selbstgefühl.

Man repräsentierte mit ihr. Sie mußte nur einen Raum betreten, schon wollten alle wissen: Wer ist diese Frau? Auch Fichte repräsentierte mit ihr. *Fichtes schöne Inderin.* Das war sogar in der Zeitung zu lesen. Das lief überall rum. Das stand im Internet. Davon sprach die Szene. Es war wie eine Ergänzung der Fotografien Irenes von sich selbst, die sie in der Wohnung aufgehängt hat. Eine ist jetzt über dem rohen Eßtisch in Fichtes Hütte angepinnt, damit er weiter in einen ihrer Spiegel hineinsehen kann. Die ihr den ägyptischen Marmor ihres Gesichtes bestätigen sollten, weil sie vielleicht gar nicht wissen mochte, nicht wissen durfte, was sie unter der Haut war, nämlich leer wie er, substanzlos, ein Elektronenplankton aus Gefühlen, richtungslose Strömungshüllen, die auf Klippen strandeten, von denen sie die See wieder abriß und 1995 an ein Kliff trug, das sie endlich emporklimmen konnte. Hier, dachte sie, erfasse sie auch keine Sturmflut.

Fichte bot sich an, sofort, schon am ersten Abend bei Nothelfer. Doch unten lecken Meere. Irene hat den Fehler gemacht anzunehmen, Fichte sei fertig. Immer hat sie fertige Menschen gesucht. Unterhielt schon mit vierzehn Beziehungen zu Dreißigjährigen. Zu ihrer eigenen Generation hatte sie, ganz wie in ihrem Alter Kalkreuth, so gut wie keinen Kontakt. Ihre Liebe zu älteren, sogar zu alten

Männern, die Fichte unbegreiflich war, obwohl oder weil er von ihr profitierte. Noch als sie längst zusammenwohnten, rief immer wieder Professor Weber an, ein unterdessen sechsundsiebzigjähriger Philosoph, der schon vor acht Jahren keine Schritte mehr ohne Atemnot tun konnte, aber immer noch Frauen um sich hielt, schöne jugendliche Frauen, die am Seidenschal seines Ruhms zupfen wollten. Den hielt er ihnen hin. Irene habe sich einmal ausgezogen vor ihm. Er habe ihr hundert Mark gegeben, damit er sie nackt sehen dürfe. Es sei ganz harmlos gewesen, sie habe ihm diese Freude getan, es sei gar nichts weiter passiert, er habe sie nicht einmal angefaßt. Welche Macht Irene über ihn hatte, diesen durch sein Altern verlorenen Mann! Außer Stendel haben Irene Gleichaltrige kaum interessiert. Nie wirklich. Fichtes Freunde aber doch. Was er nicht wußte. Sie lockte sie alle. Wer sich ihren Reizen nicht ergab, den hat sie auf das schroffste abgelehnt. Wie sie, als Fichte und sie zum zweiten Mal gemeinsam in Palolem waren, auch Joachim Weifart becircte, sich vor seinen Augen die Brustwarzen streichelte und ihm verhieß, ihn in seiner Bambushütte zu besuchen. Ein paar Wochen später hatte sie ihn per email für ein Wochenende, an dem Fichte auf die Frankfurter ART reisen mußte, nach Berlin eingeladen, in Fichtes und ihr Bett. Wie seltsam wütend sie nachher auf Weifart war. Nie hat Fichte diesen Zorn verstanden. Doch, aber spät, da hatte er ihre Mails gesehen, sie waren noch in Weifarts Laptop gespeichert. Selbst mit Wernecke, seinem engsten Freund, dem Sammler, versuchte es Irene. Auch ihn lehnte sie irgendwann ab. War zweimal ohne Fichtes Wissen mit ihm ausgegangen. Hatte sich wunderbar gekleidet und gefragt: «Bin ich heute nicht schön?» Wernecke hatte trokken bemerkt, das interessiere ihn eigentlich nicht; es komme ihm aufs Aussehen nicht an. Wann war das? Wann erfuhr Fichte davon? Vieles ist dunkel, seit Irene ging. Aber Fichte hatte gespürt, als er an Thomas Stendels Vernissage zum ersten Mal in ihre ägyptischen Augen sah, die ägyptischen Lippen entdeckte und den Marmor dieses Gesichts, das wie zum Schutz die moosige Katzenbehaarung bezog: Da ist eine, die ist, wie du bist. «Ich konnte gar nicht anders. Es gab nichts mehr, was ich so wollte wie dich.» Sie brauchte jemanden für ihre Hülle. Und fremde Knochen. So weich war sie. Wer immer ihr sein Skelett zur Verfügung stellte, den hat sie mit bedingungsloser Liebe belohnt. Erst Fichte, dann Charles, wieder Fichte, dann Boone.

VII

«Wollen Sie nach Wisetka?» fragte Pforte etwa ein halbes Jahr, bevor Fichte Irene kennenlernte.

Der hatte keine Ahnung, wo das lag: «Wisetka?»

«Polen.»

«Was soll ich da?»

«Wir haben letzte Woche ein Künstleraustauschprogramm ins Leben gerufen. Das Stipendium ist nicht gut dotiert, Ostblock halt, aber für Sie sind die Arbeitsbedingungen wie geschaffen. So viel Platz haben Sie noch nirgendwo gehabt. Nicht einmal auf der Documenta. Ihr Atelier in Berlin ist vergleichsweise eine Abstellkammer.»

«Ich habe zu viel Schulden, um weggehn zu können.»

«Ihre laufenden Kosten trägt das Land.»

«Ich brauche, Herr Pforte, die Stadt. Die Oper, Konzerte.»

«Es gibt dort verzauberte Seen.»

«Ich kann nicht Aufträge liegen lassen.»

«Überlegen Sie's sich.»

Fichte fragte Kreienhoop, ob er etwas aus der Nerthus-Serie in Zahlung nehme, erwog sogar, Nothelfer zu kontaktieren. Denn Wernecke war nicht da. Besser, Fichte rief Lu an. «Kennst du einen Sammler, der einen preiswerten Fichte haben möchte?»

Sie wollte selbst etwas erwerben.

«Ich kann doch dir nichts verkaufen!»

«In diesem Fall schon. Sieh es als meine private Altersversorgung.»

«Ich habe», erzählte Fichte Irene, «einen Jahresaufenthalt bei Wisetka. Ab Januar.»

«Wo ist das?»

«An der polnischen Küste. Eigentlich bin ich für sowas zu alt.» Womit er ‹zu bedeutend› meinte. Aber das merkte sie nicht.

Sie strahlte: «Ich bin schon in Polen gewesen.»

«Ach ja?»

«Zweimal. Junge deutsche Lyriker treffen polnische. Einmal hat mich Thomas begleitet. Ob ich dich besuchen darf, Fichte?»

Sie hatte eine Art, Fragen zu stellen!

Bereits vier Monate waren die beiden zusammen; kaum sahen sie sich, fielen sie übereinander her. Von seinen Berliner Freunden hatte sich Fichte zurückgezogen. Verbrachte jeden Abend mit Irene. Sofern er nicht in Hamburg bei Lu war. Irene und er gingen in die Oper. Besuchten den Kitkat-Club. Den Fichte ja kannte, obwohl er auch dort stets ein Fremder geblieben war. Er mochte weder Latex noch schwarzes, genietetes Leder. Fichte wollte die Perversion elegant. Schönheit liebte er. Haltung. Das war in Irene inkarniert. So hob er, nachdem sie geklingelt hatten und die Metalltür von einer jungen, halbnackten Frau geöffnet worden war und um sich nach Outfit gar nicht erst fragen zu lassen, vor ihren Augen Irenes Top, nahm die linke Knospe zwischen zwei Finger und zog an ihr, während er abfällig «Reicht das?» fragte. Dann tanzten sie zwischen kopulierenden Leuten, die an den Brustwarzen Ketten trugen und gedornte Bänder um den Hals, daran Leinen. Keine Ahnung mehr, ob sie ebenfalls gevögelt haben, ich glaube nicht. Aber in der kleinen Anlage am Savignyplatz, vom *Zwiebelfisch* nur lachend die Straßengabel hinüber, die Bank, das Buschwerk, hinter ihnen Autos, vor ihnen Autos, die Scheinwerfer strahlten, Netze aus Schatten huschten über Irenes Rücken. Dann schauten sie in einen Pärchenclub. Diese hilflosen Menschen! Frauen, die ohne ihre Kleidung auseinanderflossen. Sämig ihr Fett. Es gibt so etwas: tumbe Haut. Und Männer, denen die Nacktheit auch noch die allerletzte Haltung nahm. In Socken spannten sie mal hier, mal da, wie Patronen steckten Präservative in der Seitenlitze der Slips. Elende Bäuche, von Oberschenkeln getragen, die an kurze Gatterpflöcke erinnerten. Irene und Fichte hockten dazwischen wie aus dem griechischen Himmel gekippt und planschten ein wenig im Whirlpool. Ein Kleinwüchsiger ging leise von Nische zu Nische und rührte hier eine an, leckte vielleicht dort eine andre. Auf der Art Cologne trieben Irene und Fichte nervös von Toilette zu Toilette, so drängte es sie, bis sie in einem abgelegenen, toten Gang ein Örtchen fanden, vor dem keine verkniffene Menschenschlange stand. Dort nahm er Irene her und stemmte dabei einen Fuß unten gegen die Tür. Irene hielt sich mit gestreckten Armen am Waschbecken fest. Immer wieder packte er in ihr Haar und riß ihren Kopf in den Nacken. Man wußte nicht: War es *das* oder sein Stoßen, was sie aufstöhnen ließ? Damals hatte er ihr die goldgewirkte Kette geschenkt. – Irenes würziges Dal. Zuhause. Irenes Palak Paneer. Korianderbestreute Putenbrust. Sie schlemmten. Vögelten wieder. Er blieb bis etwa dreivier Uhr morgens bei ihr in Wilmersdorf, dann stand er auf und radelte nach Mitte in sein Atelier. Erwartete Lus Anruf gegen halb acht.

«Nie bleibst du ganz über Nacht!»

«Übertreib nicht. Das hab ich schon getan.»

«Aber zu selten.»

«Möchtest du in Wisetka mit mir wohnen?»

Fast erschrocken fuhr sie zusammen. «Und Lu?»

«Sie hat ihre Kanzlei. Sie wird mich sicher besuchen, aber nicht oft. Hin und wieder übers Wochenende. An Feiertagen. Es ist eine lange Fahrt von Hamburg nach Stettin und wieder hoch an die Küste.»

«Am Meer wohnen.»

Am 15. Dezember flog Irene nach Goa via Bombay. Ihre erste Indienreise während der gemeinsamen Zeit. Fichte erwartete man am 1. Januar an der Ostsee. Die Weihnachtstage verbrachte er bei Lu. Dann fuhr er los. Noch einmal über Berlin. Ein Freund steuerte den mit seinem wichtigsten Zeug beladenen Transit, Fichte saß im Alfa. Er jagte, trotz des eisigen Wetters, voraus. Konvoi zu fahren, lag ihm nicht. Wenige Kilometer vor Wisetka ging die kleine Stichstraße ab, die durch den Wald auf das ehemalige Freizeitheim zuführt. Schon schimmerte der dreistöckige, langgezogene Plattenbau ockerschmutzig durch das Kiefern-, Buchen- und Birkengehölz. Eine Wellblechblende setzte das Flachdach von der oberen Balkonreihe ab, eine pollerartige Sirene darauf, sowie ein grotesk hoher, spirriger Fabrikschornstein. Insgesamt sieben Stipendiaten, vier Maler, zwei Installations- und ein Videokünstler waren in dem bedrückenden Gebäude untergebracht, fünf Männer, zwei Frauen. Fichte bekam, keine

Ahnung warum, den ehemaligen Freizeitsaal, der zu sozialistischen Zeiten Tanzbelustigungen vorbehalten gewesen war und zu dem, wie zu den anderen, absurderweise «Studios» genannten Werkstätten, zwei weitere Räumchen als Schlaf- und Gästezimmer sowie eine kleine Küche gehörten. Außerdem konnte man von Fichtes Atelier aus direkt nach draußen gehen. Seit dem Frühjahr ließ er die Türen offen, auch abends, auch nachts, trotz der Schwärme aggressiver Mücken, die sich mit Anbruch der Dämmerung auf die beiden stürzten und sie ganze Nächte durch piesackten. Sie liebten sich dagegen an. Morgens saß Irene draußen, hörte dem Bienensummen zu und schlürfte Campari Soda. Wenn sie nicht am auch hier schon nicht niedrigen Steilhang oder unten in den Dünen hockte.

Von Anfang an war Fichte privilegiert, was ihn nicht beliebter machte. Er galt den Kollegen sowieso schon als Unhold. Jetzt mußten sie auch noch dauernd, wegen seiner geöffneten Türen, in ihren Arbeitsräumen sein und Irenes Stöhnen und Schreien ertragen. Nicht selten mitten am Tag. Die anderen Studios waren aus zusammengelegten Zimmern entstanden, deren Wände man durchbrochen hatte, und nahezu identisch: sehr hell, nicht so hoch wie Fichtes Tanzsaal, aber riesig. Der Leiter, Professor Wybierzki, lebte in einer direkt am Hang zum Meer erbauten, bescheidenen Villa der Jahrhundertwende, fünfzig Schritte vom Haupthaus entfernt. Dort hatte er ein nicht sehr eindrucksvoll, aber massiv eingerichtetes

Dienstzimmer. Er war gegenüber dem Paar ausgesprochen tolerant, schon weil er neben seiner Ehefrau recht häufig eine Geliebte empfing und deshalb in Fichte so etwas wie einen erotischen Abteibruder sah. Unklare Verhältnisse lassen sich allerdings auf dem Land kaum aus den Gesprächen halten. Da hämmern die meisten an einem Universum aus Klatsch. Die geduckte Frau Prowniczki etwa, die, wie die übrige Verwaltung, im Haupthaus ihren Schreibtisch hatte. Aber auch Frau Simolanski, deren Feminismus Fichte insgesamt nicht gefiel. Dann gab es eine Pressetante, die vor Fett nicht vom Stuhl hochkam, aber auch nicht ausbalanziert auf ihm sitzen konnte. Fichte hat Fettheit immer gehaßt. Er hatte gleich bei seiner Ankunft das Gefühl, in diesem Umfeld nicht bleiben zu können. Jedenfalls nicht arbeiten. Zwar wußte er auf Anhieb zwanzig Kollegen, die dankbar gewesen wären, doch ihn beglückte nichts an dem Heim. Es war ihm einfach zu viel übererbter Realsozialismus. Man hätte ihm das gesamte Anwesen zur Verfügung stellen müssen, dann wäre etwas daraus zu machen gewesen. Obendrein wurden die Stipendiaten zentral in einer Art Kantine versorgt. Trotz ihrer eigenen Küchen erwartete Wybierzki, daß man sich zu den Hauptmahlzeiten zusammenfand. Es war ganz furchtbar.

Was hatte Fichte bewogen, so ein Stipendium anzunehmen? War er Wernher v. Kalkreuths wegen hier, der über Polen derart viel Unglück gebracht hat? Vielleicht ein Mahnmal, dachte Fichte. Vielleicht mehr.

Er durchstreifte die Gegend, es war bitterlich kalt. Er entlud nicht einmal den Transit, als der dann endlich hergefunden hatte. Am Morgen nach der Ankunft waren die hinteren Türflügel des Wagens zugefroren gewesen. In seinen Unterkunftsräumen schlief Fichte bloß. Selten in dem Schlafzimmerchen. Meistens im Atelier. Das, von der Matratze abgesehen, die er wie in Berlin vor seinen Zeichentisch legte, leer bleiben sollte. Ein ganzes Jahr in der Leere schlafen. Das war nicht durchzuhalten gewesen, nachdem Irene angereist war.

«Wir brauchen wenigstens Tisch und Stühle. Fichte, wirklich, wenigstens das.» Sie richtete sich in dem Nebenzimmer ein. Wenn sie es auch am liebsten getan hätte, konnte sie einfach noch nicht den ganzen Tag über draußen am Meer sein. Der Januar 1996 war ein zum Monat erstarrtes Eis. Dennoch: «Fichte, das Meer!»

«Es ist nur ein Brackwasser, Irene.»

Traurig sah sie ihn an.

«Eiszeitschmelze», erklärte er, «deshalb ist die See oben süß.»

«Alles machst du einem kaputt, laß mich an die Ostsee doch *glauben*!»

Er lachte auf. Auch Irene lachte. Damals hatten sie sich und alles im Griff. Dachte er. Und meinte, es werde immer so bleiben. Irene fröstelte sogar in seinem Atelier, obwohl derart geheizt war, daß ihm Ströme von Schweiß in den Nacken liefen. Man konnte die Heizung nur voll aufdrehen, den Regler eine Spur niedriger eingestellt, versagte sie. Das ganze Röhrensystem war marode, der zentrale Brenner wahrscheinlich auch. Wenn Fichte allein war, ließ er es kalt. War Irene bei ihm, lief er in Shorts und T-Shirt herum. Winter 1996 in Polen. Auf seine Suchgänge durch die Gegend nahm er Irene selten mit. Da wollte er, in den schweren Mantel gehüllt, alleine sein.

«Was zeichnest du da?»

«Höhlen.»

«Wieso?»

Er wußte es nicht. Er hatte noch überhaupt keine Ahnung von dem Bunker, den er erst im Februar entdeckte. Es gibt Dinge, die sind so bizarr, daß man besser nicht über sie nachdenkt.

In Wisetka haben ihn die Bewohner der Gegend Irenes wegen einen Kinderficker genannt. Sie selbst erzählte ihm davon. Er war wie von den Socken. Dann erzürnt. Sie nicht. Ihr gefiel das: «Sie halten mich für ein Kind!» rief sie quietschfidel aus. «Für ein Kind, stell dir nur vor!»

«Das sehen wir doch alle, mit was für einem Kind du zusammen bist», hatte schon in Berlin Gisler gesagt, ein hochgewachsener, knochiger Kulturhistoriker, der gefürchtete Expertisen für die Stiftung Preußischer Kulturbesitz verfaßte, fledrige Schimpansenohren hatte und ein riesiges Gebiß, das, wenn er lachte, ganz besonders drohend aussah. Nicht wenige Berliner Künstlerexistenzen hingen von ihm ab. Aber sogar Wernecke, der immer gut aufgelegte Freund und Sammler, der Fichte stets zur Seite stand, wenn der in bösen finanziellen Engpaß geriet, hatte gewarnt: «Ich will dir ja nicht zu nahe treten, aber Irene hat, glaube ich, noch ganz schön was zu lernen, wenn sie erwachsen werden will.»

Plötzlich, als wäre Irene ein schneller Schatten über Stirn und Nase und Mund gelaufen, drängte sich der melancholische Marmor hindurch, als der ihr Antlitz ihm immer erschienen ist. Und sie fügte, geradezu nachdenklich, an: «Aber in einem haben sie recht. Daß du mich fickst. Dauernd fickst.»

Du hast ihm Jugend geschenkt, Irene, er war über vierzig und würde dennoch nicht in die Jahre kommen. Solange ihr nur zusammenbliebt. Du hast ihn zurückgekoppelt an die Zeit, als er so alt war wie Du heute bist. An Fichtes Geburtsjahr, Irene. «Knie dich hin», sagte er, setzte sich und streckte Irene einen Fuß entgegen, damit sie erst den und darauf den anderen aus den Schuhen zog und die Socken abstreifte, um dann lange, sehr lange, an seinen Zehen zu saugen und schließlich, mit breiter Zunge, seine Sohlen zu nässen. Auch das hat erst Irene aus ihm freigelegt. Lu hat niemals gewußt, daß ihn so etwas sexuell ganz besinnungslos machte. Später wandte Irene sogar das gegen ihn.

Das Jahr von Wisetka. Fichte hat es später immer beschworen. Für sich. Für Dich. Euch. Das er seither «das schönste Jahr meines Lebens» nannte. Das anfing, nachdem Du das erste Mal aus Indien zurückgekehrt warst. Kaum warst Du in Berlin gelandet, noch völlig im Jetlag, riefst Du an, bekamst die Simolanski an den Apparat, sagtest nur: «Fichte.» Sie schickte ihre Tippse, die er erst einmal überhaupt nicht verstand. Sie sprach ja nur polnisch. Sie führte ihm vor, wie man telefoniert. Er lief ihr voraus in die Verwaltung. «Kann ich zu dir kommen?» Du leertest einfach den Rucksack, kipptest das Indienzeug auf einen Haufen, ließt es da liegen, stopftest neues Zeug hinein, setztest Dich in den Zug und warst da. Fichte holte Dich im Alfa von dem kleinen, heruntergekommenen Bahnhof in Wolin ab. Man fuhr vom Künstlerhaus wenige Kilometer auf der 102, erst durch Wisetka, dann Kolczewo und bog in die erste Abfahrt rechts oder den schmalen, geschotterten Weg geradeaus und erst knapp vor der Dzwina nach rechts. Beides herrliche Alleen mit Pappeln, uncoupierten Platanen und Buchen. Links der Bodden. Oder rechts die Seen. Durch Zastan, wo sommers alte pommersche Bäuerinnen am zerbröckelnden Gehrand saßen. Keine 20 Minuten mit dem Alfa, sofern nicht ein Trecker voranfuhr. Die vielleicht noch schönere Strecke direkt hinter Kolcewo war etwas kürzer und vereinte sich bei Unin mit der zweiten, die den Vorteil hatte, die ganze Zeit am unbefestigten, überaus breiten Flußlauf entlangzuführen. Wunderbare Cabrio-Trassen waren beide, ihr habt sie immer geliebt. Besonders seit dem Frühjahr. Immer wollte Fichte wissen: «Den längeren Weg? Den kürzeren?» Du lachtest. «Heut mal einen Quicky», sagtest Du. «Quicky oder Longy?» fragte Fichte fortan immer, wenn ich Dich in Wolin begrüßte oder bevor er Dich zurückfuhr.

«Ich halt es nicht mehr aus.»

Gleich im Januar, als Du zum ersten Mal herkamst. Schon saugten sich Deine Lippen an seinem Mund fest.

«Wie weit ist es bis Wisetka?»

Du warst restlos fertig. Du hattest nicht einmal geduscht, weil Du sonst in Berlin den nächsten Bahnanschluß verpaßt hättest.

«Fichte, ich kann nicht mehr warten, bin zu müde fürs Warten.»

Das war gleich hinter Kodrab. Er steuerte den Alfa rechts ran, Du packtest Fichte zwischen den Beinen, er schrie auf. So unbeherrscht griffst Du zu. Auf dem Dach einer Scheune jammerten zwei Möven wie rollige Katzen.

Das Jahr von Wisetka. Irene wurde Fichte unentbehrlich. Um das zu erreichen, fuhr sie immer wieder nach Berlin, das nötigste Geld zu erjobben und um zu schwimmen, täglich eine Stunde, um zu laufen, um immer schlanker zu werden. Sie stellte sogar ihre Kleidung auf Fichtes Vorlieben ein. Damit das, was er seine Anima nannte, endgültig in ihr Gestalt annahm. Dafür reiste sie immer wieder nach Wisetka her. Sie scheute keine Strapaze. In die Universität ging sie nicht mehr. Alles in ihr wurde Fichte. Die Strömung, der sie bislang gefolgt war, war abgebogen und flutete ausschließlich ihm zu. Als Boone erschien, bog sie abermals ab, und wieder folgte sie.

«Hast du eigentlich jemals *mich* gesehen, Fichte? Daß ich damit leben mußte, daß da eine andere war? Daß ich immer aus dem Raum mußte, wenn Lu anrief? Kannst du dir vorstellen, wie sich das anfühlt, wenn man im Nebenzimmer hockt, nicht lauschen möchte und doch lauscht, wenn man warten, warten, warten muß. Wenn man diese zweite, diese ältere Liebe fühlt, von der man weiß, daß man ihre Jahrzehnte nicht aufholen kann? Wie oft bin ich dann ans Meer gelaufen! Und dann immer drauf achten, daß die Augen trocken sind, wenn du zurückkommst! Ich habe ja nicht einmal gewußt, wann ich heimgehen konnte. Ihr habt manchmal länger als eine Stunde telefoniert. Auch das war Wisetka, Fichte, *mein* Wisetka. Hast du darüber jemals nachgedacht?»

Eigentlich hat sie damals schon das Studium aufgegeben, das fortzusetzen er Irene später bedrängt hat. Als sie längst Mutter war. Da war es für die Uni zu spät.

Manchmal wachte sie auf und kroch unter dem Zeichentisch zu seinem Schwanz. Er gewöhnte sich deshalb an, morgens seinen Unterleib unbekleidet zu lassen. Mit nacktem Arsch saß Fichte auf dem Stuhl, die Kopfhörer über den Ohren. Vergaß Irene irgendwann. Sang vor sich hin. Skizzierte. Zog Linien. Hatte die Idee einer Halle. Er verwandte damals Millimeterpapier, das er von dicken Rollen riß und mit Heftzwecken auf den Maltisch pinnte. Er *träumte* sogar von Millimeterpapier. Und schrieb zum ersten Mal das Wort *Höllenpalast* unter ein Blatt. Ende Januar. Spürte Irenes Mund. Er hatte überhaupt nicht mitbekommen, daß sie erwacht war. Es mochte zehn Uhr morgens gewesen sein oder halb elf. Jeden Tag ab sechs saß er da. Sie liebte es, er liebte es, daß sie sein ganzes

Geschlecht in sich hineinnahm, Hoden und Schwanz zusammen. Was ja nur ging, solange er Fichte nicht stand.

In Wisetka lasen wir gemeinsam das Märchen. Hier gab Irene ihm ihre Gedichte. Hier hat er seine Frau, ganz unabhängig von Lu, zum ersten Mal verletzt. Denn er mochte diese Lyrik nicht. Sie entsprach vielleicht nicht dem Bild, das er von Irene hatte. Die Texte waren ihm zu mädchenhaft, zu ausgesucht gebaut und auf Wohlklang gesetzt, jedes Bild filigran. Die Wörter klingelten wie im Luftzug aneinanderwehende Metallstäbchen. Er nannte die Sachen pubertär. Das hat Irene derart getroffen, daß sie mit ihm über Gedichte niemals wieder sprechen wollte und nur noch heimlich schrieb. Was sie Freunden von ihnen beiden zeigte, so daß Fichte es erfuhr, der nun seinerseits schwieg. Erst viel später, Irenes entstehende Indien-Novelle, die selbstverständlich bei ihrem Felsen spielt, hat sie ihm zu lesen gegeben, aber nur, weil er so drängte. «Ich wollte endlich etwas für mich machen, Fichte. Etwas, das nur Ich ist.» Die Erzählung war wunderschön, mehr: ergriff.

Fichte hat Irene immer als eine gesehen, die genau so alt war wie er. Kinderficker. Womit sie sich in Berlin amüsierte, wofür ihr Herz außer nach ihm noch schlug, das wußte er nicht. Sie hat auch nie darüber gesprochen. «Fichte, du hast nie gefragt.» Er hatte keine Ahnung von ihrer Lust an einfacher Musik, sie gingen ja nur in die Oper. Nie hat sie ihn darum gebeten, gemeinsam eine Nacht in Clubs durchzumachen, die, als er so alt war wie sie, noch Diskotheken geheißen hatten. Sie sind kaum einmal tanzen gegangen. Außer, wenn sich so etwas auf Künstlerfesten ganz ungeplant ergab, was ihn dann immer erschreckte. Sie hat in seiner Gegenwart nie Pop aufgelegt, das kam alles, zu seinem Entsetzen, erst im letzten halben Jahr, alles auf einmal, und griff ihn da im Innersten an. «Natürlich hab ich Pop gehört! Wenn ich für mich war, wenn du bei Lu warst oder alleine in Wisetka. Dort bist immer nur *du* gewesen!» Wieder einmal hatte er sich nicht vorbereiten können. Wieder einmal platzte seine Haut auseinander, weil es ihm nicht gelang, diese furchtbare Kugel in sich zusammengepreßt zu halten. «Du wirst auch einmal aufgehängt wie dein Großvater, Kalkreuth.» Ach Irene.

Fichte war immer anders. Denn das Eigenartige, Irene, ist, daß die Musik, mit der Du in eurem letzten Halbjahr so innig umgingst, *Fischer-Z* und *Deep Purple*, diejenige *seiner* Generation war, nicht etwa Deiner. So daß Du Dich schleichend in eine von denen verwandeltest, von denen er sich, als er sechzehn gewesen war und siebzehn und zwanzig, abgewandt hatte. Deshalb seine Wut. Deshalb seine Trauer, als er es, zu spät, bemerkte. Nichts mehr tun konnte. Es akzeptieren mußte, ohne es akzeptieren zu können. Was hat er jemals ohne Verspätung bemerkt? Als es darum ging, sich von Fichte zu trennen, beugte sich Irene über die gemeinsamen fünf Jahre zurück, machte sich schmal, schlüpfte durch und wurde erneut einundzwanzig. Knüpfte dort an, wo sie seinetwegen aufgehört hatte. Musikalisch hatten Irene ihr älterer Bruder und die Wohngemeinschaft im Rodgau geprägt, der von ihr immer so genannte Hof, auf den sie, nachdem sie von ihrem Vater weggelaufen war, gezogen war. Dort hatte sich ein spätes Hippie-Milieu biotopisch erhalten. Erst mit Boones Techno-Experimenten hat Irene Anschluß an ihre Generation gefunden. Da rannte sie nur noch mit dem Discman und Boones CDs herum. Legte sich sogar in die Badewanne damit.

«Neulich hast du es selbst interessant gefunden.»

«Da habe ich ein paar Minuten gehört, mehr nicht.»

Was Fichte eigentlich verletzte, das war, daß Irene mit genau derselben Intensität sich einst in seine Bilder eingeschmiegt hatte. Es konnte gar nicht mehr deutlicher sein, daß sie mit Haut und Haaren einer Welt verfiel, zu der er nicht gehörte, ja der er feindlich gegenüberstand. Die ihn ausschloß. Die er verachtete.

«Was weißt du denn, Fichte? Du hast doch keine Ahnung von Pop. Du kennst keine Sänger, keine Gruppen. Die ganze Geschichte von Rock 'n' Roll ist dir fremd. Und urteilst dennoch. Verurteilst, Fichte. Du bist ignorant.» Dann setzte sie noch hinterher: «Boones Musik spricht zum Herzen, nicht zum Verstand.»

Es war der reinste Kitsch, aber saß. Saß, weil «Es war der reinste Kitsch» eine Formulierung des Verstandes ist. Zumal Musik das Zentrum auch seiner künstlerischen Vorstellungen war, Musik hat Fichte die Substanz ersetzt: Sie füllte ihm die Leere, wie er so lange Irene gefüllt hatte, und warf seine Arbeiten aus ihm heraus. Sein Atelier war von Klängen geflutet, selbst in den Bunker hatte er Boxen gewuchtet. Er hatte nicht selten Sorge, die Ausschachtungen könnten unter den Vibrationen des schweren mahlerschen Blechs zusammenstürzen. Sie affizierten vielleicht die Eigenfrequenzen der Balken, mit denen Fichte die frischen Durchbrüche abgestützt hatte. Oder die Sinustöne der Neuen Musik brächten das Gewölbe zum Schwingen. Stockhausens Gesang der Jünglinge, lange schon innerer Bezugspunkt seiner Arbeit, rief durch die imaginierten Labors. Er hörte natürlich auch Wagner. Allein dieser Anspruch! Diese Grandiosität. Dieses Wagnis. So deutschkatastrophisch. Wer sich dieser Selbstüberhebung nicht stellte, der konnte nicht trauern, geschweige das Entsetzen, dessentwegen Fichte in Polen war, endlich in den Griff bekommen. Ohne das war Kunst insgesamt nicht möglich. Fichte hörte Bach und, um sich zu lösen, Barockopern. Es gab Momente, in denen er, einig mit sich, den Steinen, dem Beton und den Farben, plötzlich von allem abließ, weil er merkte, daß er flennte wie ein Hund. Und hatte versucht, Irene da heranzuführen. Sie war ihm begeistert gefolgt. In Rom hatte sie beim Giulio Cesare geweint. Noch als Irene schwanger war, gingen sie in die Oper, um das Kind bereits im Mutterleib zu prägen. Damit nicht andere es prägen konnten, später, mit Müll. Und jetzt kam sie mit populärer Musik. Nicht nur das, sondern Boone hatte vor, ihre Stimme, sie, Fichtes indische Göttin, in sein rhythmisches Stampfen einzubauen.

«Wir haben ein Projekt miteinander. Wir haben schon aufgenommen. Ich übersetz ihm meine Gedichte.»

Dein lyrisches Gefühl, Irene, kam ihm grad recht; er verstand ja sowieso kein Deutsch. Und wenn er es verstanden hätte, er hätte «Tata! Tata! Tata!» gerufen und Deinen Kitsch mit dem Synthesizer noch stampfend aufgedreht. «Du glaubst nicht, was man mit Elektronik alles machen kann.» Irene hatte ein geradezu grenzenloses Vertrauen zu ihm. Und er zu ihr, sagte sie. Mit nichts hätte sie Fichte stärker zurückweisen können. Außer mit einem. Aber auch das tat sie ihm an. Wie er es ihr angetan hatte. Alles, was seit Spätsommer 1999 geschah, kommt ihm heute wie ein ehelicher Rachefeldzug vor, den Irene sorgsam vorbereitet, allmählich begonnen und unerbittlich bis zum Ende durchgeführt hat, mit Verhandlungen erst, dann plötzlichem Vorstoß, Waffenstillständen, sogar Verbrüderungsfeiern der feindlichen Lager, woraus nicht selten, war Alkohol im Spiel, Scharmützel wurden, mit Rückzügen, Terraingewinn, vorgeschobenen Frontlinien, die sie schnell befestigte, schon immer neuem, ständig weiterem von ihr besetzten Gebiet und schließlich Fichtes totaler Kapitulation. Wenn er dich wiederhaben will, muß er zu den Schatten steigen. Das wird er auch tun. Und ich versprech Dir, Irene, er dreht sich nicht um. Aus Wisetka kennt er die Unterwelt schließlich ein wenig. Nein, davor fürchtet Fichte sich nicht. Aber Irene ging ja ins Meer. Vielleicht, daß er tauchen lernen muß, tiefseetauchen, wie sein Bruder. Es kann ja sein, daß sie sich verirrt hat.

Immerhin wissen wir nun, daß auch Delphine falsche Wege nehmen. Das liegt an ihrer Intelligenz, ganz wie bei uns. Denn Irene hatte recht gehabt, hatte wirklich einen Delphin gesehen, Ende April, Anfang Mai 1997, als Fichte nach vier Monaten wieder nach Wisetka gefahren war, wo die Bauern Grün trugen und, imaginierte er, sich in den frisch gepflügten Feldern liebten, um das Wachstum des Getreides anzuregen. In allen Dörfern waren Maibäume in den Schoß der Erde gepflanzt. Störche nisteten auf den Gehöften. Nirgends hatte er jemals so viele Störche in ihren Wagenradnestern gesehen. Konnte er ahnen, daß ihrer beider Leidenschaft sie noch einmal, eine sehr hohe See, überfluten würde, als sich ihre Beziehung zwar gefestigt hatte, aber auch beruhigt, seit Fichte ganz offen mit Irene und nicht mehr Lu zusammen war? Irene wies ihn seitdem oft ab. Ihre Verletzung schien einfach nicht mehr zu heilen. «Du hast mich weggeschickt, Fichte.» Hätte er Dich im Genick packen müssen und Dich hinunterdrükken? Du hattest immer seinen Griff in Deinen Nacken geliebt. Heftig auf Deinen Arsch schlagen, Dich wieder weichschlagen also? Auch auf die Gefahr hin, daß sie ihn dann endgültig wegstieß? Vielleicht war ihr das alles nicht bewußt. Vielleicht, Irene, fühltest Du das nur und wolltest es nicht fühlen. Stelltest Dich deshalb still. Wartetest, daß es vorüber ging, dieses verächtliche Gefühl. Dieser Januar, dieser halbe, dreiviertel Februar waren für euch beide quälend. Ihr wart zusammen und wart es nicht. Er lag neben Dir, wollte Dich berühren, Du wandtest Dich ab.

«Bitte nicht, Fichte. Ich mag nicht. Ich kann nicht.» Hat sie ihm übelgenommen, daß einer wie er eine wie Lu verließ, daß selbst eine solche Liebe brüchig wurde? Daß sie ihrerseits Charles Groves, der sich ihr, anders als Fichte, völlig rückhaltlos geöffnet hatte und ihr in Wales das ersehnte Zuhause geben und sie, wie sie sagte, «umsorgen» wollte, diesen Abschiedsbrief schreiben mußte? Charles einen solchen Schmerz zuzufügen! Daß Fichte daran schuld war! Mit welcher Kälte sie ihn empfing, als er aus Hamburg ankam. Alles hatte er aufgegeben.

Hatte gar nichts gewonnen. Litt noch unter dem ersten Verlust und erlitt schon den zweiten. Seine gesamte Dominanz brach zusammen. Irene hatte Fichtes Verletzungen umgedreht, als sie von ihm forderte, daß er sie schlug, hatte sie in eine Macht pervertiert, die er vorher nicht besessen hatte. Nur in der Kunst, wenn er Farben in Batzen auf Leinwände schlug, war sie ihm immer eigen gewesen. Wenn er ganze Hände voll nassem Ton in seine Objekte feuerte. Wenn er das Material knetete, zerschnitt, zerriß und die Fetzen arrangierte. Nun war Irene nur traurig, war halb melancholisch und halb von seinen Versuchen, sie zu vögeln, genervt. Zog, was sie hatte in ihm erstehen lassen, wieder aus ihm ab, so daß nun er sich unterwarf. Sexuell. Ohne daß Sexualität überhaupt noch realisiert worden wäre.

Nahezu zwei Monate verstrichen. Dann nahm sie ihn erneut in sich auf. Umfangend. Sehr naß. Als tauchte er in tropisches Wasser. Ihr wurdet Schweiß in Schweiß. Sehr fleischlich. Organisch. Aber der perverse Druck war ausgeglichen worden. Zwischen euch. Nicht, Irene, in ihm. Er schlug sich damit täglich weiter herum, verbrachte Stunden, anstatt zu arbeiten, in Porno-Chats. Merktest Du nicht, wie ihn das quälte, wenn er Dich ansah? Wie ihn danach verlangte, wieder an der Grenze zu spielen? Er kriegte diesen Druck nur weg, hatte er eine Zofe im Cyberraum gefunden, die sich vor ihn hinkniete, seine Schuhe und Socken auszog und an seinen Füßen zu lekken begann. Die ihm das Sperma aus der Handfläche schlürfte. Er fand ein Bild im Netz, das ihn überhaupt nicht mehr losließ: Eine ausgesprochen elegante, nahezu kühle Frau, deren Top die beringten Brüste freiließ, trug an den Piercings eine dünne Kette und daran ein Tablettchen, das seitlich an ihrer Taille festgemacht war. Darauf eine Flasche Cognac, zwei Schwenker. Das Tablett war schwer, es zerrte an den Warzen und zog die Brüste sichtlich lang. Die Frau sah überaus stolz dabei aus. Unfaßbar. Daß so eine jemanden derart bediente! Mit welchen Fantasien sich Fichte herumschlug! Sie hatten immer mit Haltung zu tun, die in einer Bewegung verdrehender Eleganz Leid in Lust übersetzte. Genau so übersetzte Fichte das Elend und die Schmerzen der Leute, die von Medizinern wie Wernher v. Kalkreuth für Experimente mißbraucht worden waren, bis das Dritte Deutschland die Mordwaffen gestreckt hatte, in seine Bilder, von denen er unbedingt wollte, daß sie *schön* waren. Schön waren schon Julian Kalkreuths Vampire gewesen. «Dieser manierierte

Aristokratensohn!» haben die Leute immer geblafft. Doch Fichte belferte ihnen entgegen: «Manierismus, sehr wohl!» Und reagierte auf die Ablehnung mit aggressiver Eitelkeit. Was es den Betrieb fuchste, daß er am alten Künstlerbegriff festhielt, ihn auch noch füllte! «Dem kommt es ja bloß auf die Kunst an!» knurrte man zur Zeit der Friedensbewegung. Kalkreuth sofort: «Die Kunst, jawohl!» Geniekult, ja und? Der ganze BBK zerriß sich das Maul über ihn. «Du wirst auch einmal aufgehängt wie dein Großvater, Kalkreuth.» Wie ihn die Leute ekelten! Wie ihre Musik ihn ekelte! Deshalb hat Fichte, Irene, aus dem, was die Leute abscheulich nannten, sein künstlerisches Credo gemacht und es in eine Form gebunden, die sich nicht länger aus der Welt schieben ließ, sondern zurückschlug. Ich bin mir sicher, daß es genau das war, was die Kommission seinen Entwurf für das Holocaust-Denkmal verschwinden ließ. Deshalb hat man später, nach Kreienhoops, den Fichte um Hilfe angerufen hatte, nicht überhörbarem Protest, so unbedingt behauptet, sie habe niemals vorgelegen. Doch auch wir, Irene, verdrehten unsere Verletzungen auf dem Körper des anderen. Und vielleicht ist das Leid, das Dir Lus Existenz so lange zugefügt hat, daß Fichte Dir ihretwegen nie restlos nahekommen konnte und Dir deshalb nicht wirklich Familie wurde, sogar eine Bedingung dafür gewesen, daß euch diese rasende Wollust durch das ganze Jahr von Wisetka trug. Jetzt hatte sich Fichtes hingegebene indische Göttin in Hunderte seiner Innenbilder zurückgezogen, denen er im Internet eine realisierbare Entsprechung suchte. All das ging schon in den fünften, vor allem aber sechsten, seinen wahrscheinlich prächtigsten Höllenpalast ein. Deshalb die vielen zu Fragmenten zerschnittenen Pornozeitschriften, ganze Stapel davon, die Fichte zu Deiner wachsenden Verachtung in Deutschland bezog, nicht ganz risikolos bei Świnoujście über die Grenze und nach Wisetka brachte und den Palästen integrierte. Wenn er eben nicht in den Pornosites herumchattete. Fichte hatte, seit er erotisch denken kann, mit Pornografie zu tun, er arbeitete stoßweise, wie man fickt. Er lud sich im Netz auf, nein, Irene, er hat hinterm Bildschirm nie onaniert, er entlud sich ins Bild. Davon sprach er nicht. *Konnte* er jetzt nicht mehr sprechen. Wahrscheinlich war er, seit Du wolltest, daß er Dich ins Gesicht schlug, zu einer innigen, vertrauten Beziehung, wie sie sich, nachdem Du Charles überwunden hattest, endlich zwischen euch anließ, nicht mehr in der Lage. Wahrscheinlich wird er das niemals mehr sein. «Schlag mich bitte, schlag mich ins Gesicht!» Du hättest, Irene, diesen Ausruf nicht tun dürfen! Oder er hätte jetzt auf ihm beharren müssen.

Fichte hat nie sublimieren, hat immer ausleben wollen. Immer das Leben direkt. Daher dieses öffentliche Mißverständnis über seine Kunst. Es geht ihr nicht darum, ein Manko zu beheben. Sie will das Manko *sein*. Will es auf eine Weise sein, die es erzwingt, die gar nichts anderes möglich macht, als Lust aus ihm zu ziehen. Sie soll die Welt sein. Aus diesem Grund hat sich Fichte immer geweigert, das Leben zu beklagen, und hat nur höhnisch gelacht, wenn die Jammerer kamen. Fichte jammert nicht, er fordert. Ich wollte auch wieder fordern. Wie damals. Konnte es aber nicht mehr. Denn Fichte war für Dich klein geworden. So einer muß bitten. Und um etwas zu bitten, saugt aus den perversen Impulsen den Reiz. «Knie dich hin. Beug dich vor. Zeig mir deinen Arsch. Zieh die Backen auseinander.» Vorbei. Noch wochenlang hatte Charles, Dein alternder Goa-Hippie, ein bald sechzigjähriger Mann, Briefe geschickt, die Couverts mit kindlichen Kritzeleien verziert. Wochenlang hatte sein Leid in Deinem Gesicht gestanden. Du brauchtest, wie für alles, lange, hattest diese ganzen Wochen nötig, damit Du Dich von ihm lösen konntest. Um Dich von Fichte zu lösen, waren zweieinhalb Jahre nötig.

VIII

Irene hatte wirklich einen Delphin gesehen, *stenella attenuata*, wie wir zwei Tage später aus der Zeitung erfuhren. Ich erinnere mich, wie atemlos Irene hereingerannt kam, schon am Abrutsch des kleinen Hanges, in den der Bunker eingegraben war, schrie sie «Fichte! Fichte!» in den Lärm. Eine Stunde lang war sie gerannt. Nein, länger. Immer am Strand entlang, das Kliff dann hochgehetzt und durch den Wald. Hatte diese polnische Zeitung in der

Hand, mit der wedelte sie über ihrem Kopf, mit der durchstieß sie das Musikmeer und den Krach des Preßlufthammers und den künstlichen Tag, den die mittlerweile über dreißig Flutlichtstrahler in dem Gewölbe zum Gleißen brachten. Fichte mußte in dieser Phase der Arbeit eine tiefdunkle Schutzbrille tragen, wenn er sein Augenlicht nicht gefährden wollte. Der Vierte Höllenpalast. Seit dem Dritten waren die Gemälde unauslösbar in die Wände gekeilte Gebilde. Fichte nannte sie aber weiterhin Bilder. Installationen sind Krücken. Er hatte billig medizinisches Equipment aufgetrieben, ganz Polen ist eine Schrotthandlung für das bizarrste Zeug, massenhaft Schüsseln, Spritzbestecke, Zangen, bestimmt tausend Pinzetten, hunderte Skalpelle, Klistierbälle, dazu ausgediente Elektroenzephalographen, sogar alte Krankenbetten mit Vorrichtungen zum Fixieren von Patienten, und hatte all das zu den Borken, den Baumsäulen, den Steinen und Lehmen und zu den Pornostapeln geschafft. Tagelöhner halfen ihm später. Kisten um Kisten schleppten sie den Aufstieg durch den Wald hoch und dann in den Wald mitten hinein. Der junge Parkwächter, der seit April immer unten stand, freundete sich mit Fichte fast an, obwohl der doch außer ‹dschin dobre›, ‹dschin kuje› … ja: und außer *Morze*, Meer, kein Wort Polnisch sprach. Aber er brachte ihm manchmal zwei Flaschen Bier für den Tag mit, selten ein paar geschmierte Brote aus der Kantine. Die Arbeiten waren gewachsen. Bereits der zweite Palast, noch nicht ganz so fossil mit diesem Hades verwachsen, war für die Präsentation in Köln nur unter schwierigsten Umständen herausgebracht worden. Obendrein hatte es Ärger mit dem Zoll gegeben. Fichte hatte sich geweigert, nicht am Stück zu arbeiten. Praktikablerweise waren sehr umfangreiche Werke sonst immer in Segmenten gestaltet, die in den Museen zusammengesetzt wurden. Aber man sah dann jedesmal Brüche. Es gab immer Nahtstellen. Fichte wollte das nicht mehr. Die Kosten der Überführung nach Deutschland waren derart gigantisch gewesen, daß sich Kreienhoop geweigert hatte, sie allein zu tragen. Wieder einmal half Wernecke. Kreienhoop versprach sich eine Art Skandal, Aufsehen, Erregung der Öffentlichkeit. Doch die erhoffte Publicity war ausgeblieben. Man hatte, sofern er überhaupt wahrgenommen worden war, den Palast als gigantomane Verirrung abgetan. Anstatt Fichte beizustehen, hatte Kreienhoop ihm Vorhaltungen gemacht. «Ihr Hang zur Größe zerstört Ihnen eines Tages den Markt. Ich kann Sie nur warnen, Fichte.» Er hätte dem Mann dankbar sein müssen, aber ahnte schon, was käme. Tatsächlich hat Kreienhoop spätestens mit dem Vierten Höllenpalast begonnen, von Fichte Abstand zu nehmen. Auch Gisler verzog zunehmend skeptisch das Gesicht. Fichte war derart wütend, daß es zwischen euch, Irene, abermals zu einer seiner Szenen kam. Doch damals hielt Fichte das noch durch, ohne sich, wie seit Du Dich ihm entzogst, in sich ständig wiederholenden Bußfertigkeiten und Zerknirschung zu üben. Fichte hatte unrecht, sicher. Aber er bereute nicht. Das hat Irene damals gefallen. Jedenfalls hat sie es ausgehalten. Bis auf den Abend, an dem herauskam, daß sein Entwurf zum Berliner Holocaust-Denkmal nicht nur einfach nicht in die Endauswahl gekommen, sondern gleich zu Anfang von einer, ich kann es nicht anders nennen, Zusammenrottung seiner Feinde ausgesondert worden war. Dabei ist Fichte einer der ersten hartnäckigen Verfechter der Idee gewesen. Er hatte sich lautstark und ständig in die öffentlichen Diskussionen eingemischt, sogar Artikel verfaßt, aber zugleich nicht damit hinterm Berg gehalten, für wie verlogen er den sogenannt korrekten Modus der Vergangenheitsbewältigung hielt, den man in Deutschland zelebrierte. Imgrunde sich darin feierte, daß man so moralisch war. So aufgeklärt. Vernunftbetont. Anstatt zu begreifen, daß es um nichts anderes gehen konnte, als sich dem Mythos auszusetzen, dem Mythos und dem Schmutz und dem Größenwahn, daß man sich gerade auf das Schummrige, Pathetische, falsch und auch komisch Erhabene einlassen mußte, wenn man denn tatsächlich bewältigen wollte. Man wollte aber nicht bewältigen. Man wollte die Schuld zum Ding machen, weil Dinge sich beiseitestellen lassen. Das hätte Fichte nicht öffentlich sagen dürfen.

Es war warmer Spätherbst in Wisetka, Irene war nachmittags aus Berlin angereist. Fichte hatte vor lauter Lust auf sie nicht arbeiten können, jedenfalls wenig, war nur nervös in den Palästen oder dem, was sie werden würden, auf und ab gelaufen, hatte sich vergeblich an den Zeichentisch gesetzt. Jetzt mußte er aber dann doch noch ins

Internet schauen. «Laß doch sein. Laß uns schlafen gehen, Fichte.» Hätte er nur auf sie gehört! Es war elf oder halb zwölf, sie waren völlig ausgelaugt. Fichte hatte das Gefühl, oberhalb der Hoden wachse ihm ein pochendes Loch in den Unterleib hinein. Imgrunde war er glücklich. Und dann las er *das*! Nicht einmal sein Name wurde erwähnt, nicht einmal im ‹unter anderem›. Und *wen* die alles ausgewählt hatten! «Das darf doch nicht wahr sein!» Jähzornig schrie er das. Sein Unterarm fegte Skizzenblöcke, Stifte, auch Deine Handtasche runter, es schepperte, klirrte, Schminkzeug, der kleine, in tausend Splitter zerspringende Spiegel, Kugelschreiber, alles mögliche.

«Mann Fichte, was soll das?» Irene kam her, mit freiem Oberkörper, bückte sich, um ihre Sachen aufzuklauben.

«Scheiß doch drauf!»

Irenes Nacken ließ noch den länglichen Abdruck sehen, den das Nylonseil in ihn eingedrückt hatte.

«Was scheiß drauf?» Sie wurde ärgerlich, erhob sich. «He, komm mal wieder runter!»

«Ich? Ich soll runterkommen?! Wenn ich diese Arschlöcher endlich zwischen die Finger bekäme!»

Sie wurde sehr ruhig. Fichte sah sie zum ersten Mal kühl. Aber sah sie ja nicht.

«Hessel, ausgerechnet diesen Arsch Hessel! Guck dir das doch an, diesen Müll!»

«Soviel ich weiß, hast du ihm einmal eine mehr als freundliche Einführung gehalten. Steht abgedruckt irgendwo da hinten.» Sie zeigte auf die Reihe der wenigen

Fichte wichtigen Kataloge, die er aus Berlin nach Wisetka mitgebracht hatte.

Er starrte Irene an. Seine Wut wurde keineswegs kleiner, er versuchte es mit der Kugel erst gar nicht. «Bist jetzt auch du gegen mich?» Die anderen waren nicht zu fassen. Nicht von Wisetka aus. Aber sowieso nicht.

«Niemand ist gegen dich, Fichte.»

«Was? Das sagst du, die die ganze Intrigenscheiße, die gegen mich läuft, seit über einem Jahr mitbekommt? Ja bist du blind?»

Er dachte, er schnappt über. Mußte spüren, daß er immer noch allein war. Und daß Irene es war, die ihn das fühlen ließ! Daß sie so absolut kalt war! Hätte sie ihn in diesem Moment in den Arm genommen, einfach in den Arm genommen, es wäre das Schlimmste zu verhüten gewesen. Vielleicht. Aber sie hatte sich mit verbundenen Augen auf dem Zeichentisch festbinden, hatte sich benutzen lassen, benutzen lassen wollen zu allem, was ihm nur einfiel. Da kann man nicht plötzlich mütterlich sein. Bereits drei Tage lang hatte er sein Sperma in einem Döschen gesammelt und im Kühlschrank für sie aufbewahrt.

«Öffne den Mund.»

Sie tat es.

Er zog Speichel zusammen, ließ ihn auf ihre Zunge fallen.

Sie: «Mehr.»

Fichte: «Du wirst alles trinken, was ich dir gebe?»

Sie: «Alles, Fichte. Alles.»

Er stellte sich auf die Zehenspitzen, legte ihr seine Eichel auf die Lippen. Die wippte hoch, sie schnappte nach ihr, versuchte, sie mit dem Mund festzuhalten, streckte die Zunge nach ihr aus. Er öffnete den Schraubverschluß des Röhrchens. Vorsichtig, damit es Irene nicht mitbekam.

«Du hast einen Verfolgungswahn, Fichte.»

So daß er platzte. Es ging nicht mehr um das Denkmal. Es ging auch nicht um euch. Es ging um Lagerfeuer, um *Michael, row the boat ashore!* Um die Abende, an denen die Mädchen Witze über ihn gerissen hatten. Darum, daß er in den Diskos stundenlang herumgestanden war in der vergeblichen Hoffnung, jemanden kennenzulernen. Daß er sich einer Musik hatte aussetzen müssen, die ihm widerlich war, und selbst, daß er sich dazu durchgerungen hatte, hatte nichts geholfen, sondern alles nur immer noch schlimmer gemacht. Es ging darum, daß man ihn einen Spinner genannt hatte, abermals und abermals, die Gleichaltrigen, seine Mutter, seine Tante, sein Onkel, die Lehrer. Daß er absolut draußen war. Daß sich das zeitlebens fortsetzte. Daß ihn der Kunstbetrieb aussondern wollte. Daß man ihn alle zwei Tage verprügelte, weil er sich nicht wehrte, sondern einfach dastand und auf sich einschlagen ließ. So hatte seine Schulzeit ausgesehen. Bis sich sein Opa, der Vater seiner Mutter, erbarmt und ihn in einen Selbstverteidigungskurs gesteckt hatte. Karate. Jiu-Jitsu. «Du mußt lernen, Junge, zurückzuschlagen. Wenn du das nicht endlich kapierst, gehst du kaputt.»

Nun schlug er zurück.

Ja, es stimmt, er hat Irene geschlagen in dieser Nacht, er hat sie nicht aus Liebe geschlagen wie sonst, er schlug sie aus Haß.

«Der arme bedauernswerte Fichte! Alle sind so böse zu ihm. Putti putti putti! Möchte das Fichtchen Kakaochen haben? Möchte das Klitzefichtel getröstet werden von seiner Mama?»

Da schlug er zu. Im Schlag war alles weg, alle Not, alle Wut, alle Verzweiflung. Einfach weg. Fichte stand da und starrte Irene an. Es hatte diesen Knacks gegeben. Diesen kleinen, deutlichen Knacks ihrer Nase, den er in seinen Fingerknöcheln spürte, es knackste immer wieder darin, wie der Reflex eines winzigen permanenten Erinnerns. Sie starrte zurück, ein bißchen Blut rann ihren rechten Nasenflügel entlang bis auf die Oberlippe. Irene drehte sich um, schritt in ihr Zimmer, zog sich etwas über. Kam raus, verließ das Atelier. Fichte mußte etwas tun. Aber wußte nicht, was. War nur leer.

«Wo gehst du hin?»

Keine Antwort.

«Wo gehst Du hin!»

Er lief ihr nach, sie hatte schon die Hand auf der Klinke. Drehte sich viertels herum.

«Ich frage Wybierzki, ob er mir ein anderes Zimmer gibt bis morgen, jetzt geht ja wohl kein Zug mehr.»

«Du darfst nicht abreisen!»

«Ich lasse mich nicht prügeln, Fichte. Nicht von dir. Nicht von irgend jemandem sonst.»

«Das kannst du nicht tun!»

«Was kann ich nicht tun?»

«Du kannst nicht...»

«...erzählen, daß Du mich geschlagen hast? Na, das wirst du ja sehen. Das wird eine wunderbare Nachricht sein für deine...», spöttisch vor lauter Verachtung: «...Feinde.»

Sie drückte die Klinke, zog die Tür auf. Fichte sprang hinterher, hielt sie fest. Von draußen sog die Nacht an ihr. Fichte hörte die Kiefern rauschen, was ihn hätte beruhigen können, wäre nicht die Ostsee gewesen: In dieser Nacht war sie Meer. Nicht vorher und später nie wieder habe ich hier solche Brandung gehört. Doch, bei Sturm. Aber es stürmte nicht.

Altweibersommer.

«Laß mich los!»

Es war nicht leicht, sie festzuhalten.

«Laß mich los, du Schwein!»

«Beruhige dich, bitte, es tut mir leid.»

«Ich will hier weg!»

Er nahm sie einfach auf die Schulter. Fichte war trainiert, das hatte sie immer an ihm geliebt, daß er auf seinen Körper so achtgab, in Berlin oder Hamburg ins Kraftstudio ging, nahezu täglich mehrere Kilometer joggte. Er rauchte damals nicht, jedenfalls nicht mehr seit einigen Jahren, mit den Zigarren fing er, zu Irenes Leid, erst anderthalb Jahre später wieder an. Hob Irene auf die Schulter, sie prügelte auf seinen Rücken ein, trampelte, trat, brüllte, egal, er konnte sie nicht gehen lassen, aber er war jetzt ganz still. Drehte hinter sich den Schlüssel im Schloß, zog ihn ab. Weißt Du noch, Irene, wie es euch gelang, Dich zu beruhigen? Ich sehe ihn nur immer mit einem Wattepad Deine Nase betupfen. Wie er bereute! Sich nicht verstand! Mich nicht verstand.

Anerkennung. Dazugehören.

«Fichte! Fichte!»

Die Zeitung flatterte über Irenes Kopf.

«Es gab ihn! Es gab ihn!»

Er legte den Preßlufthammer auf den Boden, setzte die Schutzbrille ab. Irene war derart aufgeregt, daß sie nicht einmal der überlaute Schreker störte.

«*Wen* gab es?»

«Den Delphin, hier, schau.»

Man sah eine Fotografie, kaum erkennbar das Tier, nur ein grob gerasterter Buckel am Strand. In der Unterschrift aber, lateinisch, nicht polnisch: *Stenella attenuata*. Streifen- oder Blauweißer Delphin, später sahen wir im Internet nach. Die Strömung hatte den entkräfteten Körper bei Grodno angeschwemmt, kaum mehr als einen Kilometer von hier entfernt, ziemlich genau auf der Mitte zwischen dem Künstlerheim und Fichtes Bunker. Da war an Arbeit nicht mehr zu denken. Irene wollte alles genau wissen. In der Verwaltung hatte man zwar von dem Vorfall gehört, aber sich nicht weiter für ihn interessiert. Deshalb fuhren die beiden in den Ort und fragten herum. Und jemand erzählte ihnen, man habe das verirrte, völlig unterkühlte

Tier, nachdem die Strandwache alarmiert worden sei, noch rechtzeitig versorgen können und schließlich, in nasse und warme Decken gehüllt, fortgebracht.

«Siehst du, Fichte, ich hatte recht.»

Nein, Du hattest kein Recht, ins Meer zu gehen.

Zwei vergebliche Monate lang versuchte Irene herauszukriegen, wohin der Delphin geschafft worden war. Schaute in diesem marmornen Ernst, war nicht einmal launisch wie sonst. Liebte Fichte dafür, daß er keine Schwäche mehr zeigte und in der ganzen Zeit keinen Wutanfall hatte. Ihr einfach Mann war. Dann erfuhr sie, es sei ein Wunder geschehen. Ihr wart wieder in Berlin. Von diesem Tag an scherzten wir, daß Störche zwar die Babys bringen, Delphine aber Empfängnis.

IX

Irene konnte keine Kinder bekommen. Der Laborbefund war unumstößlich. Bereits im Spätsommer von Wisetka begannen ihre Brüste zu laufen, oft leckte Fichte die Milch. Aber Irene war nicht schwanger. Sie menstruierte und konnte Fichte dennoch stillen. Sie spritzte ihm die Milch beim Vögeln ins Gesicht, spritzte ihm auf die Brust, drückte auch bloß für sich an den Brustwarzen rum. Dann rannen ihr weiße Bäche den Körper hinab. Fichte hatte manchmal den Eindruck, Irene melke sich. Es war, als ejakulierte sie. Beide ahnten sie nicht, was das hieß. Doch, er.

«Irene, du willst so sehr ein Kind.»

«Aber ich blute!»

Sie blutete wieder. Und noch zweimal. Dann war das Jahr von Wisetka vorüber. Endlich, im Januar, nachdem sie aus Indien zurück war und Fichte sich für sie entschieden hatte, ging sie zum Arzt. Wie hat sie es gehaßt, einem, den sie nicht liebte, ihren Körper auszuliefern! Genauso empfand sie das bei jemandem, dem sie nicht Ziel erotischer Sehnsucht war. Verwirrt kam sie in Fichtes Berliner Atelier. Die Frauenärztin war sehr bedenklich gewesen. Milchfluß vor der Gravidität sei Anzeichen primärer Unfruchtbarkeit. Aber sie wolle erst auf einen Laborbefund warten. Der eine Woche später kam. Du hast so herzzerreißend geheult. Vielleicht ließ Irene Fichte auch deshalb so lange nicht mehr an sich heran. Stand fünf Monate später wieder da, fast an genau derselben Stelle, fast in der gleichen Haltung, da heulte sie nicht, wußte nur nicht, ob sie jubeln sollte oder zerknirscht sein.

«Ich muß Dir etwas sagen, Fichte.»

Er war verdattert, weil er sie in der Uni wähnte. War kurz draußen gewesen, zurückgekommen, und da stand sie. Dann begriff er.

Eure Vereinigungen waren immer riskant gewesen, aber seit dem Befund hattet ihr euch in gar keiner Weise mehr vorgesehen. Manchmal denke ich, man hat euch absichtlich getäuscht. Natur hat euch getäuscht. Wenn sie

Irene und Fichte schon über anderthalb Jahre so zugerichtet hatte, daß sie nichts mehr waren als symbiotische Körper, die ihre Flüssigkeiten in jeder nur denkbaren Weise miteinander verrührten, dann sollte auch etwas aus ihnen entstehen. Was interessierte Natur Fichtes Bilder? Was scherte sie sich um Höllenpaläste? Und ob Irene Fichte noch wollte, war ihr erst recht egal. Sie ließ sich um die Frucht nicht betrügen, wenn es sie auch eine weitere Anstrengung, selbst wenn es sie die Unwahrscheinlichkeit eines Blauweißen Delphins in der obendrein noch kalten Ostsee kostete.

Fichte, übrigens, Du weißt das, hat die Diagnose nie wirklich geglaubt. Der schwache Kalkreuth glaubte sie. So zeigte euch die Projektionskraft ein letztes Mal, was sie vermag: Einen Körper erfinden, der so sehr ein Kind will, daß er sich sogar gegen physiologische Unmöglichkeiten behauptet. Man kann irre werden, Irene, wenn man diesen Gedanken zuläßt, oder muß Delphine herbeizaubern, die ihn bejubeln. An dem Morgen nämlich, an dem Irene, nachdem sie in die Ostsee gegangen war, erwachte und Fichte mit so umgreifender Lust auf sich zog, hatte er sich auf gar keinen Fall über ihrem Leib und auch nicht in ihrem Mund ergießen wollen, sondern in einem eigentümlich neuen Schauder, der wie eine Gewißheit den Höhepunkt durchschnellte, mit geradezu Nachdruck in sie hineingespritzt. Fichte schreit fast immer, wenn er kommt, diesmal brüllte er. Und zitterte minutenlang auf ihr nach.

«Fichte.» Sie umfaßte, was er so liebte, seinen kahlen Hinterkopf, als wäre der eine weibliche Brust. «Fichte.»

«Du bekommst ein Kind», sagte er. Sagte noch nicht «wir bekommen».

Vier Tage vorher hatte ihn Irene, als er morgens Brötchen holen wollte, darum gebeten, ihr fürs Frühstück ein Glas Sellerie mitzubringen. Eine Sekunde lang hatte er gestutzt, aber nichts gesagt, sondern war die Treppenstufen hinabgehüpft. Irene, Du weißt das: Er hat vor Dir gewußt, daß Du schwanger warst. «Du bist mir kein guter Mann gewesen», sagtest Du. Ich werde diesen Satz, der wie Dein letzter ist, nicht mehr los. Jede Erinnerung beschwöre ich gegen ihn an. Werde ihn bannen. Ihn Dich vergessen machen. Denn dann, dessen ist Fichte gewiß, wirst Du aus dem Meer springen, und er wird ins Wasser laufen, einfach so, mit allem, was er trägt. Er wird zu Dir schwimmen, einfach nur schwimmen, ganz langsam, Irene, so daß Du keine Angst haben mußt.

X

Irene ist immer wehrhaft gewesen. Es war ja nicht so, daß Fichte hatte eine unterwürfige Frau haben wollen. Nie. Sondern er genoß die Hingabe, die aus dem Stolz kommt. Irenes Stolz. Der glühte wie eine Grundierung in ihrem ägyptischen Blick. Der gab ihr die Haltung, wenn sie sich schminkte. Immer saß er gerne dabei, saß auf dem Toilettendeckel und schaute ihr bewundernd zu. Was sie gar nicht schätzte.

«Bitte, Fichte, laß mich allein.»

Sie war so intim dann, so grenzenlos selbstbewußt, selbstverliebt; selbst wenn sie masturbierte, war sie nicht inniger mit sich als in solchen Momenten.

«Sieh dich vor dieser Frau vor. Wenn es ihr auf etwas ankommt, kämpft die mit Gift.» So wurde später Fichtes Malerkollegin Ines, seine letzte Geliebte, von einem ihrer schwulen Freunde gewarnt. Als hätte er, der Irene gar nicht kannte, gewußt, auf welch perfide Weise die indische Göttin grausam sein konnte. Auch das machte Fichte besessen. Irene war, so anders das bisweilen aussehen mochte, niemals devot. Sie war fordernd ergeben. Bisweilen hatte sie Anflüge von Vegetarismus, doch imgrunde wollte sie Blut. Leuchtendes Blut: «Ich esse nur das Fleisch von schönen Tieren», sagte sie einmal. Darin war sie ganz wie Fichte – nein: wie Fichtes Kunst – grausam ästhetizistisch.

Wirklich hat Irene einmal einen umgebracht. Der hatte ihr, als sie die zahllosen Stufen zur S-Bahn Warschauer Straße hinunterschritt, von hinten brutal zwischen die Beine gefaßt. Es war hellichter Tag gewesen und der Kerl ihr schon eine ganze Zeit lang gefolgt.

«Ich hab ihn gespürt, Fichte, die ganze Straße lang gefühlt, aber mich nicht umdrehen wollen.»

Jetzt tat sie es doch, drehte sich um, packte den Mann

am Kragen und riß ihn mit einem gewaltigen Ruck nach vorn an sich vorbei. Er stürzte auf die Stufen, fiel weiter, rollte, fiel immer noch weiter, schlug mit dem Kopf auf dem Plafond auf.

«Es tat, Fichte, einen furchtbaren platzenden Knall, und da war dann alles voll Blut. Ich reagierte nur, auch jetzt, unten stand schon die S-Bahn. Ich bin einfach an ihm vorbei, bin eingestiegen, die Türen schlossen sich, und der Typ lag noch da, als ich wegfuhr. Ich habe einen umgebracht, Fichte.»

Und sie weinte. Er nahm sie in den Arm, streichelte ihr Haar.

«Du bist wunderbar», sagte er.

Was für ein Geschöpf war das nur? Von welcher Kraft und wie entschlossen sie sein konnte! Woher nahm sie das? Ihre Präsenz machte ihn so abhängig von ihr, daß er sich wehren, daß er um seine Strukturen kämpfen mußte, gegen sie, gegen Irene, kämpfen. Wenn Fichte halten sollte.

«Knie dich hin. Beug dich vor. Zeig mir deinen Arsch. Zieh die Backen auseinander.»

Sie lag mit dem Haaransatz zu seinem Rücken, er hockte, sie kroch unter ihn, leckte von seinem Rückgrat zwischen seine Arschbacken, schob sich weiter vor, leckte seinen Anus, seinen Damm, schob sich weiter vor, er stützte sich vorn auf die Hände, ihr Gesicht kam, indem sie jetzt seine Hoden leckte, zwischen seinen Schenkeln hervor, er schob den Arsch nach hinten, so daß ihre Zunge den

Schaft erreichen konnte, und ein Tropfen fädelte sich von seiner Eichelritze ab. Sie fing ihn mit der Zunge auf, zog ihn in ihren Mund.

Ein paar Monate zuvor hatte sie einem Skinhead das Nasenbein gebrochen. Sie hatte in der Kneipe gejobbt, noch irgendwo einen Rotwein genommen, es war sehr spät geworden, vielleicht zwei, vielleicht vier. Ein Stückchen ging sie zu Fuß durch die einsame Straße, doch der Taxistand war leer. Kein Mensch mehr war draußen. Sie ging weiter, sah endlich ein Taxi vor einer in die Nacht leuchtenden Frittenbude stehen, die Fahrertür sperrangelweit offen, wahrscheinlich nahm der Mann einen Imbiß. Also trat sie ein. Ein paar Skins fläzten sich herum, hinter der Theke stand niemand.

«Ist der Fahrer des Taxis hier?»

Von drüben winkte ein Mann. «Komme gleich, noch einen Moment.»

Einer der Skins sprach Irene an. Was heißt *sprach an*? «Hol mir 'n Bier», befahl er harsch.

«Ich warte nur auf das Taxi.»

«Du sollst mir 'n Bier holn!»

«Sorry, ich gehör hier nicht hin.»

«Wenn ich dir sage, daß du mir ein Bier holn sollst, dann springst du!»

Irene wollte in Richtung auf den Taxifahrer weiter, da packte sie der Skin im Nacken, faßte in ihre Kette, riß sie daran zurück.

«Ich weiß nicht mehr, Fichte, wie es kam, aber ich hab

mich einfach herumschleudern lassen und ihm mit der Faust eins auf die Nase gegeben. Die andren Skins haben gar nichts getan, nur geglotzt, als dem Arschloch das Blut aus den Augen kam. Es *lief* ihm richtig aus den Augen!»

Der Skin starrte Irene wie durch einen roten Filter wehrlos an.

«Das ist ihr Führer gewesen», kommentierte Wernecke später, «ganz bestimmt. Sonst wäre Irene von allen zugleich angegriffen worden. Aber so hat sie, indem sie den Führer besiegte, die ganze Gruppe besiegt.»

«Alles ging so wahnsinnig schnell, ich weiß überhaupt nicht mehr … Jedenfalls war dann auch der Wirt da, er rief die Polizei. Und der Taxifahrer nahm mich einfach an den Schultern und brachte mich raus. Er wollte nicht einmal Geld, als er mich heimgefahren hat. Krieg ich jetzt eine Anzeige, Fichte?»

Es kam natürlich nie etwas nach. Dennoch hatte Irene in dieser Zeit Angst, daß die Skins ihr irgendwo auflauern würden.

«Niemals», sagte Wernecke, «das ist für die eine Schande gewesen, an die sie nie wieder denken wollen. Deutsche Randalierer, die sich von einer schmalen Ausländerin zusammenschlagen lassen …» Und er lachte, fast so begeistert wie ich.

Begeistert lag Fichte auf Irene, über ihr, sie warf ihr Gesicht nach rechts, nach links, heftig, jammerte schon, ihr Haar war völlig verklebt, als er in sie hineinstieß, die Kraft aus den Seiten, den Bauchmuskeln nehmend, seine Hände neben ihre Schultern in die Matratze gegraben, von seiner Glatze fiel der Schweiß, über seine Stirn und Schläfen rollend, auf ihr Gesicht. Was hat er verloren! Weil es kein Spiel für ihn war. Weil es ihm so fürchterlich ernst war. Weil Fichte sich dagegen wehren mußte, wenn das, wofür Irene ihn liebte, bleiben sollte. Wenn Fichte bleiben sollte.

XI

Er ist bislang nicht gefahren, sitzt weiterhin vor seiner Hütte und schaut über die mit Tang gepolsterten Felsen aufs Meer. Vielleicht fährt er morgen. Die Mandelbäume blühen auch noch den anderen Tag. Er will kurz hineingehen und Irenes Foto anschaun, auf dem sie die Ohrstecker trägt, die er ihr seinerzeit geschenkt hat. Ein zweites Bild hat er nicht von ihr. Fichte hat nie gern fotografiert, wie Du weißt. Aber sie. Als hätte sie geahnt, wie plötzlich das Kliff einstürzen kann. Irene fotografierte, als würde sie dokumentieren. Fichte hat sich immer etwas lustig darüber gemacht, aber sie hat sich nicht stören lassen, er war ja auch fertig, dachte sie. Hat in ernstem, rastlosem Eifer Aufnahme für Aufnahme gesichtet und archiviert. Sogar mit Bildern von sich selbst hat sie vor dem Computerbildschirm herumgespielt. Als sie wieder schlank war. Und vorher. Stundenlang. Als Fichtes Affäre mit Ines im

Gang war. Hat sich kopiert, vervielfältigt, ihr eigenes Antlitz mehrfach in sich selbst projeziert, es gespiegelt, nochmals gespiegelt, viermal Irene, achtmal Irene. Als hätte sie nie glauben mögen, was sie sah. Und fing die Sache mit dem Nachbarn aus dem Hinterhaus an. Kam sonntags vom Joggen, war völlig verschwitzt. Fichte war bei dem Kleinen in eurer Wohnung. Das gab ihr den besonderen Kick. Sie lief nach hinten über den Hof, einzwei Stockwerke hoch und klingelte. Der Nachbar öffnete im Bademantel. Irene kniete sich hin und ließ ihn sich öffnen. Dann saugte sie ihn aus. Danach lief sie, triumphierend, heim.

«Zwölf Runden, Fichte, bin ich gelaufen! Zwölf Runden!»

«Du wolltest», sagte Ines zu Fichte, «eine Ikone als Frau. Das ist Irene nie gewesen.»

«Eines sage ich dir», beschwor ihn Weifart am Telefon, «diese Frau wirst du *nie* allein für dich haben.»

Wollte Fichte das denn? Irenes Reise nach Brighton zu ihren geliebten *Fischer-Z*. Monatelang hatte sie als Bildschirmschoner Johns, des Sängers, Foto auf dem Computerscreen, am Meer selbstverständlich, über den Ohren Kopfhörer und ein phallisches Mikrophon in der Hand, so hockte er da, lauschte und nahm die Laute der See auf. Monatelang lag eine Illustrierte im Badezimmer, deren Titelstory sich weiblichen Seitensprüngen widmete. Fichte erkannte die Signale sehr wohl, aber interpretierte sie falsch. Er sah in ihnen keine Abkehr von sich.

«Ich habe», sagte Irene, «ein Geschenk erhalten, für das ich wirklich nichts kann.»

Und ölte ihre Schönheit wie einen Gegenstand, den man warten muß und der sich sowohl wegschließen wie wegnehmen, der sich vor allem formen läßt. Bewußt formen. Umformen, Irene. Den ersten Anstoß dazu gab Fichte. Vermittels der Ohrstecker. Da hatte sie die Richtung. Es war wirklich nur ein Anstoß. Den hätte sie ignorieren können. Sie wollte aber nicht. Und sorgte für alles weitere selbst. Sie formte sich perfekt. Das erste Mal *für* Fichte, das zweite Mal *gegen* ihn. Dabei war sie, auch wenn Freunde von ihm das behaupteten, niemals eitel. Suchte nur immer ihre Substanz. Was sie durch Fichte gewonnen hatte, hielt nicht vor. Nun mußte sie sich abermals auf die Suche begeben, auf eine, die von ihm weggeführt hat. Denn Fichte wollte eine Frau, keine Mutter. Wollte jemanden, die auch für sich stand, eine Projektion der Autonomie. Das konnte Irene, als Julian Säugling war, nicht leisten, dagegen hat sie sich, und mit Recht, gewehrt. Nein, Fichte war ihr kein guter Mann. Wann hat sie diesen Satz gesagt? «Du bist mir kein guter Mann gewesen.»

Jetzt hätte Fichte gern mehr Fotos hier. Die vielen anderen, die er besaß, sind bis auf dieses eine in die Höllenpaläste und schließlich in die Statue eingegangen, die das letzte Bild von ihr war, das er schuf, sein Denkmal für sie. Er hat ‹Irenes Tod› darunter eingeätzt, aber die Inschrift wieder getilgt. Er hat, Irene, gedacht, eure Geschichte bearbeiten, sie zu seinem Material machen und wie alles andere auch, wie die Laboreinrichtungen, die Pornohefte, wie die Borken und seinen geliebten Lehm, zu etwas verkneten zu können, das einem dann fremd und eigensinnig gegenübersteht. Um das man herumgehen, zu dem man, um es anzusehen, hin-, von dem man aber auch weggehen kann, so daß ein Abschied möglich ist. Aber es gelang nicht, er bekam die Skulptur nicht aus dem Kopf. Sie war längst fertig, aber immer wieder legte er Hand an sie. Er hat sie völlig überdeterminiert. Das ganze Ding zerschlug er, formte es abermals, zerschlug es erneut. Die Höllenpaläste haben ihn überhaupt nicht mehr interessiert, nicht einmal drohend standen sie um Fichte herum, waren Wand unter Wand geworden, geradezu dekorativ. Er träumte von der Skulptur, er wälzte sich im Bett und dachte an sie. Er sah sie beim Mittagessen vor sich. Konnte nicht mehr sprechen. Nein, er war nicht stumm, war sogar mitteilsam. Aber was er sprach, sprudelte aus ihm heraus und sickerte weg, und wenn etwas zurückkam, ging ihn das nichts mehr an. Aus Deutschland erreichten ihn alarmierende Anrufe seiner Schulden wegen. Auch darum konnte er sich nicht länger kümmern, bis ihm nach der x-ten Version endlich klar wurde, daß er die Skulptur loslassen mußte. Eigentlich hätte er das Ding sofort verkaufen können, es war ihm auf Anhieb klar, welchen Wert es auch als Fragment besaß. Oder es eintauschen gegen das Geld, das er Nothelfer schuldete, seit der ihn bei Kreienhoop ausgelöst hatte. Und nun seinerseits darauf wartet, daß er einmal etwas Handliches fertigstellt, etwas, das sich auch für seine Galerie eignet, nicht nur für Messen, Großmuseen und Parks. Das man auch Privatsammlern anbieten kann. Das Kleine hat auf der ganzen Linie gesiegt. Das Kleinliche. Verzeihung, Irene, ich will nicht schon wieder zornig werden. Fichte will sich die Haut nicht mehr zerreißen lassen. Er möchte, daß diese Kugel endlich aus ihm verschwindet. Kannst Du nicht helfen, irgendwie helfen? Frag doch Deine Delphine, für Dich haben die immer einen Ausweg gewußt.

Die Statue ist selbst unfertig schön, darin ist sie Dir wirklich ähnlich. Man kann von einem Handschmeichler sprechen. Nicht höher als Fichtes Unterarm lang, vier Kilo schwer vielleicht. Mehr wiegt sie nicht. Ist ganz ohne Borken, Irene. Nur Stein, etwas Farbe, ein wenig Beton und Fotografien, die man kaum noch erkennt. Fichte, laß es jetzt ruhen. Aber er schreckte auf, es hielt ihn nicht auf der Matratze, die immer noch nach Irene roch. Seit sie das letzte Mal hier geschlafen hatte, mochte er das Bettzeug nicht wechseln. Er mußte aufstehen, es war bereits hell. Da war solch ein Kreischen in seinem Kopf, ein Knirschen, Irene, das sich nur ruhigstellen ließ, wenn er abermals am Meer entlang zu Deinem Tod hinüberging, die sich im letzten Drittel in eine Freitreppe gabelnden Holzstufen hinab, dabei wie fliegend die Hand auf dem grüngestrichenen, verwitterten Geländer, und momentlang schien Fichte, wie früher Du, im Westen die Kreidefelsen Rügens zu sehen, aber das war nur eine Luftspiegelung, die der tiefe Himmel auf dem weißen Dunst des noch diesigen, erwachenden Meeres irrlichtern ließ. Das Nebelhorn eines Schiffs wallte darüber. Wenn er schließlich das Kliff erklomm und im Wald hinabstieg, Kantholzpflöcke und Kiefern und Birken, von Ferne wehte Poprock aus einer Datscha.

Man soll nie zurücksehen, heißt es. Dreh dich nicht um.

Er warf sich in die nächsten Klamotten, setzte sich noch am selben Tag, in derselben halben Stunde, setzte sich sofort in den Alfa und brauste davon. Ließ wegen des Transits einen Schrieb da, tat Schlüssel und Papiere ins Couvert. Auch das Handy ließ er zurück, wollte nicht länger erreichbar sein. Er hielt erst, als er tanken mußte. Fuhr weiter, immer weiter, nach Süden. Er wollte an ein wirkliches Meer, es durfte nicht zu nah sein, noch der Atlantik bei Frankreich wäre sinnlos gewesen, Irene hatte bereits so viel Vorsprung. Von unterwegs rief er Nothelfer an.

«Bitte, ich verkaufe Ihnen alles, die Paläste, mein Atelier, was immer Sie wollen.»

«Um Himmelswillen, Fichte!»

«Sogar Irenes Tod!»

«Was?» Ganz erschreckt.

«Eine kleine Skulptur. Sie finden sie im Sechsten Höllenpalast. Halten Sie mir den Rücken frei.»

«Ich verstehe Sie nicht, Fichte. Schon schlimm, was Ihnen passiert ist. Doch sowas kommt vor. Das wissen Sie selbst.»

«Ich weiß nichts.»

«Ihren Schmerz in allen Ehren, aber Sie sind ein erwachsener Mann! Hören Sie auf zu dramatisieren!»

Reiß dich mal zusammen, Junge!

Auch er also.

Erst fragt er, wie ewig schon Kreienhoop, nach was Kleinem und jetzt auch noch das!

«Du solltest ihm dankbar sein. Er hat ein Anderkonto angelegt, auf das er die Erträge aus den Bildverkäufen überwiesen hat.»

«Ja ja, nach Abzug seines Gewinns ...»

«Jetzt hör aber auf! Er hat daraus Julians Unterhalt bestritten und die Miete für dein Atelier bezahlt. Er hat noch viel mehr getan! Aus dem Waldstück um deinen Bunker hat Nothelfer einen Kunstpark gemacht. Du hast ja gar keine Ahnung, wie er bei den polnischen Behörden gekämpft hat!»

Auch diesen Streit führtet ihr. Aber wann?

«Kommen Sie bitte sofort nach Berlin.»

«Auf keinen Fall.»

«Fichte!»

«Ich werde mir nichts antun, ganz sicher nicht. Ich hole Irene zurück aus dem Meer.»

«Was reden Sie für einen Unsinn!»

«Wo Sie meine Kontounterlagen finden, wissen Sie. Nehmen Sie sich von der Kunst, was Sie wollen, aber sorgen Sie dafür, daß mir nicht alles zusammenbricht. Von irgendwas müssen wir leben, wenn wir zurück sind.»

«Wer leben?»

«Irene und ich.»

Damit legte Fichte auf.

Klar, Irene, daß Nothelfer ihn für übergeschnappt hielt. Sollte er. Er hatte die Schlüssel fürs Berliner Atelier, dort hing ein beschriftetes Doppel für die Schlösser am Bunker. Das zu wissen, entlastete Fichte. Auch wenn er sicher war, letztlich würde selbst Nothelfer ihn verraten. Ausstoßen. Sowie er für Geschäfte keine Chance mehr sah.

So kam Fichte her. Und schaut Irene ins Gesicht. Versucht, sich ihren Körper vorzustellen, wie er war, als sie sich kennenlernten, und zu was sie ihn zweimal geformt hat. Geblieben sind immer ihre beiden großen Zehen. Sehr groß. Wie auf fast aller indischen Tuschmalerei. Darüber haben sie oft gelacht. Davon hat sogar er, «zum Beweis», wie er sagte, Fotos gemacht. Als allererstes aber sieht er Deinen Bauch. Irene, werd bitte nicht ärgerlich. Fichte *muß* darauf zu sprechen kommen. Auf das, womit er Dich ein drittes Mal unentschuldbar verletzt hat.

Fichte hatte eine Vorstellung von Irene, unmittelbar, als sie in ihrer Lederjacke dastand, er sah ja nur den Marmor, die ägyptischen Lippen und versank in dem matten, olivbraunen Brahman ihres Blicks. Das alles gab es, das war nicht projeziert. Doch ließ es Fichte Irenes Körper ergänzen. Sie hat ein machtvolles Gesicht. Eine seiner ersten Zeichnungen, die noch erhalten ist, eine aus seiner Jugend, zeigt sie. So oft hat er Dir das gesagt! Er wollte sie immer hervorsuchen, damit Irene es sehe, daß er sich nichts einbildete. Aber er hat es immer wieder vergessen. Und Irene hat nicht nachgefragt. Was er da, als er vierzehn oder fünfzehn gewesen ist, zu Papier gebracht hatte, stimmte mit Irenes Portrait komplett überein. Er hat damals Dich gezeichnet. Es spielt keine Rolle, daß er Alma unter das Blatt schrieb. Du und Alma, ihr seid dieselbe Frau. Nach siebenundzwanzig Jahren stand Alma da. Ist es ein Wunder, wenn er annahm, alles übrige entspreche seiner Vorstellung auch? Es *hat* ihr ja dann auch entsprochen, Du hast Dich, Irene, ganz bewußt zu Fichtes Vorstellung umgestaltet. Wieso wirfst Du ihm das jetzt vor? Kein halbes Jahr hat Irene gebraucht, so schlank zu werden, wie Fichte sie sah. Bereits in Wisetka konnte sie springen, und er fing sie auf. Und trug sie, ihre Beine hinter seinem Kreuz überkreuzt, sie saß auf seinen zusammengenommenen Unterarmen und hielt ihm den Nacken umschlungen. So küßte sie ihn, so trug er sie, so legte sie ihm den Kopf auf die Schulter. Der Kleine war später oft so an sie drangeschmiegt, nur daß er natürlich nicht um sie herumkam, der Zwerg, mit seinen Armen, den Beinchen.

Bloß ihren Bauch hat Irene immer behalten, aber man bemerkte ihn nur, ließ sie die Schultern hängen. Dann lappte ihr eine seltsam schmale Wulst heraus, die wie ein Schwangerschaftsstreifen wirkte, den irgend eine Belastung hatte taub werden und deshalb so eigen sich überdehnen lassen. Über dieses Stück zog die Haarspur zum

Geschlecht. Stand Irene gerade, sah man es nicht. Jedenfalls nicht mehr in Wisetka. «Als wir uns kennenlernten, habe ich mehr gewogen als heute!» hat sie später immer wieder gerufen. Wie verletzt sie war! Wie Fichte sie abwies! So selten mit ihr schlafen konnte, weil sie dick geblieben, es wieder geworden war nach der Geburt, die ganze Zeit des Stillens über und danach noch, Fichte glaubte nicht mehr, daß sie abnehmen würde. Er hatte vergessen, wie langsam sie war. «Bis Dezember paß ich wieder in die alten Sachen», sagte sie im April, als Fichte sie das erste Mal vorsichtig darauf ansprach. Nahm aber immer noch weiter zu. Dazu kam, daß sie den Kleinen nachts zwischen euch legte, Fichte hätte ihn gern in seinem Bettchen schlafen lassen, die Mutter war so symbiotisch mit ihm verschlungen, daß für einen Mann gar kein Platz blieb. Vielleicht, daß Irene Julian erst geboren hat, als sie ihn abstillte. Was sie auch nur Fichtes wegen so früh, nach Julians sechstem Monat, tat. In den ersten Wochen rannte sie ständig hinter ihm her, um zu kontrollieren, ob er das mit dem Windeln auch richtig machte. Ob er Julian nicht fallen ließ, für den jetzt ihre Milch floß. Sie hatte in dieser Zeit unglaublich schöne, fleischig volle Brüste, aber sie gehörten nicht länger Fichte. Ich kann Dir das nicht vorwerfen, will es Dir nicht vorwerfen, das ist alles normal und richtig gewesen. Aber Fichte konnte es nicht erotisch finden. Auch nicht, daß Irene, wenn sie miteinander schliefen und der Kleine nebenan lag, auf jeden Seufzer von drüben lauschte. Sehr bald tat Fichte das auch. Wie vorwurfsvoll Irene schaute, weil er nicht sofort sprang! Nach wie vor drückte sie in Fichtes Gegenwart die Milch aus sich heraus. Morgens nach dem Erwachen. Vormittags im Bad. Sogar in der Sauna. Sie sah den weißen Rinnsalen verwundert und selbstverliebt zu. Fichte hatte kein Verlangen nach ihnen. Bisweilen, Irene, einen kleinen Ekel sogar. Fichtes Besessenheit fand in Irene keinen Platz mehr; seine indische Göttin war nicht länger lasziv, nicht mehr auf diese künstlerische Weise verrucht, sondern schlichte Biologie. Natur, Irene, denk ich manchmal, hat das vernünftig geregelt. Sexuelles Rasen, das, wie ihr beide wißt, die allerschönsten Kinder zeugt, vernichtet sie auch.

Fichte zog sich zunehmend in sein Atelier zurück. Hinter den Computer. In die Chats. Fing die Sache mit Johanna an, anfangs waren es nur Briefe und Scans, die sie ihm mailen mußte.

«Scanne deine Titten.»

Sie tat es und mailte das Bild her.

«Scanne deine Fotze.»

Sie tat es und mailte das Bild her.

«Lecke die Glasfläche des Scanners ab.»

Sie ließ das Gerät dabei laufen. Und mailte ihm auch dieses, logischerweise nicht sehr kenntliche Bild.

Fichte hat die hübsche, sportliche Frau zweimal getroffen. Ihre beiden Kinder, die sie vergötterte, hatten ihre Brüste zu Schläuchen gesogen, nie sah er so etwas Schlaffes. Sie waren wie geschaffen für das Tablett, die

Aufhängung brauchte kaum eine Schnur. Er tobte sich aus, Johanna war masochistisch. Allem, was Fichte über anderthalb Jahre hatte wegdrängen müssen, ließ er Lauf. Er mußte sich dringend distanzieren, das ging auf keinen Fall so weiter. Er selbst, Fichte, wurde Höllenpalast. Darin wollte Johanna nicht nur zuweilen dienen, sondern sie hätte am liebsten für immer angekettet dort leben mögen, demütig von der Kette ihres sonstigen Alltags gelassen, um alles zu tun, ich weiß das, wirklich alles mit sich geschehen zu lassen, was ihrem Herrn gefiel. Doch da waren die Kinder. Da war auch ihr Mann. Johanna liebte ihn, aber er war genau so devot wie sie. Die beiden waren überaus unglücklich. Ins Gesicht schlagen konnte Fichte auch Johanna nie richtig.

Und Irene lag daheim und verlangte nach ihm. Er schaffte es nicht. Der neue Rhythmus, den Julian in beider Leben brachte, ließ seine Arbeitsstrukturen zerbrökkeln. Er bekam einfach nichts mehr zustande, erlitt immer öfter Wutanfälle, denen Irene hilflos zusah. Ganz selten schrie sie zurück. Nur seine Existenzsorgen ließ er anfangs nicht heraus, daß immer weniger Geld hereinkam, weil er unfähig war, selbst kleinste Aufträge zu erledigen, irgendwelche Skizzen für irgendwelche Kunstblätter, auch den Vortrag in Wien, den er damals halten sollte. Es war eine wichtige Arbeit, denn zum ersten Mal wären Arnulf Rainer und er aufeinander gestoßen. Manches Mal wollte Fichte weglaufen, drohte das zu Irenes Leid auch an, blieb aber jedesmal da. Und sie wurde immer noch dicker, als hätte sie ihm zurufen wollen: «Fichte, schau doch, wie rund ich bin! Wie vollkommen hat mich unser Kleiner gemacht!» Sie war ganz Mutter. Blieb es, ausschließlich, bis weit ins nächste Jahr. Einen Job hat sie erst ins Auge gefaßt, als sie anfing, sich von Fichte zu lösen. Der finanzierte unterdessen ein Kindermädchen, damit Irene Zeit bekam, ihr Studium wieder aufzunehmen. Sie ging auch hin in zweidrei Seminare. Scheine hat sie keine erworben. Hatte Hausarbeiten zu schreiben. Sie ignorierte sie, ließ nach den Semesterferien die Uni abermals liegen und fing ihre Indienerzählung an. Für die ersten zwanzig Seiten hat sie ein halbes Jahr gebraucht. Als Gott die Zeit schuf, sagt ein indisches Sprichwort, hat er genug davon gemacht.

Ihrer letztes dreiviertel Jahr brach an. Da war Irene wieder schlank. Verletzt hatte Fichte sie genau ein Jahr zuvor. Er hatte ein drittes Treffen mit Johanna vereinbart, aber sagte es, wie schon zweimal, ab. Sagte es knapp ab, Irene, bösartig knapp. Johanna soll zusammengebrochen sein, erzählte ihm einer im Chat. Begann eine Therapie. Fichte war das egal, Johanna kannte ja seinen wirklichen Namen nicht. Er konnte nicht mehr. Er wollte, Irene, eigentlich Dich. Dich wiederhaben. Wie Du in Wisetka gewesen warst. Dort hattest Du seine Anima Alma in Deinem gesamten Körper zur Erscheinung gebracht. So daß er, dort, eines Morgens erwacht war, Du lagst noch schlafend neben ihm, das Haar verschwitzt und strähnig, den Leib halb zur Seite, ein Bein angezogen, das andere lokker gestreckt. Deine rechte Brust ruhte mit einer kleinen Delle auf dem Ansatz Deiner linken. Die Lippen waren ein wenig geöffnet, er konnte das Glitzern von Speichel sehen. Auf Deiner Wange Spermakrüstchen verstrichen, pergamenten eingetrocknete Spuren, als wäre dort eine Schnecke entlanggekrochen. Wärme ging von Dir aus. Und unmittelbar, nahezu nüchtern, ohne daß er bereits den Schauer spürte, aus dem Julian entstand, hatte Fichte gedacht: «Das also ist die Mutter deiner Kinder.» An Johanna durfte er nie wieder rühren, wenn er das zurückhaben wollte.

Sie war ihm bereits hörig. Die beiden vorherigen Treffen hatten zusammen mit seinen sadistischen Mails und nun dem Entzug vollauf genügt. Er rief sie über ihr Handy an.

«Setz dich morgen früh in den Zug und komm nach Berlin.»

«Aber das geht nicht! Die Kinder! Meine Arbeit!»

«Ist dir das wichtiger als ich?»

«Ich bitte Sie, Sir, bitte verlangen Sie das nicht.»

Es war ihre eigene Idee gewesen, ihn Sir zu nennen, sie habe sich schon als Mädchen einen Sir gewünscht.

«Wofür ist eine Zofe da?»

Einmal mußte sie wie eine ungezogene Schülerin eine Strafarbeit schreiben. Handschriftlich, damit sie nicht schummeln konnte, die Blätter dann scannen und rübermailen. Ich bin für den Arsch meines Herrn da. Ich bin für die Füße meines Herrn da. Ich bin für den Schwanz meines Herrn da. Schreib jeden Satz eintausend Mal. Sie hatte die ganze Nacht gekritzelt in ihrer linksgeneigten großen Kleinmädchenschrift. Sie war 32 Jahre alt. Es waren mehr als fünfzig Seiten, die Fichte sie unerbittlich einscannen ließ.

Er war erregt bis zum äußersten. Er suchte Utensilien zusammen, die er an ihr ausprobieren wollte. Er guckte nach einem Hotel. Sein Atelier war nicht sicher, Irene schaute zwar selten, fast nie mehr herein. Doch wäre das dennoch möglich gewesen. Alles in Fichte war angespannt. Dieser Druck durfte nicht halten bis morgen. Jetzt hätte er sofort mit Irene schlafen mögen. Doch wäre sie nicht gemeint gewesen. Fichte hatte, wenn ihr euch ineinander vergrubt, niemals eine andere im Sinn. Fantasien, das schon, aber denen gehörte sie an. Auch wenn er ihr nichts mehr aus Döschen einträufeln durfte. Er onanierte auf dem Klo, stellte sich vor, was er tun würde morgen, und preßte den starren, zum Platzen angeschwollenen Schwanz nach unten, damit nichts über die Klobrille schoß. Es war kaum Platz, fast berührte die Eichel das Porzellan des inneren Beckenrands. Fichte preßte sie deshalb noch ein Stück runter. Dann war er es los. Dann war der Ekel da. Dann sagte er, was er tun würde, ab. Per Email. Knapp und uninteressiert. Dann radelte er heim. Und dann verletzte er Dich.

Alles ist Meer hier, Fichtes Hütte hat keine Tür, wie Du siehst. Es gibt bei ihm nichts zu stehlen. Was ich habe, habe ich bei mir. Daß Fichte abermals lachen muß! Er hat,

Irene, bei keinem eurer gemeinsamen Spiele jemals Ekel gefühlt. Auch nicht hinterher. Post coitem omne animal triste: Das hat für euch nie gestimmt. Nicht für ihn. Und für Dich? Irene? Kannst Du Fichte überhaupt hören? Ich weiß ja, wie weh er Dir tut, dieser Abschnitt eurer Liebesgeschichte. Manchmal denke ich, daß Du weghörst, und Fichte spricht ins Leere. In mich. Irene, hör ihm zu! Zweimal bist Du nicht mitgegangen, als wir uns uns noch erhalten wollten. Fichte hat zweimal einen Termin bekommen für eine Paartherapie. Das erste Mal brachtest Du am Abend vorher Boone in die Wohnung. Die Blutschlacht. «Come with me, little one, come with me.» Du ließt Fichte allein mit dem Kleinen. Es war zu Ende. Er sagte den Therapietermin ab.

«Ich habe mich verändert», mailtest Du zwei oder drei Tage später. «Fesseln und Spermatrinken sind nichts mehr für mich. Vielleicht bringt Mutter zu sein das mit sich. Wir können andere Formen für unsere Sexualität finden. Innigere.»

Ihr fielt euch abermals um den Hals. Was habt ihr geweint. Euch aufgerafft. Du hast Abstand zu allem gebraucht, bist für zwei Wochen auf Deinen Felsen gefahren, dort hast Du nachgedacht. Ich sehe Dich, wenn Du vor diesem Meer sitzt, immer von hinten, das geölte Haar fließt Dir locker über den Nacken zur Seite und fällt auf das linke Schulterblatt. Vor Dir alles ein Blau, wie vor Fichte alles ein Gelb ist. Du kamst sogar einen Tag früher zurück. Glück, Irene. So war Glück! «Laß uns das wieder angehen. Wir gehören zusammen. Wir geben nicht auf.» Fichte telefonierte herum. Hier kein Platz frei, dort kein Platz frei. Und dann: Endlich. 19. April, 17 Uhr. Doch am Morgen schrie Dir das Meer zu. Nicht auf Deinem Felsen, sondern mitten in Berlin. Auf der Böschung über den S-Bahn-Schienen.

XII

«Du bist derart fett!» Alles erschrak, der Verkehr vor dem Fenster, der Sekundenzeiger auf Fichtes Armbanduhr. Er verharrte und spähte in den Raum. Der Computerbildschirm flimmerte nicht länger, leuchtete nur, es gab auch kein Rauschen von der Kühlung, nirgendwo spülte jemand, und in der Wohnung unter euch hatte sogar das Cellospiel aufgehört. Nichts außer einer kalten Präsenz. Irene erstarrte. Nie wieder hat sie sich davon erholt, nie wieder fiel diese Kränkung aus ihrem Blick. Nie völlig. Manchmal schien sie sich zu zerstreuen, aber es brauchte nur eine kleine Unstimmigkeit, um sie von den Netzhäuten abzulösen und ganz nach vorn in die Pupillen zu treideln. Wäre nicht Julian gewesen, drei kleine Vierteljahre alt, Irene wäre gegangen, wie sie zweieinhalb Jahre vorher gehen wollte, nachdem Fichte sie geschlagen hatte. Nun aber wirklich, für immer, weil sich keine Frau mit einem solchen Schrei jemals versöhnt. Irene und Fichte, das war vorüber. Deutlicher als eben konnte es in den Spätabend nicht hineingebrüllt werden. Der sich wieder bewegte. Unten vorm Haus ratterte eine Tram.

«Geh», sagte Irene leise, «verschwinde.»

Ich habe vergessen, ob Fichte ins Atelier zurückfuhr oder dablieb. Es ist auch ohne Belang. Ob er sich entschuldigte, wieder bettelte, weinte. Nein, er blieb da.

Seit ich denken kann, hatte er eine Neigung zu schmalen, knabenhaften Mädchen. Sein erste Freundin nannte er Elfe, sie hatte, wie Fichtes Mutter, fast keine Brüste. Imgrunde war sein Ideal androgyn. Daß mehr nicht erlaubt ist, kam ihm immer entgegen. Marilyn Monroe war für ihn eine Milchkuh, er kann sie bis heute nicht leiden. Obwohl Lu genau ihre Maße hat. Aber er konnte ihre Taille, wie im Jahr von Wisetka Irenes, mit zwei Händen umfassen. Er hat immer muskulöse Ärsche geliebt, die sich so kaum nennen lassen. Die beidseitig schmale, männliche Einbuchtungen haben. Und Antilopenbeine darunter, lang, sehnig und nervös. Homosexuelle, Du weißt das, haben ihn stets für ihresgleichen gehalten. Seinen Bruder, der noch blonder war als er, der weißblond war, übrigens auch. Er war der schönste Junge, den ich je gesehen habe, nur Julian kommt ihm an charmanter Ausstrahlung gleich. Die Schwulen haben den Brüdern permanent nachgestellt, das war oft fatal. Hat ebenfalls zu Fichtes Wutausbrüchen geführt, zu all seinen Pauschalurteilen, die Irene erst verstörten und schließlich so entsetzten, daß sie sich auch deshalb abgewandt hat. Aber man ließ ihn einfach nicht in

Ruhe, dauernd bekam er Avancen, Nachtbillets. Homosexuelle förderten ihn anfangs gern. Doch bekamen sie heraus, was er war, ließen sie ihn fallen und grenzten ihn aus. Ganz wie die anderen. Hatten sie Macht, legten sie ihm Steine in den Weg. Er wäre ihnen so gern egal gewesen, war derart versessen auf Mösen. Ich muß nur daran denken, schon schmeichelt ihm ein samtweiches Alabasterstück in der leicht gehöhlten Hand. Seit Fichtes Pubertät legten seine Innenbilder hellenistische Knaben und das europäische Schönheitsideal von Modepuppen aufeinander. Das begehrte er. Aber Alma verfiel er. Sie ist dunkel, still und voll süßer Melancholie. In dieser Süße traft ihr euch. Nicht in der Härte. Sizilien erregte Irene, als Fichte es ihr zeigte. Ihren Caffè aber trinken, das wollte sie bequem und unitalienisch. Wie Inder, die sich nicht setzen, sondern legen.

Was hat ihn dicke Leute erotisch derart abwehren lassen? Das schoß immer so heftig aus der Kugel heraus. Das ist in ihm vergraben, eingegraben worden. Untot begraben. Wie Vampire, die nicht sterben wollen, so sehr sich Fichte danach auch sehnte. In der Nacht, Bewußtseinsnacht, steigen sie aus den Höllenpalästen, in die die Vernunft sie verbannt hat. Sie saugen. Wir schreien, wenn wir sie bemerken, solche Grimassen haben sie. Wir wollen fliehen, aber sie sind schneller. Wir kommen von der Kindheit nicht los. Das einzige, was gegen sie hilft, ist stehenzubleiben. Ihr Bilder zu malen und hinter den Vampiren, sind sie hinein, die Bilder zu schließen. Auch wenn die Gefahr besteht, daß sie dich beißen, bevor sie eingesperrt sind. Man muß den Mut zu haben, ihnen den Hals darzubieten. Trinkt nur! Saugt! Denn nachher, wenn Ihr, habt Ihr Euch gesättigt, schlaft im Bild, dann werde ich zu Euch hinuntersteigen. Ich werde Euch einen Pflock ins Herz treiben und den Kopf abtrennen. Worauf Ihr zu Staub zerfallt und Erinnerung werdet.

Kunst verwandelt Vampire in Erinnerungen. Deshalb, Irene, erlöst sie. Dennoch mußte Fichte immer gleich ans nächste Bild. Denn sie erlöst den Betrachter, nicht den Künstler, nicht, wenn er gebissen wurde wie Fichte. Hätte er aufgehört, er wäre selbst Vampir geworden, ganz so, wie er, in den Exzessen mit Johanna, zum Höllenpalast wurde. Kein Gebissener kommt davon los, auch nicht, Irene, wenn da ein Säugling ist, zumal der längst seinerseits damit anfängt, Vampire zu sammeln. Noch konntest Du ihn schützen. Denn eines ist sicher: Ohne Deine umgreifende Liebe zu dem Baby, in die Fichte nicht eindringen konnte und die ihm jeden erotischen Exzeß unmöglich machte, wäre Julian möglicherweise nie das unbefangene, mutige Kind geworden, als das er mir vor Augen steht: leuchtend hell. Wie Kalkreuth immer hatte sein wollen und wie Fichte oft wirkte, doch in Wahrheit nicht war.

Künstlerisch tätig sein, bedeutet zu graben, Vampire auszugraben. Kunst ist Archäologie. Die gefährlichsten Vampire sind die ältesten Gründe. Kaum ein Bild von Fichte, in dem nicht Lehm eine Rolle spielt. Fichte hat seine Rinden niemals mit der Borke nach außen angebracht, bis heute hat das kaum wer bemerkt. Dabei war es so augenfällig, ich dachte immer, das ist zu dick, das ist ein Wink mit dem Zaunpfahl, Fichtes Werk ist nicht verschwiegen genug. Doch war er immer noch nicht grob genug für die Leute. Schon bei den riesigen Rahmen war eben nicht die Borke Stuck und Relief, sondern das glatte, lebendig durchzogene Kambium. Nach den Biomechanoiden und bis zu den Palästen blieb das die Großhirnrinde all seiner Kunst. Nicht einmal Kreienhoop ist das klargeworden. Und es ist nicht gut, Irene, wenn ein Maler seine Bilder erklärt. Daß die Leute nicht aufmerksam sind, darf ihn nicht scheren, er käme aus dem Erklären sonst gar nicht heraus. Deshalb hat Fichte, wenn er über seine Arbeit sprach, immer die Bilder anderer interpretiert. Sonst dürfte man gar nichts mehr tun, als sich zu erklären, da dürfte kein Bild mehr sein, auf das ein Maler sich bezieht. Dann wäre, sich zu erklären, die Kunst, und Malerei wäre der reine Gedanke. Doch Fichte wollte nie körperlos sein, er war vom Körper besessen. Es war vielleicht sein Irrtum anzunehmen, daß er mit Irene eine Ausnahme machen könne. Daß er ihre Finger führen, ihr zeigen dürfe, wie ein Bildnis betastet wird. So wurde sie zu seinem Teil, sie war der Empfang in den Höllenpalästen. Ohne Irene hätte Fichte nie in sie eintreten können. Er hat sich vom Kambium, seit er sie sah, allmählich abgewandt, und die Rinden verloren ihre Bedeutung.

Kunst, die man bloß anschauen darf, ist gestorben. Nur wenn sie Berührung gestattet wie Fichtes, hat Arnulf Rainer unrecht. Denn dann verändern die Bilder sich selbständig weiter, ohne daß es irgendeines Schöpfers bedarf, der noch und noch in den Sammlungen erscheint und wieder etwas an den Objekten tut, sie ein nächstes Mal übermalt oder anderswie modifiziert. Dann bricht wie von selbst hier etwas ab, und dort kommt ein Fettfleck hinzu. Darum war Fichte so unselig hilflos, als sich Irene ihm entzog. Sie wollte keine Spuren mehr von ihm auf sich haben, sie war so fertig, wie die Statue, die er ihrem Tod abrang, nie fertig werden kann. Sie war, für ihn, nun wirklich ägyptischer Marmor geworden und trat in die Wand zurück.

«Das ist», flüsterte sie, «unheimlich.» Er hatte ihr den Fünften Palast gezeigt, er zeigte ihr immer alles, während es entstand. Sie sollte etwas sagen. Ab dem sechsten Palast hat sie nicht mehr an seiner Arbeit mitgewirkt. War gekränkt, weil er immer noch auf Lus Urteil baute. Mehr als auf ihres. Auch deshalb kam sie nur noch selten in sein Berliner Atelier, er legte ihr zuhause Skizzen auf den Wohnzimmertisch, sie sah sie kaum durch. Sprach mit ihm nur darüber, wenn er sie zur Seite nahm, hier, Irene, schau einmal, was hältst du davon? Lu hat sich immer alles komplett angesehen, auch wenn es wehtat. Sie war noch einmal nach Wisetka gekommen, Du fühltest Dich zurückgewiesen, Frühsommer 1998, zumal Fichte Dir diesen Besuch verschwieg. Als es dennoch herauskam, weil Frau Simolanski, die ihm immer noch nicht freundlich gesonnen war, geplappert hatte, verstummtest Du.

Du hattest die Entwürfe gemocht, Lu nicht. «Das ist Mist», hatte sie befunden, und als Du aus Berlin wieder herkamst, hatte Fichte einfach alles zerstört und neu angefangen. Was er von nun an tat, interessierte Dich kaum noch. Und dennoch hat Dich die kleine Widmung, die das Objekt erhalten hat, weil sie Lu erwähnt und nicht Dich, ein viertes Mal unentschuldbar verletzt. Überhaupt hat er Dir kein Werk gewidmet, Lu widmete er viele zuvor. Dein Name, Irene, wäre jedem Bild zu schwer, es wäre Verdoppelung gewesen: Was Fichte, seit er Dich kannte, malte, warst, Irene, sowieso Du. Besonders aber dem Fünften Palast ist Irene Adhanari das Zentrum geworden. Schon beim Vierten hatte Fichte gewußt, etwas fehlt, nur nicht, was. Als sie jetzt mitten im Fünften stand, er nur wenige Meter von ihr entfernt, da begriff er es. Er sah, daß ihre Arme ganz plötzlich zu zucken begannen, ganz dieselbe Bewegung, die ihr Kopf, allerdings waagrecht, vorführen kann: Ihn wie auf Schienen nach rechts und links bewegen, ohne das Gesicht zu wenden und schon gar nicht das Kinn zu senken. Indische Tempeltänzerin. Jetzt tat dies nicht ihr Kopf, jetzt waren es die Arme, es waren die Beine, und ihr Haar verschlängelte sich in das Bild. Erst sah Fichte, unfähig, sich zu bewegen, zu. Dann bekam er es mit der Angst. Der Palast hatte zu leben begonnen.

«Um Gotteswillen, Irene, komm da raus!»

Er sprang hin, griff sie, zog sie an sich. Und küßte sie. Irene hatte nichts bemerkt, aber ihr war schaurig zumute gewesen.

«Laß uns hinausgehn, Fichte. Laß uns noch etwas ans Meer.»

Der Seewind blies ihnen die Beklemmung von den Körpern. Langsam schritten sie über den Strand, fast zweieinhalb Stunden lang. Den Alfa ließ Fichte am Parkplatz stehen. Wybierzki selbst fuhr Fichte am nächsten Tag dorthin zurück.

Vor den Vampiren darf man nicht fliehen. Also baute er den Fünften Höllenpalast um Irene herum, sie wuchs wie ein Herzgewächs hinein. Das Werk blieb ganz starr, sie, zwar langsam, bewegte sich. So arbeiteten sie drei Tage, dann war die entstandene Höhlung für Fichte plastisch genug, daß er alleine weitermachen konnte. Der Palast wird aber, wie die Statue, unvollendet bleiben. Heute weiß ich, das sollte er von allem Anfang an, das hatten die Vampire geplant, um Fichte zu schwächen für den Tag, daß Du gingst. Nur wenn Du da bist, zeigt er sich in seiner ganzen Pracht. Da Du jetzt fehlst, hat er genau unsere Leere. So hat Fichte ihn dann auch genannt: Leere.

Noch einzwei Monate lang rief Irene immer wieder: «Als wir uns kennenlernten, habe ich mehr gewogen als heute!» Sooft ihre Rede auf die häßliche Szene kam. Sie hatte endlich geweint. Fichte hatte geweint. Und gegen alle Unwahrscheinlichkeit waren sie mit wehen Gliedern nebeneinander eingeschlafen. Als hätten sie sich eine Grippe in die Knochen gespritzt. Müde waren sie nachts erwacht und abermals erschöpft eingeschlafen. Sie mußten gegenwärtig sein, wegen des Jungen. Der Alltag ließ sie nicht heilen. Sie hätten stunden-, tagelang nur sprechen müssen. Das ging nicht. Nicht wegen Julian, nicht wegen Fichtes Arbeit. So versteckten sie die Katastrophe hinter der Tür.

«Viel, viel dicker, Fichte, als heute!»

Dauernd hielt sie ihm das vor.

«Wen liebst du, Fichte?»

Kramte in ihren Fotografien, jetzt waren sie für etwas gut. Jetzt bewiesen sie etwas. Jetzt bewiesen sie einmal wirklich Dich. Irene hat, als gäbe es Originale, nie gerne den ersten Abzug herausgegeben. Es gefiel ihr, wenn Fichte sie um ein Bild von ihr bat, aber vom ersten Abzug ließ sie nicht los.

«Schau mich endlich einmal an, Fichte, hier, schau mich an!»

Er hat Dich immer schlank gesehen, Irene, seit dem ersten Abend. Nur hat er, als Irene ihn da ritt, ihren Bauch bemerkt, als sie Fichte erobert hatte, herausgefunden hatte, wo er wohnte, als sie klingelte nachts um vier in der Linienstraße, als die beiden überhaupt nichts sagten, nachdem er nur die lange Hausjacke übergeworfen und geöffnet hatte, sie einander wortlos nicht umarmten, sondern sich ineinander verbissen, sie lutschte ihn, nicht seinen Schwanz, seine Lippen, ein ununterbrochener, feuchter, saugender Kuß, der sich an seinem Atem nähren wollte wie er sich seitdem an ihrem, wobei sie ihm sofort, kaum war die Tür auf, zwischen die Beine griff, ihn an den Hoden zurückzog, von vorne, die Innenseite des Unterarms oben, zugepackt und zugedrückt und den Arm, indem sie etwas in die Knie ging, so daß Fichte sich vorbeugen mußte, von sich weggeschoben, so zog sie ihn, es tat sehr weh, zog ihn, während sie gleichzeitig drückte und an seinen Lippen lutschte, von der Haustür weg ins tiefste Atelier. Sie waren eine Seeanemone, als er ihr die Lederjacke abriß, sie sich dann auf ihn warf und ihn ohne ein weiteres Vorspiel in sich hineinsteckte. Da sah er ihren Bauch, er konnte sogar schwingen. Es war die Warnung, das Zeichen des Wales, der hob seinen ungeheuren, weißen, teuflischen Leib aus der See, aber noch schreckte das den Vampir nicht auf, er schlief weiter, ich kann Dir nicht sagen, warum. Vielleicht war Irene zu frisch, noch zu gewaltsam, roch auch viel zu unbekannt, die Brecher wurden über Fichte Gischt. Vielleicht hatte der Vampir vor den Wellen Angst. Denn alle Wellen kommen vom Mond.

Fichte ist wieder nach draußen gegangen. Hat unter drei Steinchen ein zerknittertes, buntes Votivbild entdeckt. Wie seltsam. Sieht nicht wie verloren aus, diese blaue Muttergottes mit ihrem gelben Heiligenschein. Er hat sie wieder zurückgelegt und sich nachdenklich etwas abseits der jungen Leute, die ihre Autochen über das rechte Strandstück ans Wasser gefahren haben und um die Fiats und Polos herum lachende Gruppen bilden, auf einen tangweichen Vorsprung gesetzt. Links von ihm scheint sich Dein Felsen zu erheben und ist doch viel zu gelb. Fichte schaut auf die See und ruft die Vampire. In der Hütte, vor Irenes Foto, hielte er sie nicht aus.

Aus seiner Kindheit kenne ich nur zwei von ihnen, zwei, Irene, nicht mehr. Er saß auf einer Wiese, einer Alm, es muß in der Nähe des Ammersees gewesen sein, wo er aufwuchs und Dietrich, sein Bruder, geboren wurde. Du hast ihn nie kennengelernt, es ist Dir, die täglich mit ihren Geschwistern telefoniert hat, immer unverständlich gewesen, daß Fichte einst einen Bruder hatte. Einen, den er nie sah, nie traf. Den er nicht liebte. Der sein eigenes Leben lebte und am Tag, an dem er vierzig wurde, von einem Hochkran sprang. Als ihr euch kennenlerntet, war Dietrich schon tot. Heimlich hatte er das Fußstück des Bungee-Seiles gelöst und sich hinabfallen lassen. Es ist ganz sicher kein Unfall gewesen. Mit dem Namen Kalkreuth hatte er niemals Probleme gehabt, jedenfalls nie darüber gesprochen und den Namen behalten. Beide Brüder waren von der Schule geworfen worden, Fichte wegen schlechter Noten, Dietrich, der als Hochbegabter zweimal eine Klassenstufe übersprang, aufgrund aggressiver Renitenz. Er sah auf eine brutale Kleinkriminellenkarriere zurück, die erst, als er dreißig geworden war, ihr Ende gefunden hatte. Sein Leben war wie Fichtes voller Frauen. Der hat immer elegante, selbständige Partnerinnen geschätzt. Dietrichs Frauen mußten dumm sein, meist waren sie auch unansehnlich. Sie durften nicht an die Mutter reichen, die dieser Mann so verehrte. Nie hat Fichte eine Anhäufung derart vieler häßlicher Frauen gesehen, wie bei seiner Beerdigung, anläßlich derer die Mutter selbst die Grabrede hielt. «Wenn es einen Platz im Himmel gibt, dann, Junge, halte mir einen frei.» Und Dietrichs geschiedener Frau, als die weinte vorm Sarg, zischte Fichtes Mutter zu: «Haltung, Christa, Haltung!»

Ich sehe sie im weißen Kittel, sehe sie über die Füße ihrer Patienten gebeugt. Sie fuhr mit ihren Kindern, soweit ich mich erinnere, nie irgendwohin ins Grüne. Es gab mit ihr kaum eine Freizeit. Aber sie schlug Fichtes Bruder aus seinen Haschisch-Spelunken heraus. Elternsprechtage nannte sie ‹Großkampftag›. Es gab Männer, die hatten Interesse an ihr. Sie lockte sie, ließ aber keinen nahekommen. Von ihren Söhnen hielt sie ihre Verehrer fern. «Jeder hat seine eigenen Freunde. Ich akzeptiere euch, ihr akzeptiert mich.» Aber sie nahm Julian, den Fünfzehnjährigen, der die Musik entdeckt hatte wie einen ersten Bunker, in dem er es sich einrichtete mit sich und seinen Hunderten Selbstfantasien, mit in Meisterkonzerte. Seinen Bruder nicht, der ging eigene, altersgemäße Wege. Der tobte sich aus in der Rockmusik, beim Hockey, beim Fußball. Und vermittels erster Raubzüge. Julian hingegen sei in der Musikhalle einmal vor applaudierender Ekstase fast über die Brüstung vor dem Balkonplatz gefallen, erzählte die Mutter. Tschaikowski, Erstes Klavierkonzert, Shura Cherkassky. Immer wieder Tschaikowski. Der junge Kalkreuth konnte nicht einschlafen abends, wenn das Konzert nicht lief. Drehte tags die Boxen auf und malte, er tat gar nichts anderes mehr. Die Fußpflegepraxis lag unmittelbar neben dem großen Raum, den er und Dietrich bewohnten. Der hörte Pop, also drehte Julian den Tschaikowski lauter. Das tönte der schuftenden Mutter um die Ohren, bis sie verzweifelte. Wahrscheinlich blieben deshalb auch Patienten aus. Immer wieder Streit, Krach, Schlägereien. Dietrich und Julian warfen mit Messern aufeinander. Die Mutter zog eine deckenhohe Sperrholzwand durch das Zimmer. Als die beiden sich auf eigene Füße stellten, verflog der Bruderhaß. Aber sie sahen sich jahrelang nicht.

Kalkreuth ging zwar zur Schule, nahm allerdings nicht am Unterricht teil, sondern schloß sich in der Kammer der Schülerzeitung ein, deren graphische Gestaltung er besorgte. Skizzierte dort. Er hatte den Einfall, den Raum auszumalen, was er dann auch mit dicksten Ölfarben tat. Alles übermalte er: die Wände, die Stühle, den Schreibtisch, sogar die Manuskripte und Ordner. Man warf ihn aus der Redaktion. Oft schlich er sich in der Pause fort und streifte durch Galerien, Museen. Kam rechtzeitig nach Schulschluß heim, als wäre nichts gewesen, stellte seine Tasche ab, aß zu Mittag, kehrte in die Museen zurück. Bekämpfte den oft mächtigen Impuls, auch dort alles zu bemalen, zu übermalen oder Steine in die Gemälde zu pressen und sie mit Lehm zu verschmieren. Vielleicht rührt Fichtes spätere Wut auf Arnulf Rainer daher. Vielleicht weil, nachdem der mit seinen Übermalungen berühmt geworden war, Fichte diese Technik nicht mehr anwenden konnte. Weil Rainer ihm das weggenommen hatte. Vielleicht. Kalkreuth stahl seiner Mutter oft Scheine aus der Kasse, frühmorgens, wenn sie noch schlief.

Frühaufsteher war er immer gewesen. Nicht selten weinte sie, verzweifelt versuchte sie alles, um einen der Jungen zu stellen. Ertappte ihn aber nicht. Der Bursche beklaute sie gnadenlos weiter. Die Museen brauchten die zehn Mark Taschengeld allzu schnell auf, die jeder der beiden Jungs monatlich bekam. Besonders Kataloge waren teuer. Mit fünfzehn sammelte Kalkreuth Kunstdruckbände, schnitt aus billigen Sex-Magazinen die Brüste aus, klebte sie in die Bilder, verband die Warzen mit bunten, wie ich heute weiß, kommunizierenden Röhren. Ein pop-artiges Universum aus organischen Welten mit einem Untergrund aus Gemälden. St.-Pauli-Nachrichten. Manet. Wochenend. Van Gogh. Schon damals das Gelb. Zuhause hielt Kalkreuth es nur mit Musik aus. Zufällig sah er im Fernseher Pendereckis «Die Teufel von Loudon». Das Gerät stand bei ihm im Zimmer. Die Nonnen liefen mit freien Brüsten herum. Kalkreuths Mutter kam rein und schlug den Fernseher aus. «Pornografie!» Voll Ekel. Sie war restlos außer sich. Manchmal abends lugte Julian durchs Schlüsselloch, um hocherregt zuzusehen, wie seine Mutter sich entkleidete. Doch als hätte sie eine Berührung auf der Haut gespürt, trat sie jedesmal, bevor sie aus der Unterwäsche stieg, in den Blickschatten. Sie ließ sich nie gerne berühren. Für Fichte war sie immer liebend über die Füße ihrer Patienten gebeugt. Seinem Bruder gab sie, da war der dreizehn, die Kasse, weil er gern rechnete und mit Geld umgehen konnte. Sie nannte ihn unseren Haushaltsvorstand. Damals hat er sich zu ihrem Gatten gemacht. Noch als er fünfunddreißig war, legte der korpulent gewordene Mann seinen Kopf in ihren Schoß. Öffentlich. Bei *Maredo*. Fichte hingegen wollte weg, immer weg, zur Großmutter, zu Fremden. Zu Vätern. Hatte ständig Liebeskummer. Das war der Mutter unerträglich. «Kümmere dich um die wichtigen Dinge, reiß dich mal zusammen, Junge.» Aber es wurde nicht besser. Er weinte viel, das reichte schon, ihn in den Augen der Gleichaltrigen zu einer törichten Figur zu machen. Deshalb fing er damals an, Anzüge und Krawatten zu tragen. Absentierte sich auch äußerlich. Außerdem gab ihm das ein Hautskelett. Schützte ihn, wie ein Panzer, vorm Außen und verlieh dem Innen Struktur. Das hat er bis zu der Blutschlacht beibehalten. Erst disziplinierte er seinen Körper, dann, als die Imago herangewachsen war und indem Julian Kalkreuth Fichte schuf, seinen Geist. Das brauchte einige Jahre. Und erforderte den Aufwand, das Abitur nachzuholen. Als Weichling hätte er das nicht geschafft, zumal die ersten Biomechanoiden erschienen, zwar täppisch noch, sie drohten wie zornige Kinder. Indes, nun drohte Kalkreuth zurück. Noch stand er verbissen in Diskotheken herum, sprach niemanden an. Doch selbst, hätte er sich getraut, wäre das sinnlos gewesen, die Musik dröhnte immer viel zu laut, als daß man sich hätte unterhalten können. Dafür war ja auch niemand hier. Alle tanzten, er hatte Visionen. Man warf die Arme über die Köpfe, verrenkte sich, schüttelte das lange Haar. Es war eine Mauer aus Klang, in der die anderen wirbelten, und je mehr es waren, Irene, desto stärker drückte es Kalkreuth gegen die Wand. Immer gaben sie ihm zu verstehen, wie lächerlich er war, tuschelten, machten sich lustig. Da zeichnete er Alma, als die Irene so viel später bei Nothelfer wiedererstand in ihrer groben, viel zu großen Lederjacke. Mai 1995.

Nein, Fichte gehörte nie dazu. Und hat den Fehler begangen zu glauben, auch Irene sei anders. Selbstverständlich hatte er recht. Aber sie wünschte sich noch dazuzugehören. Er wünschte das seit langem nicht mehr. Und auch das ist nicht wahr. Anerkennung. Der Kunstbetrieb. Die Häme. Fichtes Wutanfälle. Und immer entsetzlich produktiv. Du wirst auch einmal aufgehängt, Kalkreuth. «Dunstkreis des Teutonischen.» Martin Engler. In der «Zeit».

Fichte, Julian Kalkreuth, sitzt auf dieser Alm. Ist allein. Es ist überaus sonnig. Es sind keine Häuser zu sehen, nur rings um ihn, seltsam entfernt, steht Wald. Er sitzt da und schaut. Und aus den Baumwipfeln werden bizarre Gesichter. Die Baumwipfel betrachten ihn, bekommen Schultern und Arme. Zeigen ihm drohend die Finger und grinsen. Das ist sein erster Vampir. Ich habe zurückgerechnet. Höchstens drei kann er damals gewesen sein. Er hat die Warnung nie vergessen, «das ist unheimlich, Fichte», die Kritik hat bei seinen frühen Geisterfiguren ganz irrtümlich an Goya gedacht. Er ist den Geistern, den Vampiren, begegnet, Irene, persönlich begegnet als Bub und gab ihnen als Erwachsener Form. In seinen Werken schläft die Vernunft nicht, sondern sie taumelt. Die Ungeheuer waren nur auf Distanz zu halten, indem er sie permanent ansah. Dafür hat Fichte sein Leben auf den Rausch gestellt. Er wollte die Abhängigkeit, Suchtcharakter, der ich bin, immer alles mit Haar und Haut. Nie sich treiben lassen, auch nicht, Irene, in Dir, nie versinken, ohne wenigstens anzukraulen dagegen, schon gar nicht in sich selbst: Immer diese Wut in ihm und lauter verkrochene Schrecken, denen sich nur mit Selbstüberhebung begegnen ließ, mit Selbst-Auftürmung, es blieb Fichte gar nichts anderes übrig, als eine Steilküste zu sein. Doch war er nur Kalk, war Kliff, an dem die Wellen leckten, weiter und weiter, um Kalkreuth wieder freizulegen, den kleinen Judenjungen, der sich, eingepanzert und starr geworden mit seinen sechsundvierzig Jahren, verschanzt hatte darin.

Er hat früh zu zeichnen begonnen, mit fünf oder sechs. Was für andere Kinder Vergnügen war, wurde ihm schon als Junge Manie. Ist es nicht seltsam, daß er in seiner frühsten Pubertät fast nur Segelschiffe malte, Windjammer, Irene, als wäre es schon damals darum gegangen, Meere zu bezwingen und sich vorzubereiten auf Fichtes Suche nach Dir? Den Wal jagen, der die Vampire im Maul trägt. Ihn endlich auf den Grund schicken. Dabei war ihm Alma damals noch gar nicht erschienen. Eigentlich ist er später auch nur einer Zeichnung wegen aufs Gymnasium gekommen: Er entwarf, ausgerechnet, sein Monogramm. Es hatte ja noch die Eignungsprüfung gegeben, das kennst

Du alles gar nicht mehr. Nachdem der erste Vampir sich gezeigt hatte, ließ Kalkreuths Mutter sich scheiden. Fichte hat keine Kindheitserinnerung an seinen Vater. Und sah das erste Bild von ihm, als er dreißig war: den Vater selbst, auf Mallorca. Er malte auch, wie Du weißt, aber kraftlos, sein Strich ist immer durchsichtig gewesen, und seine Aquarelle verblaßten schnell.

Die Mutter zog mit den Kindern zu den Großeltern. Da war Kalkreuth fünf. Er hatte einen Stoffelefanten, sein Schmusetier, ohne das er nie einschlafen konnte. Es war der Tag des Einzugs. Man heizte noch mit Kohle. Es halfen eine Tante, die Großmutter und Ida, das erste Kindermädchen, das Julian, als sie allein waren, vergnügt sein Stofftier zuwarf, er warf es wieder zurück. Hellstes Winterlicht fiel durch die Fenster. Wieder warf Ida. Der Kleine fing, hielt den geliebten Elefanten fest, flitzte plötzlich zum Ofen, öffnete ihn und steckte den Elefanten ins Feuer. Sah zu, wie wahnsinnig schnell er verbrannte: Eine Feuerwoge blähte ihn und saugte dabei den Sauerstoff aus ihm heraus. Das Ding wurde dunkel, schrumpfte unmittelbar, war schon in glühende, winkende, rotblinkende Aschestreifen zerfallen, die noch, als Ida die Ofentür zuschlug, in Julians Augen pulsten.

«Was hast Du getan?»

Sie gab ihm eine Ohrfeige, so fassungslos war sie.

«Du dummer, dummer Junge!»

Nun erst fing er zu weinen an. Heulte Rotz und Wasser. Rannte zu seiner Großmutter. «Sie hat mich geschlagen!» rief er. «Sie hat mich geschlagen!» Das ist sein zweiter Vampir. Alle anderen Untoten lauern noch, alles vordem, mit Ausnahme der glühenden Streifen und der mir drohenden Wipfel, ist schwarz. Ich erinnere mich seiner Kindheit ins Leere. Um sie zu füllen, wurde er Fichte.

Ein neues Auto ist herangefahren. Das Pärchen steigt aus, geht Hand in Hand dicht ans Meer, sie haben die Schuhe ausgezogen, das Wasser leckt an ihren Füßen. Die junge Sizilianerin lacht. Ich beobachte die beiden. Glück, Irene. Beider Glück. Mitten im Gelb. Vor Blau. Glück.

XIII

Es ist etwas Furchtbares passiert. Fichte hat lange geschlafen, einen Tag, zwei Tage, ich weiß nicht. Zeit vergeht auf Sizilien anders, fast wie die Deine, wahrscheinlich lebt Fichte deshalb hier. Ich weiß schon seit langem nicht mehr, welches Datum wir haben. Nur den Monat ungefähr. März wahrscheinlich. Aber vielleicht ist längst schon April. Gestern war noch Februar, und Fichte hatte ins Mandeltal der Tempel fahren wollen. Kann sogar sein, daß er dort war. Daß er eine Granita gegessen hat und zweidrei Espressi getrunken. Daß er auf der Passegiata flanierte, unter der sich, in die kurze Ebene streichend, die blütenbeschneiten Hügelketten wölben, bevor sie sich mit dem afrikanischen Meer vereinen. Kann auch nicht sein.

Ich jedenfalls habe in der Kapelle gesessen und tagelang über die See geschaut. Bin nicht einmal nachts zu meiner Steinhütte runter. Und habe gestern wirklich gedacht, ich sähe einen Blauweißen Delphin. Es hätte freilich ein Tümmler, hätte auch ein Grindwal gewesen sein können. Sowieso war ich insgesamt nicht sicher, es wird mittags bereits sehr heiß; Morganen gaukeln auf dem glattgezogenen Wasser, vom reflektierten Licht durchblitzte Moscheen aus Gischt und, gleich Kindertorten rosa gefärbt, hinduistische Tempel. Man schaut genauer, und es ist nur ein Dampfer gewesen oder war nicht mal das. Nur die Meeresfläche, gleißend halluzinativ, über die in Gestalt kleiner Segelboote stille Akkorde wehen, bis das trostlose Blau die weißen Melodiestreifen in sich zurücknimmt. Und doch, dort! Er sprang ein zweites Mal. Dann war er fort.

Ich bin den ganzen Tag sitzen geblieben, trotz der moskitokleinen, enorm flinken Strandbremsen, die mich ununterbrochen quälten; mein Nacken, meine Schultern und die Arme waren bis zu den Händen hinunter zerstochen. Ich schlug dauernd mit dem Handtuch um mich, aber konnte nicht fort. Allerdings trieben mich die Ameisen von Zeit zu Zeit einzwei Steinsimse weiter. Erst als es so dunkelte, daß sich bei bestem Willen nichts mehr erkennen ließ, bin ich mit Fichte, der unten nach mir rief, in die Hütte geschritten, habe mir aus der 1½-Literflasche den sizilischen, strohfarbenen Wein eingeschenkt, der fast ölig ist und schwer wie ein Sherry, habe auf dem Rest Ciabatta von vorgestern und salzigen, fettenden, körnigen Pecorinostücken herumgekaut und weiter getrunken, Glas für Glas, bis ich überm Tisch zusammensank. Fichte hat keine Musik gehört, nur der in meine Dunkelheit spülenden Brandung gelauscht, die auf den Fels schlug, sich in Feim zerblies, den Schaum sammelte und ins Wasser zurücksog, das Millionen Steinchen umfaßte, an ihnen zerrte, ein langes helles Geprassel, das sie drehte und schliff. Halbsekundenlang Stille, das Mittelmeer hat eingeatmet und schaut zum Mond empor. Und atmet aus. Die nächste Welle, ihr Brechen, Schaum und Prasseln, Stille, wiedernächste Welle, Schlaf.

Irenes Fotografie hing nicht mehr da. Benommen war Fichte zu sich gekommen. Ich kann mich nicht erinnern, wann er das letzte Mal so getrunken hatte. Aber er hatte nicht einmal einen schweren Kopf, er schien nicht betrunken gewesen zu sein. Und obwohl seine über Holztisch und Stuhl gekrümmte Ruhe nicht bequem gewesen sein kann, tat ihm nichts weh. Er hatte, glaube ich, geträumt. Ich weiß nicht mehr, was, aber weiß, daß er leise lachte, als er in die Sonnenmatte blinzelte, die der Tag hinter seinem Rücken aufgespannt hatte. Als wäre Irene bei ihm gewesen, während er schlief, und hätte ihn mehrmals in den Nacken geküßt. Als hätte sie ihn geweckt. «Fichte, ich bin wieder da. Du hast so lange gewartet, da haben die Delphine Erbarmen gehabt.» Ich dachte, jetzt hat das Meer ihm den Kopf verdreht. Von sich aus hatte Fichte nur Wälder gesucht. Und Berge. Die Höhen, ihre Kühle, schroffen Stein, der einem nicht schmeichelt. Der bezwungen sein will. In den man seine Haken schlägt und den, wer genug Kraft dazu hat, bildnerisch durchformen kann, so daß ein Horst entsteht, der nicht gleich wieder wegfließt. Vom Meer war immer nur Unheil gekommen. Es hatte Dich Fichte fortgenommen. Wie hätte er es da lieben können? Kein Sizilianer liebt das Meer.

Irene aber hat immer ans Meer gewollt, und er ist, aus Leidenschaft, mit ihr gefahren. Eure beiden Reisen nach Indien. Bombay, Goa, Palolems Bucht, Irenes Felsen. Die blattgedeckten Hütten. Die kleinen, hellgrauschwarz gefleckten Schweine, die frei im Palmwald herumstreunten. Die wilden, hysterisch kläffenden Hundemeuten, wie es sie hier auf Sizilien ebenfalls gibt. Und geschäftspfiffige dunkelbraune Inder, die beinahe alle Knabenkörper hatten und deren Zähne wie blank gewienerter Alabaster schimmerten. Ganz wie Irenes. Und hatten ihre großen Zehen. Die sich dehnende Mündung des schmalen Flusses in der Biegung am Strand: Bei Ebbe ließ sich sein Delta durchwaten, in Bündeln hielten sie ihr Zeug über die Köpfe gestreckt. Ja, er fuhr gerne mit Irene dahin. Das ist vielleicht das einzige, was Fichte bis heute gerettet hat. Daß er seinen Prinzipien letztlich noch jedesmal untreu wurde. Doch er hätte nicht an die Ostsee gedurft. Er nahm die einfach nicht ernst.

«Es ist nur ein Brackwasser, Irene.»

«Alles machst du einem kaputt, laß mich an die Ostsee doch *glauben*!»

Irene hat sich die Ostsee, während er in seinen Palästen malte und sie stundenlang durch die Dünen spazierte, so sehr zurechtgeglaubt, daß es selbst einen Blauweißen Delphin hinlocken konnte. Wie hat Fichte sich hintergehen lassen! Ob er nach Wisetka wolle? Nein, Herr Professor Pforte, gewiß nicht! Es war das Grauen. Die Höllenpaläste waren das Grauen. Das verstehe ich jetzt. Vor ihnen hat das Meer Dich gerettet.

Vielleicht merkte ich deshalb, als Fichte erwachte, er hatte sich verliebt. Ins Silber verliebt, in die Tide und Springfluten, den langen langen Zauberbogen der Stille unter dem Himmel des langen Tages, wie Julians hübsches Kinderbuch das formuliert. Fichte rührte sich deshalb noch nicht, hörte nur dem Mittelmeer zu, wie es auf- und abschwellend sang, Trost sang, Irene, von Heilung sang. Er war fast schon versöhnt. War bereit. Hatte Lust auf einen Cornetto in Portopalo, einen Latte macchiato, ein Schwätzchen. Er würde sich ein paar Muscheln kaufen auf dem Markt, am Hafen entlangschlendern, in der Bottega auf der kleinen Via C. Alberto die Flaschen seines Weindepots auffüllen lassen und sahnigrotes cremiges Fleisch aus halbierten rohen Seeigeln löffeln. Einen Moment lang hatte er sogar den Mut, nach Deutschland zurückzukehren. Aber das war nur so eine Idee. Noch war Irene nicht bei ihm, hatte nur nachts kurz vorbeigeschaut, um ihm diesen Kuß in den Nacken zu tupfen. Um ihm zu versichern, sie sei nah. Es konnte nicht mehr lange dauern, und Irene wäre dem Meer wieder abgerungen.

Er erhob sich. Noch merkte er nichts, suchte die leeren Plastikflaschen für die Bottega zusammen, steckte sie in zwei Tüten, sah nach dem Geld. Er müßte sich neues ziehen. Bis heute war auf Nothelfer Verlaß gewesen, Fichte hatte ihm, merkte ich, wohl gelegentlich einiges abzubitten. Dann ging er hinaus Richtung Zisternenwanne, von einem blendend gelaunten Meer begrüßt. So jubelnd, daß es selbst Fichtes Gelb überlief. Über jedem Sandklumpen tauten winzige silbrige Funken. Die Eidechsen, die auf dem schon warmen Stein bei Fichtes Waschstelle hockten, schossen, metallischen Pfeilen gleich, davon. Er putzte seine Zähne, spuckte den Schaum in die dörre Macchia, deren trockenen Heugeruch er selten, vielleicht noch nie, derart genoß wie heut früh. Tauchte sein Gesicht in die wassergefüllte Höhlung der Hände. Plötzlich eine solche Lust zu schwimmen! Zu Irene zu schwimmen. Langsam, geduldig, in ganz weiten Zügen. Vielleicht war ihr Delphin noch hier.

Fichte zog sich, wo er stand, aus. Die Bucht war so früh morgens leer, nirgends sah ich einen Wagen. Außer dem kleinen Alfa natürlich, der knallrot, als wäre er in der verwichenen Nacht gewaschen worden, neben Fichtes Hütte stand. So sehr frisch glänzte seine Lackierung. Rechts dümpelten zwei locker verankerte Paddelboote in der Bucht. Fichte ließ sich vorsichtig ins Wasser, auf den bisweilen messerscharfen Stein bedacht. Das Meer war noch kühl, ein Quecksilber, das sich fest um seinen Körper schmiegte, es verlor den lunaren Schein nicht, als er eintauchte und es jenseits des Riffs kräftig kraulend aufschäumen ließ. Er schwamm gewiß eine halbe Stunde. Schwamm hinaus und wieder zurück. Im Südosten, unsichtbar, aber zu ahnen, Malta. Es war gar nicht schlimm, daß sich der Delphin nicht zeigte. Gar zu unwahrscheinlich wäre gewesen, hätte sich Fichte ihm nähern können, viel zu fantastisch, um Fichte nicht doch noch mißtrauisch zu stimmen. In diesen dreißig Minuten durchdrang ihn, Irene, eine Erlösung, sie floß ihm durch die Adern; er hat, daß es so etwas gibt, nicht gewußt, hätte sterben mögen, wäre er nicht so nah am Ziel, wäre ich nicht so sicher gewesen, daß er Dich bald in die Arme schloß.

Er stieg ein wenig fröstelnd aus der See, hörte den ersten Wagen, deshalb lief er zur Hütte zurück und spazierte nicht geruhsam hin, wonach ihm eigentlich war. Noch wäre es ihm peinlich gewesen, sähen die Leute ihn so. Stand nackt im Eingang. Wollte sich gleich ein Handtuch nehmen. Aber sein Blick fiel auf die Wand, arktisch sein klitschnasses Haar, auch die Wasserperlen auf seinen Schultern gefroren, die Haare auf seiner Brust waren Schnee. Der Frost wurde Glas. Hätte Fichte sich gerührt, er wäre gesprungen. Er hatte die Wand über dem Eßtisch angeschaut, auf Dein Foto schauen wollen, aus dem Du mir jeden Morgen zulächeltest, bevor er für den Kaffee das Wasser auf den Gaskocher setzte und hinausging, um sich zu waschen. Ferner war Irene ihm nie, hatte ihn nun sogar in der Gestalt ihres Bildes verlassen. Wäre jemand bei ihm gewesen, er hätte geschrien. Aber man schreit nicht, wenn man allein ist. Man vereist, bleibt stehen so starr und faßt nichts. So leer ist man allein.

Die beiden Reißzwecken steckten noch, an einer war ein Fetzchen hängengeblieben, als wäre die Fotografie mit einem häßlichen Ruck heruntergerissen worden. Er konnte sich weiterhin nicht bewegen, nur suchten seine Augen den Boden ab. Aber da lag das Bild nicht. Draußen war der Wagen ans Wasser gefahren und angehalten, der Motor ging aus, Türen schlugen, dann albernes Lachen. Vielleicht sah man Fichtes nackten Arsch in der Tür. Statuen wie Fichte standen in den Museen, sogar in Kirchen, hundertfach herum, sollten die jungen Leute sich amüsieren, es kam darauf nicht an. Irgendwo mußte das Bild sein! Es dauerte lange, bis er sich wieder bewegen konnte, wurde Nachmittag, Abend, Nacht. Der Boden blaß von Mond. Dämmerte ins Graue. Insekten krabbelten über seine Füße, krabbelten an seinen Beinen hoch. Der nächste Morgen. Jemand hupte. Warm wehte der Seewind Helligkeit herein. Wieder fuhr hinter Fichte ein Wagen bis ans Meer, wieder klappten Türen, wieder wurde gelacht. Da tat er die paar nötigen Schritte. Ihm war so kalt, daß ich ganz besonnen wurde. Besonnen nahm sich Fichte ein Handtuch, trocknete sich ab, was unterdessen unnötig war. Doch wollte er nicht den Anschluß ans Gestern verpassen. Dann zog er sich etwas über. Ging zum Eßtisch, auf dem noch die Spuren des Abendessens hingekrümelt waren und das verschmierte Messer neben dem von eingetrocknetem Wein matten, geriffelten Wasserglas lag. Er bückte sich, ging auf die Knie, sah unter dem Tisch nach. Nichts. Vielleicht war das Bild unters Bett geflattert. Und wirklich. Das ganze untere Drittel, wo eine Hand zugefaßt und gezogen hatte, war barbarisch verknickt. Hatte er einen Wutanfall gehabt, wieder, den ersten seit so langer Zeit? War er doch betrunken gewesen, hatte er randaliert, vandalisch getobt? Aber nichts sonst in der Hütte war in Mitleidenschaft gezogen. Allein Dein Bild, Irene, das einzige und letzte, was ihm von Dir geblieben ist. Das alles war rätselhaft, schlimmer, beängstigend. Er fror noch den ganzen Tag. Wahrscheinlich wurde er krank. War schon krank und hatte deshalb fantasiert, Du seiest hiergewesen. Hatte sogar den Blauweißen Delphin fantasiert, das Meeressilber, die Eidechsen. Darüber dachte ich, nachdem ich Dein Foto einigermaßen geglättet und wieder an der Wand festgemacht hatte, den ganzen Tag nach. Und ich fand, als ich abends, immer noch verstört, schlafen ging, die kleinen goldenen Blätter der Ohrstecker, durch die ich einst Deine silbernen Delphine ersetzt hatte und die Du auch auf dem Foto trägst, in meinem Bett. Sie lagen, Irene, sorgsam nebeneinander in einer Falte des Kopfkissens.

Trennung, dachte ich.

XIV

Ich höre die Wellen das Robbenlied wispern, wenn es Mittag ist und die Zeit nun endgültig über jedem Stein, jedem Grasbüschel, jeder Dünung flirrt, das sengende Flimmern, das auf die Wogen drückt, die es wie Metallfolie glattzieht und von ihr die oberste, dunstige Feuchtigkeit, die den Meeresspiegel noch beschlägt, herunterwischt, sie herunteratmet, damit Irenes Bild reflektiert werden kann. Euer Märchen, oh, sie hätte alle ihre hundert Jahre hergegeben, die sie noch vor sich hatte, um nur einen einzigen Tag ein Mensch zu sein und dann teilzuhaben an der himmlischen Welt! Irene fragte sich immer wieder, weshalb sie keine unsterbliche Seele hatte, wenn sie in den Meeresspiegel hineinsah. Wie Fichte das nun deuten muß. Irene kam, wie er, aus einer geschiedenen Ehe. Ihre Eltern hatten sie verschoben, als wäre sie ein ungewolltes Kind gewesen, auch wenn immer Irene selbst es war, die ging und sich trennte. Imgrunde wurde sie verstoßen wie Fichte, von der Mutter zum Stiefvater verraten, einem reichen Mann, Chef der Mainzer Kern-AG, der Irene und ihre fünfjährige Schwester Janine zu Putzdiensten zwang, die Mutter hat das zugelassen. Und als ihr Mann ihr auftrug, die Kinder bei Ungehorsam zu schlagen, tat sie auch das. Irene floh zu ihrem Vater, einem liebenswerten Hallodri, in dem nach seiner Frühberentung der indische Pfiffikus durchbrach, voller Geschäftssinn, doch ohne jede Struktur. Er hatte nie Geld, fuhr aber Daimler. Brachte in zehn

Jahren drei Häuser unter den Hammer und hatte nicht die geringste Scheu, von seinen Kindern Geld zu nehmen, Kleingeldbeträge, zwanzig Mark, dreißig Mark. Mit zehn wurde Irene für Tarang, den Halbbruder, Mutter. Seine leibliche hätte den Kleinen sonst immer nur vor die Glotze geknallt, vor der sie selbst dauernd hockte. Irene rang für den Bruder und verlor. Floh in den Rodgau auf den Hof. Ihre ältere Schwester Dharini, schon lang aus dem Haus, brachte sie dort unter. Mit dreizehn ließ sich Irene das erste Mal lieben. Als Frau war sie immer gewollt. Hatte den zweiten Mann, schon einen dritten, fünften. Ging mit Stendel nach Berlin, traf endlich Fichte und hat sich auf seine Höllenpaläste gesetzt, bewundert von ihm, ihn bewundernd, als wäre er das Arabische Meer, auf das sie von ihrem Felsen hinabsah. Doch es war nur die Ostsee. Irene ging, als sie begriff, daß Höllenpaläste sich für Ozeane nicht eignen. «Könnte es vielleicht sein, daß Irene Fichte abgehängt hat, weil sie Fichte nunmal nicht mehr sehen mag, damit sie Luft hat?» Astrophysik ist für sie Meeresbiologie gewesen, ein Gehen und Kommen von Sternen, Vergehen, Entstehen in der allerlängsten, ewigen Zeit, nichts war dort hastig, alles geschah fast ohne Bruch, man wurde jahrhundertelang gezeugt, jahrhundertelang geboren, lebte Hunderte von tausend Jahren und starb so allmählich, starb derart allgemach, daß man es ganz vergaß. Niemand war genervt, wenn Irene Termine verpaßte, weil sie mit irgendwas nicht rechtzeitig fertig wurde, jeder ließ sie stundenlang ihre Zwiebeln schneiden, mochte es eine, mochte es anderthalb Stunden dauern. Niemand stand hinter ihr und trieb sie an durch seine Nervosität. Niemand sprang dauernd vom Essenstisch auf, weil ihm immer etwas einfiel, das noch getan werden mußte. Niemand sagte «Kannst du dich nicht mal ein bißchen beeilen?» und verdarb ihr den schönen Tag, in den sie einvernehmlich hineinleben wollte als Mutter und in den Mann geschmiegte Frau, worüber sie manchmal, wenn die Sonne stieg, mit bogenförmigem Jubel hinausspringen würde. Dafür hätte sie sich hingegeben, gab sie sich hin, dafür nahm sie Fichte rückhaltlos an. Wußte nicht, wer er war. «Einfach nur mal leben, Fichte, gar nichts wollen. Andere treffen und mich mit ihnen amüsieren, ohne gleich den Argwohn haben zu müssen, daß du auch die für Feinde hältst.»

Sie sah die Vampire nicht, die in ihm schliefen, als er bei Nothelfer hereintrat, lachend wie anfangs immer, wenn er öffentlich ist, und von allen überschwenglich begrüßt, Umarmungen, Lächeln. Er genießt so viel Achtung, dachte sie, sie bewundern ihn, Fichte stand in der Galerie in der freiesten Laune. Immer ist seine Lebenslust, ist seine Lebensgewalt, die Irene als so herrlich empfand, auf andere übergesprungen, die ihn noch nicht in heiklen Situationen erlebt oder die beschlossen hatten, mit ihm trotz seiner Ausfälle befreundet zu sein. Wer nicht dauernd mit ihm zusammen war, ertrug die dann schon. «Ich hab Dich vergöttert, Fichte. Ich sah Dich, sah Deine Bilder, und was Du mir sagtest, wurde für mich wie Gesetz.»

«Du mußt dich um dein Fortkommen sorgen, Irene!»

«Schlag mich bitte, schlag mich ins Gesicht.»

Neu und neu drang er in sie, wieder zu studieren. Er sah sie immer irgendwo im Kulturmanagement, als Chefin einer Agentur, als Lektorin, als hoffnungsvolle junge Dichterin. Sie war jetzt fünfundzwanzig und hatte nichts als ihr Phlegma, von dem Fichte unvorstellbar war, daß es einen Menschen über den Ozean trug, ohne daß er ertrank. Was hat es Dich gequält, daß Fichte Respekt an etwas anderes band, als bloß daran, ob jemand da ist. Daß es ihm nie genügte, nicht auf Dauer, wenn eine nur atmet und schön ist, daß ihn das nicht mehr erregte, wenn die Raserei sich gelegt hat. Er lebte in einem ständigen Aufbruch und mußte dauernd Werke stemmen, die über mir eingestürzt wären, hätte er sie nicht immer monumentaler gemacht. Sie mußten gewalttätig sein, Irene, und so groß, daß niemand sie übersehen konnte. Der Wappenspruch der Kalkreuths. Nie nachlassen! Damit man merkte, er ist da, immer noch, nein, man hat ihn nicht zum Schweigen gebracht. Nennt mich Fichte Ahab. Jetzt erzähle ich selbst, wie der Wal mich verschlang, uns, Irene, verschlang. Israel bin ich. Aus Wüstenmeeren schaffe ich Gärten. Knochen wird Pflanze. Jede Prothese Organ. Kalkreuths Biomechanoiden, von denen auch Fichte noch eine Zeit lang besessen war: Je künstlicher, je besser. Nur noch Acryl, dachte ich, da gab es Fichte noch nicht, die Rinden nicht, nicht den Lehm. Ich arbeitete ausschließlich mit Spritzpistolen, weil ihr enormer Luftdruck gestattet, feinste Zeichen, Linien und Punkte auf die Bildfläche zu pressen. Zog ich den Pistolenpinsel unter gleichzeitig verstärktem Druck auf den Abzug von der Bildfläche zurück, entstanden große, unscharfe, gleichmäßig auf allen Seiten ins Neutrale übergehende Flächen. Ich malte den Menschen der Zukunft, der in die Geräte hineinwächst, die er erfunden hat. Ich malte den Cyborg. Den Menschen, der den wichtigsten Teil seiner Psyche, die realitätsbildende Organik seines Gehirns, nach außen in die Apparate verpflanzt. Es war wahrscheinlich einfach zu früh, als daß dies hätte akzeptiert oder auch nur begriffen werden können. Industrielle Perfektion warf man mir vor, die Leute haben, daß etwas perfekt ist, nie gemocht. Es macht ihnen Angst. Und ich habe ihnen Angst machen *wollen*. Nekrophiler Kitsch, sagten sie, barock und überladen. Meine anthropologische Serie untertitelte ich mit Nietzschesätzen, dann malte ich Waffen und spritzte «Notung» darunter. Malte Tiere, deren Hörner Mündungen hatten, oder der ganze Körper war nichts als Granate. Was für ein inhumanes Zeug! riefen sie. Diese arrogante Glätte, die aus jedem Werk spricht und unserer Freiheit die Luft abschnürt. Wo bleibt die Fantasie des Betrachters? Keinen Raum läßt ihr Kalkreuth. Frauen, aus deren Brüsten Stilette wuchsen, Mösen, die als Arsenale dienten, aus denen endlose Patronengurte hingen, die Hülsenmünder waren lachende Säuglingsköpfe. Phalli, die Giftgas entluden, verkrümmte, verelendete Geschöpfe ringsum, ihrerseits zu einem Viertel Apparatur. Was die

Menschen so aufbrachte daran, war die Schönheit, die ich dabei erzielte. Anstatt daß er endlich still ist! Der mit seiner Nazi-Herkunft! Verwöhnter Aristokrat, der nicht weiß, wie schwer wir kleinen Leute es haben! Anstatt daß er bescheiden wird. Es war die Zeit der Nachrüstungsverträge, keiner verstand, daß es auch affirmativen Protest gibt, einen, der das Unheil an sich heranzieht, ganz nahe, der sich ihm aussetzt, weil es sich nur dann kathartisch herumdrehen läßt. Den Vampiren den Hals reichen. Aber irgendwann war es genug, ich hörte unmittelbar damit auf und wandte mich natürlichen Materialien zu: Holz, Lehm, den Rinden. Ich hatte wie im Rausch gearbeitet, es ging mir plötzlich alles zu leicht, der junge Fichte war zu einem Automaten erstarrt, der selbst dann noch funktionierte, wenn ich mich im Grenzbereich des klaren Denkens befand, in Rauschzuständen, die mir die Musik erzeugte, durch die ich mich schützte, die mir zu malen erlaubte, ohne daß ich an mich und meine Angst denken mußte, in die sich Kalkreuth aufgelöst zu haben schien. Diese Musik war immer absolut. Jedes Zugeständnis an eine andere hätte die Mauern des Bunkers zerstört, der sie für Fichte war. Er durfte nicht tolerant sein. Nicht in seinen Bildern und schon gar nicht in der Musik. Sonst hätte er Kalkreuth entblößt. Deshalb seine Hilflosigkeit, die nun auch Irene seine Verachtung spüren ließ. Die plötzlich einem Freund von ihr galt. Einem, der ihr geholfen, ihr beigestanden hatte, dem sie, wie vorher nur Fichte, nahegekommen war. Boone. Bad Boone. Boone liebte Irene, wie sie war, verlangte nichts von ihr, auch keine Liebe und schon gar keinen Sex. «Das ist nicht wichtig», sagte er, als sie versucht hatten, miteinander zu schlafen, als da Irenes Körper versagte. Der sogar ihre kleinen Zoten genoß, die Fichte manchmal quälten, wenn ihr eingeladen wart. Plötzlich erzählte sie einen schlüpfrigen, manchmal äußerst ordinären Witz, ihr fiel das einfach so ein, und sie gab es beim Essen zum Besten. Egal, wer dabei saß.

«Irene, das geht nicht! Das kannst du wirklich nicht machen.»

«Boone versteht mich, den stört sowas nicht. Wir haben denselben Humor. Ich habe endlich einen Freund gefunden.»

Der verstand ja nur englisch, was wußte der schon. War so kindisch und Star einer sowieso kindischen Szene. Die ihr plötzlich wieder entsprach. Nachdem Irene das Baby nicht haben wollte, ihr zweites, sie hat sich einem «Du bist derart fett!» nicht ein weiteres Mal aussetzen wollen. Aber hatte sich ohnedies von Fichte emanzipiert, hatte sich einen eigenen Bereich erstritten, weshalb sie ihm ihre Erzählung so lange nicht zeigen mochte. Sie wünschte nicht mehr, daß er an ihrem Tangokurs teilnahm. Wollte eigenen Umgang, der nicht immer auch der seine war. War wieder umschwärmt, konnte sich umschwärmen lassen. Das mochte sie nicht aufgeben. Dann gab sie lieber das zweite Kind auf. Aber tote Kinder bleiben am Leben, sind ebenfalls untot, solange man ihnen nicht etwas entgegensetzt. Kunst. Oder vögelt. Leidenschaft, Irene. Deshalb wollte Fichte dauernd ficken. Vitalistisch auf den Tod zu reagieren, das war in Fichte ein Reflex. Die Abtreibung war entsetzlich für Irene. Auch sie wieder leer. Weil sie gar nichts mitbekommen hatte, weil ein Fremder Leben aus ihr herausgekratzt und es weggeschmissen hatte. Es verstörte Irene, daß sie das Opiat, das der Arzt ihr gab, nahezu um zwei Stunden betrog, sogar um das Gespräch, das ihr beide, Fichte und Du, unmittelbar auf den Eingriff führtet, als er sie küßte, ihren Kopf auf seine Hand legte und zusah, wie sie einschlief und murmelte «ich liebe dich, Fichte», und dabei war, als sie erwachte, «was ist denn, Fichte, passiert?» Er war ihr nahe wie lange nicht mehr, näher vielleicht als seit Julians Geburt, tröstete sie, vergaß. Sie erzählte ihm einen Angsttraum, Julian und er waren eines und versteckten das andere Kind vor ihr. Sie suchte auf dem Dachboden. Fand Fleischstücke. Alles voll Blut. Fichte deutete den Traum. Dann sagte er: «Ich möchte mit dir schlafen.» Irene schwieg. «Wann, Irene, schlafen wir wieder miteinander?» Sie fühle sich sexuell von ihm verfolgt, sagte sie. Wann war das? Bei welcher Gelegenheit? Es tut weh, sich zu erinnern, die Vampire zu rufen, noch während sie schlafen. Daß Fichte sie nun locken muß! Nach Sizilien. In seine Hütte. Aus dem Wal und dem Meer. Immer öfter drang Fichte in Irene, immer schlimmer wurde, daß es Boone gab. Daß sie nicht von dem lassen wollte. Einen Star wollte er aus ihr machen, ihre Stimme in die Clubs transponieren, sie stampfen lassen, und die Leute tanzten dazu und ließen Fichte stehen, lachten ihn aus, der kleine Junge und seine Hose, das ist vielleicht der dritte Vampir. Du wirst auch einmal aufgehängt wie dein Großvater, Kalkreuth. «Ich kotze auf deinen Schwanz!» schrie Irene.

Es war ganz spät in der Nacht, sie hatten gestritten. Sie hatte wieder von Boone erzählt, Fichte Boone vorgehalten, er war erschöpft in den Schlaf wie in Ohnmacht gefallen, tief gefallen, fiel immer weiter und erwachte, als er aufschlug. Er hatte so einen Druck im Körper, der ihn zusammenpreßte und Kugel wurde, ganz, nur noch die Kugel gab es, ihn nicht, Irene nicht, niemanden, und er brüllte los. Wieder schriet ihr euch an, im Kinderzimmer weinte der Kleine. Und Irene brüllte zurück, noch nie hatte er sie so hassen gesehen: «Ich kotze auf deinen Schwanz!»

Dieses Gefrieren von Zeit, ein stummes Klirren. «Du bist derart fett!» hatte endlich eine Entgegnung gefunden. Dafür gab Boone Irene die Kraft. Das Robbenlied, das nun Fichtes wurde. Geh, Gooverooska, geh! Und das andere Gedicht, die Wellen: Welle wandert, Welle rot, wogt hinab und trägt den Tod.

XV

Kalkreuth sei noch zu unreif gewesen, hieß es, um ihn mit sechs einzuschulen. Also kam er in den Schulkindergarten. Und der dritte Vampir, wahrscheinlich, nahm in ihm

Quartier. Der Junge hatte Kindergärten gefürchtet, war schon mit fünf häufig aus den Kindergärten ausgerückt. Man mußte ihn suchen. Meistens saß er für sich am Wehr und schaute in die aufgewühlten Wasserstrudel. Diese Angst vor den anderen! Es gab einen Flur, ich erinnere mich nur an die Länge, eine unfaßbare Länge, die sich obendrein verzerrte, wenn der kleine Kalkreuth durch ihn hindurchging. Man trat durch die Glastür, wandte sich nach links, das war der Flur, wandseits Fenster. Dahinter das Spielzimmer, denke ich mir. Über dem Eingang hing eine teuflische Handpuppe. Mehr weiß ich davon nicht, sehe nur diesen grinsenden Kasper. Und dann der Schulkindergarten. Kalkreuth hatte seine erste lange Hose bekommen, war so stolz! Er gab an, das muß man sagen. Anerkennung, Anerkennung. Die Betreuerin faßte grob seine Hand, seinen Arm, riß ihn zu sich in die Mitte des Raums und höhnte: «Kinder, nun gucken wir uns alle zusammen an, was für eine schöne Hose unser kleiner dummer Julian hat!» Und sie stellten sich im Kreis um ihn und die Frau auf, lachten ihn aus. Er wollte sich wegreißen, aber sie hielt ihn fest und höhnte immer weiter: «So eine schöne Hose! So eine schöne Hose!» Er fing zu weinen an, da lachten die anderen erst recht. Er heulte. Gemeinschaften lachten ihn immer aus. Erst Fichte hat niemals mehr einer auslachen können. Der Kunstbetrieb mochte ihn nicht, nun gut, aber Fichte war zu gnadenlos produktiv, um lächerlich zu sein. «Ich weiß», sagte der Kritiker Paulsen, der zum Erschrecken seiner Kollegen in der FAZ eine Lanze für Fichtes Werk gebrochen hatte, Biennale 1987, «Die Hüter des Gedankens», Öl und Puppen und Millionen Sonnenblumensamen auf Pappen, die Pappen in Borkenrahmen gespannt, «ich weiß, weshalb man Sie ablehnt. Sie haben keinen Stallgeruch.»

Fichte fügte sich nicht. Stilisierte sich, was man schon gar nicht mochte: Wo kriegt er das Geld her, solche Anzüge zu tragen? Wieso erscheint er nicht mal locker? Und hat immer diese Frauen dabei! «Was willst du denn mit dem?» fragte in eurem ersten Dreivierteljahr der nicht gänzlich talentlose Lüpperz, als er versuchte, Fichtes indischer Göttin Avancen zu machen. Allen stieß meine Kleidung auf. «Der läuft doch herum wie ein Förster.» «Verarmter englischer Landadel», hatte schon Lu über Fichtes bisweilen Konfektion werdende Neigung zu Hirschhornknöpfen und trachtenartig abgesetzten Reversnähten gespöttelt. Du fandest das nicht amüsant wie sie, Du wolltest ja eines werden mit ihm. Als ich einundzwanzig gewesen bin, wollte ich so etwas auch. Die Differenz, der ich in meinen Anzügen Ausdruck verlieh, die den anderen zeigte: Ja, ihr habt recht, ich bin anders, rief mittlerweile eben auch aus: Ich bin anders als Du. Noch mit fünfundzwanzig wäre ich, wie Du ganz Fichte wurdest, ganz Irene geworden. Vor Fichte. Wurde Lu und Fichte. «Mit dem», sagte Meienbug zu Nothelfer, «kann man doch immer nur über Kunst reden.» Ja, worüber sonst? «Als ob es kein anderes Leben gäbe.» Fichte ist Kunst ganz und gar. Und wurde Vater. Bei allen Schwierigkeiten, allen Ausfällen, der ganzen Sorge um seine Arbeitsstrukturen: Er war es gerne, Irene. War es? Ist er es nicht?

Den ganze Tag ist er umhergelaufen. An den Capo delle correnti gefahren, dort immer den Dünenstrand entlang, landeinwärts stehen dicht Schilf und Agavenkolonien, manchmal sogar bis an den Sand. An den aufgelassenen, zerfallenen Häusern vorbei. Er traut sich nicht in die Hütte zurück und schon gar nicht in seine Kapelle. Wovor habe ich solche Angst? Irene! Hat er den Delphin gesehen? Später betrachtet er still seinen kleinen roten Alfa, als könnte der ihm Auskunft geben. In den Oberleitungen, die neben der Straße verlaufen, schnurrt der Wind so aggressiv wie Wespen vor ihren Nestern. Irenes Tod. Seine blonde Mutter, sein blonder Vater und seine dunkelhaarige Anima. Sein blonder Bruder, blond auch ich. «Du wirst auch einmal aufge- -» – nein! ich will das nicht mehr! Bis zu seinem fünfzehnten Lebensjahr alle zwei Tage verprügelt, erst dank seines Großvaters wehrte er sich. Fand keine Grenze, bis man ihn mit vereinten Kräften von dem halbtoten Rüpel herunterriß. Er hatte den Angreifer an der Kehle gepackt, sofort an der Kehle. Und zugedrückt. Er raste. Man nahm sich fortan vor Kalkreuth in acht. Mied ihn weiter. Aber Macht war ein gutes Gefühl. Was konnten die andren ihn noch scheren? Er zeichnete und zeichnete. Flog vom Gymnasium. Die Mittlere Reife hat er dann geschafft und mit den ersten Künstlernamen herumgespielt.

«Schlag mich bitte, schlag mich ins Gesicht.» Fichte verharrte, halb erschrocken, halb außer sich. So etwas hatte noch keine zu ihm gesagt. Von ihm gewollt. Du hattest diesen verworfenen, zugleich leidenden Ernst aller Frauen im Gesicht, die erregt bis zur Ergebenheit sind und ihr Selbst in den Gerüchen, Geschmäckern, den Düften völlig verlieren, die nur noch gefickt werden wollen, verbogen, um- und umgedreht. Es gibt einen Punkt, an dem ist jede so weit, wird fast grausam, jetzt muß sich die Wollust entladen, verschießen, stoß fester, noch fester! Als würden einer die Ohren in den Bauch, in die Bauchdecke gedreht. Ein Meeresrauschen, das auf dem Grund tönt, dumpf, gewaltig, man hört es mit den Knochen. Ist ganz unter Wasser, deshalb reißt man den Mund auf, hechelt, und alle Frauen bekommen diesen Ausdruck von Qual ins Gesicht, Lu weinte manchmal sogar. Du aber triumphiertest. Dein Leib drehte und krümmte sich um die hinabgezerrten Ohren herum. Aber Du hattest das im Griff, was ging, weil Du oben lagst, Dich wegstemmtest, nein, noch kein Ende, Dich auf Fichtes Schultern stütztest und hochwarfst, zurückwarfst, Dich nicht riebst, nein, scheuertest an seiner Bauchmuskulatur, schon der Leib wieder Bogen, Schultern nach hinten, das Zeichen des Wales geradezu gedehnt. Die Sehnen traten Dir gestrählt aus dem Hals. Und noch einmal, weil Fichte nicht reagierte: «Schlag mich ins Gesicht!» Noch immer verharrte er, dann versuchte er es, vorsichtig, es sollte ja nicht weh tun. Aber Du wolltest, daß Dir jetzt weh getan wurde, wolltest die Haut aufreißen, Deine, meine, das bloße Fleisch, unser Blut wolltest Du ineinanderbekommen, wie werde ich mich, wie wirst Du Dich los, wie werden wir eines? Schlag mich noch mal. Fichte schlug wieder, Dein Gesicht fiel zur Seite, die ägyptischen Lippen zuckten vor Schmerz. Es war Dir dennoch nicht genug, jetzt die andere Seite, hör endlich zu denken auf! Nimm mich, ich will Dich, dann will ich auch Deine Vampire! Ich werde sie schlucken, ausnahmslos schlucken, ich lecke Dir den Saft aus den Achseln, sag mir, was Du von mir willst. Ich werde Dir alles geben. Du hast es geliebt, wie ich schwitzte, das waren nicht Tropfen, ich schwitzte Bäche, als wären meine Poren Rohre, als hättest Du mir sämtliche Hähne aufgedreht, aus denen das Meer auf Deinen Leib schoß, aufs Gesicht, immer rißt Du den Mund dann auf, im Salzfäßchen und zwischen den Brüsten standen schon Lachen, von den Weichen flossen Dir kleine Flüsse hinab, niemand, sagtest Du, schwitze wie Fichte: klar und pazifisch. Das Laken war immer klitschnaß, sie mußten oft die Matratze wenden, um nachher schlafen zu können.

Fichte hat die Hemmung, Dich ins Gesicht zu schlagen, nie ganz verloren. Er hat nie wirklich heftig geschlagen, nur einmal, ach! Dennoch, es war in ihm etwas gelöst, ausgelöst wie aus Knochen, an denen es die Sehnen halten, Fleisch. Du reichtest ihm die Macht auf den Händen und sagtest: Fichte, mach etwas damit. Mit mir. Ich möchte alles tun, was Dir gefällt. Schütte dich über mich aus. Aber schlag mich manchmal ein wenig. Du betratest den Raum, er sagte: «Zeig mir deinen Arsch.» Dann zogst Du Deinen Slip herunter, stiegst heraus, kauertest Dich auf alle Viere, legtest die Wange dem Boden an, stütztest Dich mit den Schultern ab, nahmst die Arme nach hinten, zogst den Rock hoch, Fichte rührte Dich nicht an. «Weiter. Zieh die Backen auseinander.» Manchmal betrachtete er Dich minutenlang. In Deiner Spalte sammelte sich Sekret, schimmerte durch den Haarbusch, sinterte vor. Fichte erlaubte Dir nicht, Dich zu rühren. Bis Du zittertest. Manchmal legtest Du Dich kopfunter über seine Knie, dann schlug er Dich auf die Hinterbacken, sogar wirklich fast heftig, Du hattest dabei einen seiner großen Zehen im Mund und saugtest daran. Jedes Klatschen ließ Dich guttural stöhnen. Fichte sagte: «Ich hänge dich mit dem Kopf nach unten an der Wand auf.» Darum hast Du eine Zeit lang gebeten. «Häng mich an der Möse auf, Fichte.» Es kam nie dazu, man hätte eine Vorrichtung anbringen müssen, und Fichte wußte nicht, wie. Dann war das Jahr von Wisetka vorbei, Du warst nach Indien geflogen, kamst verloren zurück, er entschied sich für Dich, aber Du branntest nicht mehr. Und Fichte wurde schwach. Erst nach der Nacht, in der Du in der Ostsee dem Delphin entgegenschwimmen wolltest, als man Dich aufgefischt hatte, als Du, noch immer mit offenen Augen, erwachtest, drang die alte Sucht noch einmal aus Dir heraus. Als wäre sie nie fort gewesen. Ihr hättet da weitermachen müssen. Weshalb tatet ihr es nicht?

Was erinner ich mich.

Es kam vor, daß Irene in der ersten gemeinsamen Zeit in seinem Berliner Atelier ganz unvorbereitet erschien, sich nicht von ihm umarmen ließ, sondern ihn auf die Matratze schubste. «Beweg dich nicht», forderte sie. «Ich bin nur hier, um dich zu trinken.» Keinen Finger durfte er rühren, schon gar nicht sie anfassen. Bis er gekommen war. Dann stand sie auf. «Ich gehe jetzt.» Und tat es. Daß sie sich jetzt von ihm trennen wollte! Daß ihr es mit Abstand versuchtet! Daß sie dann endlich wieder mit ihm schlief. Und kam mit dem Dildo. Vampire! «Reiche ich dir nicht?» fragte er, schon völlig in sich zusammengekrümmt. Sie steckte das halbharte Gummiding weg, verletzt, verärgert und grenzenlos verachtungsvoll. In Wisetka hatten sie mit einer Gurke gespielt. Irene, mit verbundenen Augen, war auf den Zeichentisch gefesselt gewesen. Doch dies hier, der Dildo, war anders. War Lustindustrie. Irene wollte Fichte einen Finger in den Arsch bohren, er zuckte und verweigerte es. Seine alte Schwulenangst. Wieder brach etwas zusammen. «Ich bin nicht mehr devot», sagte Irene. Hatte begonnen, sich in strenge Kostüme zu kleiden, die sie bei *ebay* ersteigerte. Trug hohe Stiefel. Wie eine Matrone schaute sie aus, wieder sehr schlank, aber mächtig. «Ich habe mich verändert, Fichte.» Irritiert sah er das an. Doch begriff nichts. Nicht einmal, als Irene neuerdings verlangte, daß er sich zum Pinkeln setze. Er hielt das für Ideologie. «Fichte, es geht doch immer etwas daneben.» «Du weißt genau, daß ich den Bekkenrand jedes Mal sauberwische.» «Es ist nicht nur der

Beckenrand!» Die beiden stritten fast. Er wollte sich nicht kastrieren lassen, hat pragmatische Begründungen immer für Rationalisierung gehalten. Und dann sagte Irene: «Vielleicht hab ich im letzten halben Jahr ja meine Dominanz entdeckt.» So daß Fichte dachte: Boone! Boone!

«Du ahnst nicht, wie sie um mich herumgeiern, Fichte, wie sie um mich werben! Es macht richtig Spaß, sie hängenzulassen. Ich will nichts von ihnen, aber ich locke sie, und sie kriegen mich nicht. Das ist voll der Genuß.»

Trennung, denke ich, Trennung.

Fichte fand einen Liebesbrief Boones. Irene hatte die Email versehentlich auf ihrem Computerbildschirm stehen lassen. *Versehentlich*, Irene? Du wußtest doch, daß Fichte, wenn Du abends jobbtest und er unseren Kleinen bewachte, immer noch mal nach der Post sah. «I hope, you are well in your other reality.» So schlossen die schwärmerischen Zeilen. Du hattest immer beteuert, es sei Freundschaft, reine Freundschaft. Es war alles gelogen. Längst gab es für Dich eine andere Wirklichkeit, eine zweite, nächste, die Boone hieß. «Ich will als Dein Mann mit Dir leben, nicht nur als Vater Deines Kindes», schrieb Fichte Dir, als ihr für diese Woche auseinandergezogen wart. Es war wichtig, daß Julian aus der Schußzone kam. Darauf habt ihr beide, die ihr ihn liebt, so gut es ging geachtet. Fichte hauste in seinem Atelier, Irene blieb in der Wohnung. Er war wund vor Sexualnot. Wurde immer schwächer, floß auseinander: nicht wäßrig klar, sondern ein aggressiver, sich zunehmend verflachender, dumpfer

Tümpel. Zweidreimal gab sie sich ihm, er ölte sie, massierte sie, streichelte und rieb ihr die Lust in die Spalte. Irene seufzte, er zog ihre Vulvaflügel auseinander und sie Fichte in sich hinein. Keine Rede mehr davon, daß Irene süchtig nach ihm war. Er aber war es wieder nach ihr. Fremdheit machte Erektion. Nicht nur Fremdheit: auch Entzug. Das hat Irene ihm beigebracht. Sie hat sich für die mangelnde Fremdheit mit Entzug revanchiert. Sich schadlos gehalten für Fichtes verlorene Macht über sie.

Trennung.

XVI

Fichte war besessen von Flüssigkeiten. Von seinen, die Irene trank. Von ihren, die er trank. Irene hat Fichte fürs Meer vorbereitet. Dann ist sie gegangen. Den Rest hat nun Fichte selber zu tun. Zu begreifen. Trennung. Nicht Tod. Die Meere zu begreifen.

«Du wirst mich nie wieder los.» Wie recht Irene hatte! Wie aus der Verheißung die Drohung brach und bewahrheitete, wovor so lockend gewarnt worden war. Fichte wurde Irene nicht los, als er in Polen an ihrem Tod arbeitete, immer wieder, jeden Morgen, Mittag, Abend, nachts, bis er aufgab, und nicht, als er seinen Schlupfwinkel bei dem sizilischen Kap gesucht und gefunden hatte. Nicht, wenn er die Strände entlanggeht, nicht, wenn ich in meiner Kapelle oder oben auf Deinem Felsen sitze, hinter Dir, Irene, so daß ich Deinen Rücken sehe und eines Deiner Schultergrübchen, die Thomas einmal so meisterhaft gemalt hat. Um Dich nicht wieder loszuwerden, mußt Du gar nicht da sein: Das, genau das, ist die Essenz Deiner Drohung. Fichte hatte sie nicht begriffen, ihr ganzes Ausmaß nicht begriffen. Es gibt Sätze, die darf man nicht sagen, wenn man nicht weiß, ob man sie halten kann. Und wir wissen das nie. Sie dennoch zu sagen, heißt, es mit Meeren aufzunehmen. Da spielt es gar keine Rolle, Irene, wie alt eine ist. Diese Sätze verpflichten. Ewig. Aber was sollte sie denn tun?

«Fichte, ich habe es wirklich geglaubt!»

Wann hat sie nun wieder *das* gesagt?

«Ich konnte gar nicht anders, Fichte.»

Später machte sie ein «Ich war verblendet» daraus. Und war verblendet von Boone. Wie sie zuvor für Fichte Anima war, tat sie nun alles, es für Boone zu werden. Joggte wie in der Wisetka-Zeit, schwamm wieder, ließ sich trainieren. *Nannte* ihn sogar ihren Trainer. Als wäre sie dafür ausersehen, nur und ganz für einen anderen zu leben. Projektion um Projektion, die Muster wiederholen sich: So ist Liebe, jenseits aller Pheromone. Sie funktioniert anders als der Trieb. Aus den Geliebten scheinen uns unsere Wünsche an sich zu reißen. Das hat mit den Geliebten wahrscheinlich gar nichts zu tun. Deshalb begriff Irene so lange nicht, daß sie begonnen hatte, Boone, den Fichte haßte, zu lieben, Boone, der all das verkörpert, was Fichte abgestoßen hat. Obendrein ist er der häßlichste Mann, der ihm bislang begegnet war, da kann Irene nun ruhig sein: So einer ist treu. Du bist sein allerletztes Geschenk. Aber er trägt das Haar genau wie Fichte, nämlich keines, so daß Du auch mit ihm, Irene, etwas wiederholst. Von dem kannst Du nicht lassen. Wenigstens das ist von Fichte bei Dir geblieben. «Er ist weich, anders als du», sagte sie. Vielleicht ist er eigentlich schwul, das würde passen und Heftigkeit und Ekel erklären, die Fichte diesen Menschen abwehren ließen. Das mit dem Finger im Arsch wollte *er*? Dann hatte Fichte recht, sich zu sträuben. Und er vertritt die Musik, die ihn ausschloß. Deren Sängerin sollte Irene nun werden. Und begreift noch immer nicht, daß ihre Schönheit es ist, nicht ihre Stimme, die sie dazu macht. Sie kann gar nicht singen, da ist keinerlei Ausbildung, vielleicht nicht mal Talent, elektronische Bearbeitung ist eine Maske, nicht mehr. Sie täuscht. Immer wieder Masken in unserem Leben, Maskierungen. Wer sind wir? Was waren wir? Künstlich wie meine Biomechanoiden. «Du glaubst nicht, was man mit Elektronik alles machen kann. Wie schnell man mit so etwas Geld verdient.» Nun wächst Julian damit heran. Was wird ihm in den Ohren tönen! Du nahmst Fichte nicht nur Dich, sondern auch seinen Sohn. Er hätte das verhindern müssen! Konnte es nicht. Schrieb sie wenigstens ihre Erzählung weiter oder ließ sie auch die den Bach runtergehen? Was hatte sie vor? Die Uni aufzugeben? Das wäre eine Lebensentscheidung, die Irene, in ihrer wundervollen Langsamkeit, nie wieder rückgängig hätte machen können. Und dann noch Tattoos!

Es war wirklich eine Endzeit, und Fichte hatte den Plan gefaßt, daß ihr euch Ringe kauftet, Eheringen gleich. «Keine Ringe, Fichte. Aber vielleicht ein Tattoo.» Sie lachte. «Unsere Namen, ‹Fichte›, ‹Irene›, irgendwohin tätowiert.» So tief bereits war sie in Boones Technozirkel verstrickt, daß sie für Fichte und sich eine Symbolik wählte, die rein von jenem kam. Sie wollte ihn mit euren Namen in eure Haut schneiden lassen. Fichte war nicht einmal abgeneigt. Er dachte, das ist halt ihre Generation. Doch wäre es dazu gekommen, dann hätte sich Boone sogar noch zum Sinnbild eurer Vereinigung, Wiedervereinigung, gemacht. Fichte hatte wieder etwas verpaßt. Irene wäre gerne geheiratet, so gerne Frau v. Kalkreuth geworden. Schon Fichtes Mutter, als sie Irene nach Julians Geburt kennenlernte, hatte ihn gewarnt: «Irene wünscht sich, daß du sie heiratest.» Fichte hatte, auch hierin bis zur Verletzung konsequent, schon den Gedanken abgewehrt: «Sie kennt mich, weiß, daß ich das niemals tue.» Jetzt, so kurz bevor Irene ging, gab sie es zu: «Damals, Fichte, wäre es für mich das Selbstverständlichste auf der Welt gewesen. Ja, ich wäre sofort deine Frau geworden.»

Ihr saßt beim Italiener, hattet vorabends *Moonstruck* gesehen, mit Cher und Nicholas Cage, beide wart ihr gerührt gewesen. Du warst plötzlich eingeschlafen, immer schliefst Du urplötzlich ein, selbst, wenn Gäste zugegen waren, zogst Dich oft ohne ein Wort in Dein Zimmer zurück. Da hatte Fichte sich entschlossen, Dir abermals entgegenzukommen, wieder einmal hatte er aus Not etwas nachholen wollen. Es läßt sich nichts nachholen. Dennoch gab er Stück für Stück auf, Fichteprinzip für Fichteprinzip, war ganz der kleine Kalkreuth wieder, der, so hatte er gehofft, in den letzten beiden Jahrzehnten begraben worden war. Nie hat er zu einer Instanz gehen, sich schon gar nicht einer Autorität beugen wollen, die ihm bescheinigte: Ihr seid jetzt Mann und Frau. Das, Irene, hat er immer ausschließlich für die Sache der Liebenden gehalten. Als er so alt wie Du gewesen ist, war es für unverheiratete Paare noch nicht leicht gewesen, eine Wohnung zu finden. Deine Generation, indem sie sich von ihren Eltern absetzen will, wie wir uns von den unseren absetzen wollten, gibt unsere Emanzipation ganz gedankenlos drein. Auch Geschichte ist Meer, der Fortschritt kommt in Wellen, geht in Wellen, als Sturzwelle manchmal, ein Brecher, doch jahrzehntelang merkt man die Dünung kaum. Und manchmal zieht sich das Meer weit zurück. Denn auch wie viele von Fichtes Freunden waren umgekippt in den letzten zehn Jahren und gesetzt geworden und angepaßt! Wie Fichte das verachtete! Nein, er liefe niemals mit fliegenden Fahnen zum Gegner über. Auch damit trat ihm Boone ins Kreuz: «Your wife? She is not your wife!» Ah, wie könnte Fichte ihn heute noch dafür ohrfeigen! Was fiel ihm ein? Hast Du ihm vielleicht geklagt, daß Fichte Deinen nie ausgesprochenen Wunsch so rücksichtslos ignorierte? Irene, auch diesen Verrat begingst Du noch …

nein, nicht an Fichte, an Euch! Fichtes Aversion gegen Hochzeiten ging so weit, daß er jeden zu ignorieren pflegte, der sich beugte. Er gratulierte einfach nicht.

Ja, und dann wollte er es doch, wollte es, als es zu spät war. Als Boone euch, eure Liebe, bedrohte. Ihr wart auseinandergezogen, er hatte sich ins Atelier verkrochen, da hattest Du ihn gebeten zurückzukommen. Moonstruck. Da fragte er Dich. Du lehntest ab, reserviert, liebevoll, aber beinahe spöttisch, fast mitleidig. Was tat er, Irene? Er hatte verloren. Jeder Satz, den er sprach, ein aktiver Posten auf Boones Konto, der mußte bloß warten, abwarten, so etwas hat Fichte nie gekonnt. «Come with me, little one, come with me.» Er genoß Irenes Vertrauen, ihren Körper bekam er schon noch. «Wir haben uns gegenseitig geholfen. Ich habe ihm mit seinem Vater geholfen.» *Vater*! Weshalb war Fichte so blind? Weil er zu nah an Irene dran war, nie auf Distanz gehen wollte? Vernunft und Abstand? Nicht Fichte, Irene. Fichte nicht. Immer alles vollkommen. Auch Leid. Auch Schmerz um Trennung. Alles auskosten, so tief es geht. So lebt Fichte. Du hast ganz recht, er ist nicht sein Vater. Also freßt mich, Meere.

Fichte, du mußt zurück!

«Hast du mich jemals gesehen, Fichte?»

«Fichte, was ist Liebe?»

«Wen liebst du in mir, Fichte?»

«Was haben wir eigentlich gemeinsam, außer daß wir ficken müssen und ficken?» Das fragte sie bereits ganz zu Anfang des Jahres von Wisetka. Auch dies, daß er nicht darauf antworten konnte, hat beide ihre Liebe gekostet. Die Projektionen kamen gegen die Realität nicht mehr an. Sie wurden unvermerkt morsch. Hätte Irene kitschige Malerei gemocht, seinethalben sogar Miró, es hätte Fichte nicht gestört. Sie hätte von morgens bis abends Utta Danella lesen können, er hätte gelächelt und sie dennoch verehrt und sie tun lassen, was sie nur wollte. Daß es aber Musik war, diese Art Musik, damit ist er nicht klargekommen. Die Frau, die er liebt, in den Armen seines Feindes – so fühlte er das, und es brach ihm das Kreuz. Schlimmer hätte ihn Irene nicht hintergehen können. «Fichte, du bist krank.» Nun, sicher. Liebeskrank. Es nützt uns wenig, daß wir wissen, weshalb wir sind, wie wir sind. Deshalb mußte Fichte flüchten, deshalb kam er hierher. Deshalb sah er Dich mit den Delphinen schwimmen. Und hört sie heute selber schon.

So geht Trauer.

XVII

Im Februar hatte Fichte den Bunker entdeckt. Irene war nach Berlin zurückgefahren. Er fing mit den schweifenden Spaziergängen an, bergauf bergab durch den Buchenwald, den Nadelwald, oft scharf am Sturz des Kliffs oder unten die Dünen entlang. Und er vergrub sich in Arbeit. Die Heim-Atmosphäre ließ sich nur ertragen, wenn Irene bei ihm war. Allerdings störte ihre Anwesenheit damals schon Fichtes peniblen Rhythmus, er wurde manchmal ganz kirre, weil Irene natürlich etwas von der Gegend sehen wollte, aber keinen Führerschein hatte und nicht alleine wegkam. Der frühe Tag, bis Fichte mittags Sport trieb, war immer seine produktivste Zeit gewesen, da wollte er sich nicht stören lassen. Es sei denn, Irene verführte ihn; dazu hatte sie in Wisetka fast jede Chance. Nachmittags unternahmen sie Ausflüge im Alfa, aber auch das nicht oft. «Ich bin hier, um etwas zu tun, Irene, nicht, um sight-seeing zu machen.» Wie traurig sie ihn da ansah, wie wund! Sie hatte ja bloß ihn als Ziel. Mußte sich ablenken. So fuhr sie halt bei anderen mit, sofern sie nicht stundenlang zum Meer hinausschaute. Machte Bekanntschaften in Międzyzdroje, wohin sie morgens der kleine Gärtner brachte, der sie wie die indische Göttin, die sie auch hier gegeben hat, verehrte. Dort amüsierte sie sich sommers über den Tag, irgendein jugendlicher Schwärmer, den sie aufgerissen hatte, brachte sie auf seinem Motorrad heim. Wie schnell Irene polnisch lernte, indessen Fichte noch heute keinen ganzen Satz sprechen kann! Zu den großen Hafenbecken der Fähre nach Malmö oder Kopenhagen seid ihr aber gefahren. Erinnerst Du Dich? Manchmal aßt ihr eine schlechte Kleinigkeit im Restauracja Skandia direkt neben dem am Kai liegenden Riesendampfer. Wo es nach Rost und altem Fisch roch, schleiften schittere Waggons hinter ihrer alten Lok her. Davor der kleine Kutterhafen an der mit niedrigen Drahtelementen von der Straße abgezäunten Świna. In der Ferne schummerte der Schornstein einer Fähre. Sonst alles flach und freudlos. Baracken aus graublauem Wellblech, in denen die Fischer ihren Fang verkloppten. Aufeinandergestapelte, mattbunte Plastesteigen. Die vielen Bahnübergänge. Die unentgeltlichen Stadtfähren nach Świnoujście, die sämtlichst Karsibór hießen, Karsibór I bis Karsibór IV. Die Märkte drüben, die Dich an Palolem erinnerten, ausgerechnet Palolem, vor allem in unserem Sommer, der ja derart heiß war, vollkommen *mezzogiorno*, daß selbst die verwitterten Plattenbauten neapolitanisch wirkten: So ausgeblichen waren sie. Und in den Autoschlangen vor der Fähre Horden jugendlicher Polen, die sich, indischen Jungen überaus ähnlich, keineswegs abwimmeln ließen, sich immer durchsetzten, auf der Hinfahrt, auf der Rückfahrt, und hier wie dort gegen fünf Zloti eure Windschutzscheibe putzten. Ihr bestauntet die Wisente in ihren Gehegen meerabseits der 102. Ihr juckeltet nach Rewal. Ihr bißt in warme Waffeln, nachdem man Sahne und, weil ihr so lachtet, die geschnittenen Früchte in dicken Klumpen daraufgehäuft hatte. Dauernd klatschten die euch runter. In Wisetka war das Leben ein Rausch, den Fichte mühsam mit seinem Stundenplan disziplinierte. In Berlin, später, als Julian da war, schaffte er das nicht mehr. Und seine Wutanfälle häuften sich.

Fuhr Irene aus Wisetka weg, gingen ihm alle auf die Nerven: die Stipendiaten, die Verwaltung, die Kantine. Am furchtbarsten waren die Gruppenabende, von den gelegentlichen Vernissagen zu schweigen, an denen die Künstler einander ihre Arbeiten vorstellen sollten. Wenn es gut ging, war das Zeug wirr. Das meiste kleinlich. Kleingeistig. Außerdem fehlten Fichte Frauen. Sofort. Irene mußte ihn nur verlassen haben. Verlassen. Immer wieder dieses Wort. Die beiden Künstlerinnen im Heim, du meine Güte! Ich sag Dir, Irene, man sah sie nur an, diese verhärmten Ziegen, und hatte Essig auf der Zunge. Also setzte er sich manchmal in den Alfa und jagte nach Pobierowo, wo sich polnische Jungschickeria traf, Polinnen können hinreißend aussehn. Aber er verstand sie ja nicht, flirtete mit ihnen, bekam aber keinen Kontakt. Doch. Einmal. Es ging mit leidlichem Englisch. Er lud sie zum Essen ein. Sie küßten sich. Das war auch schon alles. Geschlafen hat er in Wisetka bloß mit Dir, es hätte ihm eine andere gar nicht genügt. Wer wäre denn so bereit gewesen wie Du, so für Fichte bereitet? «Schlag mich bitte, schlag mich ins Gesicht.»

Eure SM-Rasereien, Irene, lagen ganz in der Zeit. Imgrunde hatte bereits Kalkreuth mit seinen Biomechanoiden diesen Weg beschritten, in Wahrheit hatte Fichte deshalb mit ihnen aufgehört. Denn er hatte damals begriffen, nein, das wohl nicht, aber gespürt, daß er an der Entkörperung der Menschen arbeitete, mitarbeitete, daß sich da in unserer Geschichte, unserer Gegenwart, etwas anbahnte, das sich weit von allem entfernte, was noch zwanzig Jahre vorher Inbegriff der Humanität gewesen war. Wieder geworden war. Und sich hinwegentwickelt hat. Technik wurde allgegenwärtig. Irene braucht gar keine Stimme, damit Boone sie singen lassen kann, unsere ganze Physiologie und also auch unsere Seelen sind zunehmend bedeutungslos geworden. Wir spüren uns fast schon nicht mehr. Deshalb fügen wir uns Verwundungen zu, der Schmerz erst macht uns, eine Zeit lang jedenfalls, wieder real. Ich muß nur an die Sexclubs denken, durch die Fichte, bevor ihr euch kennenlerntet, gezogen war. HEDONISTEN ALLER LÄNDER, VEREINIGT EUCH. Doms und Subs und immer wieder der Rausch, sexueller Rausch. Wenn er Fichte durchspülte, verlor selbst er seine Grenze, es war dann ganz egal, ob man Techno spielte, ob Rock; er hielt dann sogar Popschnulzen aus. Dionysisch tanzte er mit, und sein Selbstbewußtsein ergoß sich in das aller andern. Die wunderbar kitschige rote, gehörnte Göttin auf ihrem Podest, da spielte Geschmack keine Rolle, da war nur noch stürzende Lust. Und der Baßschlag, der einem die Skepsis aus dem Brustkasten hieb. Längst, Irene, war Fichte auf Dich vorbereitet worden, er wartete nur noch auf diesen Satz: «Schlag mich bitte, schlag mich ins Gesicht.» Das hatte Dich herbeigesehnt, war *sein* Delphin gewesen. Der hatte ihn weggerissen von Hamburg, damit ihn der ekstatische Strudel auf seinen Grund, auf Fichtes Gründe, zog. Er zerrte am Anker, doch die Kette war noch fest, sie schleifte bloß etwas am Meeresboden, bis Du sie dann gelichtet hast. «Knie dich hin. Beug dich vor. Zeig mir deinen Arsch. Zieh die Backen auseinander.» Endlich war Fichte wieder besessen. Welch eine Energie, welche Kraft seine Arbeiten daraus bezogen! Ihr hättet niemals aufhören dürfen. Denn nun schliff *Deine* Ankerkette, jetzt zerrtest *Du*. Und riefst Boone, sie einzuholen. Wir lösen uns auf, unsere Körper verschwinden. So wenig nehmen wir noch wahr, daß unsere Musik immer lauter und auch unser Gehör in nicht ferner Zukunft Apparatur geworden sein wird, ein Gerät, wie unser Gehirn längst Modul ist von Geräten und jede Apparatur hinausprojeziertes, entäußertes Gehirn. Piercing, Branding, all diese unterdessen Mode gewordenen Selbstverstümmelungen, die zur Zeit meiner Biomechanoiden allenfalls in abgelegenen Subkulturen ihre Wurzeln getrieben hatten, waren der einzige Widerstand, den Körper noch leisten konnten, ohne ihren Anspruch auf Lust zu verlieren, ja, auf Rausch: Aufzubegehren wurde pervers. Deshalb hatte Fichte sich abwenden wollen, aber jetzt, mit Dir, Irene, den alten Weg erneut beschritten. Die Höllenpaläste liegen ganz auf der Linie, nur daß man es, weil die Strukturen atmen, weil man sie, gewissermaßen, gießen muß, nicht gleich merkt. Mit den Höllenpalästen waren die Biomechanoiden wieder da, jedoch als Raum. Deshalb lebten sie so. Sie waren völlig Natur geworden. Fichte selbst hat sie mit ihr verbunden. So sehr hatten sie ihn über die Jahre getäuscht, Vampire ließen sich nicht einfach verlassen. Wir nehmen sie überall hin mit.

Ich habe, als das mit Johanna lief, viel darüber nachgedacht. Über Wisetka, Irene, und daß dort in euch beiden, obwohl ihr so weit von allem entfernt zu sein schient, was

Moderne heißt, der Zeitgeist ganz besonders getanzt hat. Nun wollte er euch mit seinen Tattoos das Markenzeichen verpassen. Dabei legte ich, seit Fichte erfunden war, auf Körper so viel Wert. Darin war Lu mit ihm einig gewesen, die sich geweigert hat, sich auch nur ein Ohrläppchen durchstechen zu lassen. Sie hat, ganz wie ich für mich selbst, die körperliche Unversehrtheit gewollt. Fichte begann, nachdrücklich Sport zu treiben. Kalkreuth hatte so etwas immer abgelehnt, ja lächerlich gefunden. Nun stählte er sich, trainierte, hörte irgendwann zu rauchen auf, so lernte Irene Fichte kennen, hell, physisch durch und durch konditioniert, völlig gesund. «Ich möchte ein Kind von dir, Fichte.» Eine Art genetischer Instinkt durchglühte Irene, der sie Fichte gänzlich ergeben machte, «ich konnte gar nicht anders», alles hatte sie für ihn aufgeben wollen, sie war erschütternd hingebungsvoll, eine Mischung aus Idolatrie und rücksichtslosem Begehren, ein körperlich pulsender Wahn, der ihr die Energie gab, diesen Kampf um ihn zu führen. Immer wieder fand er kleine Zettelchen, auf denen *Ich liebe Dich* stand, in der Jackettasche, zwischen seinen Zeichnungen, in seinem Portemonnaie sogar, selbst im Etui seiner Sonnenbrille. Das war, Lus wegen, nicht unproblematisch und hörte erst auf, als Fichte ganz zu Irene gekommen war, endgültig, wie er, «du wirst mich nie wieder los», geglaubt hat. Und ersehnte. Da mußte Irene nicht mehr kämpfen, und ihre Einfallslust beruhigte sich, besonders nachdem dann Julian bei euch war. Aber in Fichte, mir, tobte Dionysos weiter.

Irene war also abgereist, zum zweiten Mal hatte Fichte sie im Alfa eine der herrlichen Alleen entlang, über den Longy, nach Wolin gefahren. Links die zugefrorene Dzwina. Auf dem hochgelegenen Bahnsteig überm Fußgängertunnel und unter dem langgezogenen, rostigen Blechdach hatte er dem Rattern der Waggons nachgesehen, dann war er, ein bißchen müde, auch leer, die enge Betontreppe in den Tunnel heruntergestiegen und zum elenden, vergilbten Flachbaubahnhof geschritten, durch die quietschende Fenstertür in den deprimierenden Warteraum und durch die nächste Tür auf den geschotterten Vorplatz, wo der Wagen stand. Irene hatte den Frühzug um neun genommen, weil sie bereits abends jobben mußte und zuhause immer etwas Zeit brauchte, sich auf den Wechsel einzustellen. Die Bahn benötigte sechs Stunden bis Berlin, die Zeit von drei Uhr nachmittags bis abends um sieben genügte ihr aber zur Umstellung. Genügte ihr sicherlich nicht, sie behauptete das nur, kam aber irgendwie klar. Fichte war, wie anfangs immer, wenn er wieder allein war, unruhig, skizzierte lustlos und machte sich am Nachmittag, bis auf die Augen vermummelt, an den Rundgang. Schnee auf Dünen gibt der Luft eine eigenartige Durchsichtigkeit. Ganz unweltlich, urweltlich ist das. Die Buchen auf dem Kliff waren kahl, die Kiefern trugen Hermelin. Eine matte Silberwelt war das, die er durchstapfte, selbst die Böen kamen ihm starr vor. Weit und breit ging kein Mensch. Er war zutiefst allein. Ging eine Stunde, zwei Stunden. Es dämmerte bereits, als er den ihm ins Gesicht schneidenden Frost am Meer nicht mehr aushielt und etwas Schutz im Wald suchen wollte. So daß er das hier sehr hohe Kliff emporklomm. Das war derart anstrengend, daß ihm wirklich warm wurde. Er schlug sich durchs Unterholz, stieß auf einen der wenigen Pfade, die den Nationalpark durchziehen, und kam irgendwann auf dem befestigten Weg heraus, der vom Parkplatz an der 102 zum Aussichtspunkt hinaufführt. Hier war er bislang nicht gewesen. Zwar fände er schon jetzt kaum noch im Hellen zurück, dennoch hielt ihn etwas gefangen. Nicht der alte hölzerne, oben geschlossene Wachturm, von dem aus zu sozialistischen Zeiten die Grenzer auf das Meer geschaut hatten. Sondern ihr Unterschlupf, ein von vereisten Ranken und Dünengras überdecktes, in die Erde gegrabenes Bunkerchen rechts, in das eine kleine brüchige Steintreppe, auf die ein tiefgelegtes Fenster hinaussah, wie in einen Schacht hinabführte. Dahinter ehemals eine Tür, jetzt offenes, dunkelgraues Gähnen, er stieg hinab. Ein dämmeriger Vorraum, ein nicht viel größerer Raum dahinter, gefrorene Kacke und Fetzen benutzten, versteiften Toilettenpapiers lagen herum. So etwas, nur größer, dachte er, wäre ideal. Ideal für was? Er hatte keine Ahnung, doch hätte er sofort arbeiten können. Die Kälte war egal. Nur war der Platz in anderen Jahreszeiten viel zu besucht, im Sommer drängte man gewiß in Scharen herauf. Das war kaum verlockend. Aber die Gegend war Grenzgebiet: Gab es hier einen Bunker, dann sicher auch andere, durch den Wald verstreut, ausgehoben oder als Hügel getarnt.

Man mußte nur suchen. Aufgeregt machte sich Fichte an den Rückmarsch, erreichte das Heim auch tatsächlich erst im glänzenden Schwarz einer frühen Nacht, in deren Wölbung funkelnde Sandkörner hingen. Zu seinem Glück war der Wind von hinten gekommen; der hatte ihn, Hand in Hand mit seiner Erregung, vorangedrückt. Am nächsten Morgen, er hatte den Ausgangspunkt auf seiner Karte gefunden, packte er seine braune Umhängetasche mit Skizzenblock, ein paar Stiften und einer Thermoskanne Tee und begab sich gezielt auf die Suche, fuhr mit dem Wagen bis zu dem Parkplatz, wo zu dieser Jahreszeit noch kein Wächter eine Chance hatte, sich seine Zlotis zu verdienen, stiefelte das Stückchen an der Straße entlang, dann auf den Waldweg. In halber Höhe verließ er ihn und kämpfte sich durch Schnee und Baumgewirr, eine Art Urwald, stakte kreuz und quer. Überkletterte einen breitmaschigen Drahtzaun, das Verbotsschild ignorierte er einfach. Polnisch konnte er sowieso nicht lesen, das hätte als Ausrede wahrscheinlich genügt. Allerdings grub er die Füße jetzt weniger grob in den Harsch, weil er, nicht zu Unrecht möglicherweise, fürchtete, es seien in dem Gebiet noch Minen vergraben. Fand tatsächlich zwei Bunkerchen, aber die waren zu klein. Erst am nächsten Tag wurde er fündig. Es war eine offene, ausgesprochen breite, nicht sehr tief in den Waldboden reichende Höhlung, die in zwei enormen, herausgebrochenen Baumwurzeln versteckt war und von Fichte gar nicht entdeckt worden wäre, hätte nicht dieser Schnee gelegen, in dem das nachtschwarze Klaffen sehr auffiel. Ich kann Dir nicht beschreiben, Irene, und er konnte es ja auch wirklich nicht, als Fichte Dich zwei Wochen später aufgeregt da hinschleppte, welch eine Erregung ihn abermals überkam. Breite, verkrampte Metallbänder waren unter dem Dach eingezogen, es war sogar ein Stückchen Weges gepflastert. Dann eine Tür, einfaches Holz, in einer Wand von zehn Metern Breite und drei Metern Höhe. Es war nicht schwer hineinzukommen, dreivier kräftige Tritte genügten. Die Begeisterung gab Fichte allerdings eine Irrsinnskraft. Es war zu dunkel, um drinnen etwas zu erkennen. Er hatte vergessen, eine Taschenlampe mitzunehmen. Aber wußte genau, er war angekommen. Und begann mit Steinkompositionen. Schleppte flache, noch nicht sehr umfangreiche Brocken hierher, er brauchte dringend eine Spritzpistole. Das war schon am ersten Abend klar, daß er wieder Acryl nutzen würde. Und Rinden, viel Baumrinde. Der Grundstein für den ersten Höllenpalast war gelegt. Du weißt ja, wieviel darüber geschrieben wurde und wie gern man die von Fichte erfundene Legende übernahm, hier seien medizinische Versuche an polnischen Kriegsgefangenen vorgenommen worden. Das ist natürlich Unsinn, aber es kommt darauf nicht an. Es geht um den symbolischen Wert und darum, das Symbol Gestalt werden zu lassen, anfaßbare Gestalt, Irene. Das schien Fichte inmitten eines Waldes sehr viel besser möglich zu sein, wo Natur sie in sich zurücknehmen kann wie die Werksgebäude Peenemündes. Da wäre für mein Vorhaben sicher ein ebenso guter, vielleicht auch besserer, jedenfalls größerer Platz gewesen. Tatsächlich war Fichte sofort, als er in das kaltfeuchte Schweigen des Bunkers hineingelauscht hatte, ebenso Peenemündes altes Kesselhaus eingefallen wie er seinerzeit dort an Piranesis Carceri hatte denken müssen. Und ans Werk Dora. In Peenemünde hatte sich der Wald die Fabrikunterkünfte und Baracken ganz von alleine zurückgeholt, hier wollte Fichte ihn willentlich mit einbeziehen. Später sollte sogar die Küste integriert werden, die zwar einiges entfernt war, doch das Meer rauschte dennoch überall hinein und vereinigte seinen Klang mit dem Rauschen der Wipfel. Daß Fichte dann damit anfing, nachdem mit dem Vierten Palast der ganze Bunker ausgemalt worden war, nachdem bereits der Dritte Palast begonnen hatte, in den Raum hineinzuwachsen, mit dem Preßlufthammer den hinteren Bunkerboden aufzubrechen und sein Werk in die Erde hineinzuerweitern, war bloß konsequent. Natürlich wußte Fichte, daß der Kalk irgendwann zusammenstürzen würde, aber das erschien ihm nur als schlüssig, ja als wünschenswert, weil das Meer auch am Kliff fraß und das Kliff stürzte und die Küste immer weiter ins Land hinein zurückverlegt wurde. Fichte hat immer den Wald geliebt. Irene hat das Meer geliebt. Polen brachte Wald und Meer zusammen. Endgültig, dachte ich. Aber es war ein Kliff mit der Ostsee davor, das den in Fichtes Bunker vermeintlich gequälten Menschen sein ewiges Meeresversprechen zurief: daß alles, auch das Elend, ein Ende habe. Sie fraß sich nicht minder pedantisch Welle auf Welle dem Ende dieser Beziehung entgegen. Hätte Fichte das nicht fühlen müssen? Er hörte es doch jeden Tag! Aber dachte nur an die Arbeit. Besorgte sich Zeichnungen von KZ-Insassen, studierte die ausgemergelten, spitzen Gesichter, schnitt sie aus, baute Ohren, Münder, Hälse in die Paläste ein. Dann brauchte er etwas als kommunizierende Röhren. Schließlich dienten ihm die Gestellstangen der alten Krankenbetten dazu. Er stellte sich ein Kunstwerk, eine Serie von Kunstwerken vor, die aus dem Bunkerschlund herauszüngelte und Besitz von den nächsten Bäumen nahm, welche in kaltem Feuer davon brannten, bis es der Urwald, sie überwachsend, löschte. Die Asche sollte düngen. Aber das kam erst nach dem vierten Palast.

Immer schon hatte Fichte es mit Tunneln gehabt, auch bereits in der Phase seiner Biomechanoiden: Immer gab es *unter* ihnen etwas. Vielleicht ist Fichte deshalb nach seiner Hochglanzperiode auf Materialbilder ausgewichen: Die hatten Tiefe über ihre gesamte Dreidimensionalität. Der Bunker stand quasi unterirdisch, das kam ihm eminent entgegen. Aber es mußten noch Schächte her, denn ebenso, wie sich die Paläste mit der lebenden Natur verbinden sollten, so auch mit der geologischen Struktur. Es ist dann der Preßlufthammer gewesen, der Fichtes neuen Arbeitsraum auffliegen ließ, er hielt sein Bunkerprojekt lange geheim. Er ahnte ja, was käme. Es war längst warm, schon Frühsommer. Spaziergänger hatten sich über Baukrach im Naturpark beschwert. Fichte war außer sich, weil man ihm untersagen wollte weiterzumachen. Die Polizei. Die Grenzwache. Endlose Formulare. Naturschutz. Wenigstens meldeten sich hier keine Grünen. Dennoch Strafandrohung. Meine Güte, was hat er täglich getobt! Dabei hatte Irene nach all der Kälte so aufgelebt, war prall vor Lebenslust gewesen! Nun wurde sie immer stiller. Kreienhoop intervenierte von Deutschland aus. Auch Pforte. Das Ganze bauschte sich zu einer Art diplomatischer Verwicklung auf. Allzu einfach war der dann beizukommen: Ein Mahnmal in Erinnerung an die deutschen Verbrechen und die Okkupation. Meine Güte, wie ekelhaft! Fichte hatte bei so was nie mitgemacht. Gut, das Holocaust-Denkmal. Aber sonst? Schlagworte! Natürlich thematisieren die Höllenpaläste auch den Nationalsozialismus, ich will das ja gar nicht in Abrede stellen, daß die Experimente Wernher v. Kalkreuths sozusagen ihr psychischer Anlaß waren. Aber Fichte wollte sie auf keinen Fall so betiteln, denn sie sind *mehr*, sind die Bewegung des Leides in Lust. Es ging ihm um heilende Perversion, nie um Programmatik, zumal nicht um eine, die moralisch so billig zu haben war. «Fichte, laß doch einfach mal Dampf ab. Merkst du nicht, wie leicht sich alles immer löst?» Irene begriff einfach nicht, wozu man Fichte benutzen wollte. Niemand begriff es, wirklich niemand. Ich stand wie immer abseits.

Sozusagen der Rohbau des ersten Palastes war bereits errichtet, als Irene am 5. oder 6. Februar abermals herkam. Der Zug hatte wegen eines Steuerschadens fast anderthalb

Stunden Verspätung. Sie war ziemlich fertig, ich erinnere mich, aber das war Fichte egal. Er wollte unbedingt teilen, fuhr sie nicht erst ins Heim, damit sie sich etwas erfrischen, vielleicht auch eine Stunde schlafen konnte, sondern gleich zu dem Parkplatz. Er wollte auch nicht vögeln. Schleppte sie völlig aus dem Häuschen zum Bunker hinauf. Ich habe ja nie warten können. «Meine Güte, Fichte, ich bin so müde.» Der Schnee war teils geschmolzen, es hatte ein paar warme Tage gegeben. Daß Irene mit ihren Absätzen durch Matsch staken sollte, obendrein eine ihrer Taschen unterm Arm, weil unten immer noch keine Parkwache stand, hob ihre Stimmung nicht. Aber Fichte zog und zog. Ihm war die zweite Tasche nicht zu schwer, er hätte auch noch eine dritte, vierte geschleppt. Er merkte das Gewicht gar nicht. So sofort mußte alles für ihn immer sein. Sie kamen an. «Moment», sagte er und brachte den kleinen Generator zum Laufen. Irene hat seine Begeisterung nicht geteilt, schaute zweifelnd in sein neues, nässendes Atelier hinein, das damals von gerade zwei Strahlern erleuchtet wurde und wie eine Tropfsteinhöhle roch. Hätte sie damals schon «Das ist unheimlich, Fichte» gesagt, wäre er vielleicht gewarnt gewesen. Nein, wäre er nicht. Fichte läßt sich nicht warnen. Er geht es dann immer erst recht an. Aber Irene sagte es auch nicht. Und begeisterte sich endlich ebenfalls, als der erste Palast einen deutlicheren Schatten warf. Das war bei ihrem dritten Besuch.

Wellen.

XVIII

Welle auf Welle.

Sie habe eine Fantasie. Auch den folgenden Satz habe ich nicht mehr aus mir herausbekommen: «Nun wirfst du mich zum alten Eisen.»

Fichte saß ein letztes Mal, bevor er zu Irene nach Berlin fuhr, neben Lu im Wagen.

«Julian, das kann doch nicht sein. Das kann ich nicht einfach so glauben.»

Lu weinte keine Träne, als er ihr mitteilte, für wen er sich entschieden hatte. Jedenfalls nicht in seiner Gegenwart. Aber sie soll, nachdem er weggewesen war, mitten auf der Straße geschrien haben, was zu dieser durchgeformten Frau in keiner Weise paßt. Und sie hatte einen Verkehrsunfall nach der Trennung, einen Fahrradunfall, fuhr auf die Kreuzung, schaute nicht, flog im Bogen, schlug auf. Knapp kam sie mit dem Leben davon. Nie hat Irene verstanden, weshalb Fichte den Kontakt zu ihr nicht abreißen ließ, weshalb sich Lu und er, bis Fichte sich auf Sizilien verschanzte, immer wieder getroffen haben. Sie hat es akzeptiert, akzeptieren müssen, aber es hörte nie auf, ihr weh zu tun. Lu und Fichte, das war wie eine Institution gewesen. Eine Art ehelicher Kulturkonstante.

«Wenn ich euch», sagte Gisler, «nachträglich so zusammen sehe, doch, Fichte, das war schon was.»

Irene und Fichte hingegen, das durchbrach das zivilisierte Gesetz.

«Mir leuchtet bis heute nicht ein», sagte Gisler, «daß du eine Frau wie Lu verlassen konntest, daß du sie für Irene aufgeben konntest. Sieh dir die beiden Frauen doch nebeneinander an!»

Sie habe eine Fantasie.

Lu und Fichte lagen auf der Matratze. Dezember. Draußen war noch kein Schnee gefallen. Aber es war eine besonders bittere, weil nässende Kälte. Fichte glaubte, Irene gehe es gut. Sie hat Kälte kaum ertragen, er konnte sich nicht vorstellen, wie leidenschaftlich sie sie diesmal auf sich genommen hätte. Derart abgeschoben fühlte sie sich. Die indische Hitze ging sie fast nichts mehr an. Nur wenige Tage war sie jetzt fort, und Lu war über Weihnachten mit ihrem Fiat Panda gekommen. Irene sitze, dachte Fichte, auf ihrem Felsen und schaute aufs Arabische Meer nach Schweinswalen und Tümmlern, nach Grindwalen und Spinnerdelphinen. Er ahnte nicht, daß sie so unter der Sonne fror. Schaute zur Decke. Lu sprach in die Luft. Erzählte, was sie sich vorstellte. Daß vorletzten Mai – sie sagte tatsächlich Mai, wußte den Monat! – etwas Neues sein Leben betreten habe, das ihn über und über erfülle. Sie sagte nicht: eine andere Frau. Daß ihn etwas bewege, etwas sehr Tiefes, das er vor ihr geheimzuhalten versuche. «Ich habe das Gefühl», sagte sie, «deine Potenzprobleme haben damit zu tun. Du bist nicht mehr bei dir. Du bist auch nicht bei mir, Julian.» Und fügte hinzu, es handele sich um etwas anderes als um eine seiner sonstigen Affairen. Sie, Lu, fühle sich zum ersten Mal bedroht, und es mache sie wahnsinnig, daß ihr keine Möglichkeit gegeben sei, sich zu wehren. Halte sich Fichte in Hamburg auf, sei er freundlich, ja, offen, wie immer ihr gegenüber, aber dennoch komme sie nicht an ihn heran. Anfangs, als er noch nicht in Wisetka gewesen sei, habe sie gedacht, das gehe vorüber, beachte es nicht. Dann, bis zum verstrichenen Sommer, habe sie ihr Gefühl auf die Höllenpaläste projeziert, aber sehr wohl gewußt, daß sie sich täuschen wollte. Wann immer sie jedoch hier zu Besuch sei, selten genug, fühle sie, daß dieses Atelier und ganz besonders der Bunker von etwas in Besitz genommen worden seien, das mit ihr nichts mehr zu tun habe. Und dann sagte sie *doch*: «Von einer anderen Frau, Julian.» Er hörte nur zu. Was sollte er tun? Alles leugnen? Er hatte, bevor Lu kam, Irenes Spuren verwischt, hatte mehrfach geputzt und nach Haaren gefandet, Deinem dunklen langen Haar, das in die verstecktesten Winkel schlüpfte, hatte das Bettzeug gewechselt, war immer wieder durchs Atelier gestreift, er wollte Irene nicht verlieren, wollte Lu nicht verlieren. Wollte euch beide. Siebzehn Jahre sind eine lange Zeit, da verwächst man miteinander. Da hat man fast alles durchgestanden, hat sich immer wieder zusammengerauft. Da ist etwas aufgebaut, und man kennt einander so gut. Es geht gar nicht anders, als daß man zueinander gehört. Da ist man wie ein Fleisch. «Du hast recht», sagte er. Und erzählte. Jetzt hörte *sie* zu. Stumm wie vorher er. Sie blieben auf der Matratze liegen, noch unter der gemeinsamen Decke, die längst die Deine war. Den ganzen Vormittag lagen sie da. Und die Höllenpaläste spielten plötzlich überhaupt keine Rolle. «Du wirst dich entscheiden müssen, Julian.» Lu stellte ihn nicht vor die Wahl, sie sagte bloß nüchtern: «Du bist nicht der Mann, anderen dauerhaft weh tun zu können. Nicht denen, die du liebst.»

Ich weiß bis heute nicht genau, weshalb er sich für Irene entschied. Lange Zeit hat er geglaubt, die Entscheidung hätte genausogut anders ausfallen können. Aber das stimmt nicht. Ich ahne ihn, wittere einen nächsten Vampir. Den scheinbar flüchtigsten von allen, Fichtes zähsten. Entzug. Fichte ist seinem Trieb immer ausgeliefert gewesen, er wollte das auch so. Das verband ihn mit der Physiologie, erdete ihn. Und bereitete ihm jetzt solche Qual. Worüber ihr an eurem ersten Abend beinah gestritten hattet, Irene, peitschte ihn in seinen Entschluß.

«Sucht und Genuß», sagtest Du, «schließen sich aus.»

«Durchaus nicht.»

«Durchaus.»

Um euch das Rauschen aus Muscheln.

«Warum», fragte Lu, «ich frage dich, Julian: Warum?»

«Ich weiß nicht, wie sie es geschafft hat. Aber Irene hat sich mir unentbehrlich gemacht.»

Du hattest Fichte mit Entzug bedroht, als er in der Telefonzelle stand.

«Ich werde heiraten, Fichte.»

Weshalb verlor er sämtliche Übersicht, wenn ihn jemand allein lassen wollte? Warum geriet er derart in Panik? *Wer* geriet in sie? War er nicht ein erwachsener Mann von unterdessen vierundvierzig? Hatte Fichte nicht gezeigt, aller Welt, gegen alle Widerstände, daß er sich durchaus behaupten konnte? Wie viele Bilder waren entstanden! Wie groß sie waren, wie übergreifend. Welch schmerzhafter Aufwand. Was für eine brachiale Energie. Ich war *Fichte*! Man fand den schon in Lexika. Warum hat das in solchen Situationen nie gezählt? Ich war nicht Kalkreuth! Manierismus, Gewalt. Brach derart leicht zusammen. Nimm ihm einfach, was er liebt. «Ich verlasse dich.» Blas das in sein gewaltiges Ich wie in eine Pusteblume, schon weht, von Dir gelöst, der Gigant als tausend unverbundene Federchen in der kleinsten Atemböe davon, keines größer als ein Ich-Kern. Wie hübsch sie spielen in jedem lässigen Hauch ... Die Kinder lachen, weil da so wenig Gewicht ist. Du wirst auch einmal aufgehängt, Kalkreuth.

«Du wirst mich nie wieder los.» Irene hat um ihn mit allen Mitteln gekämpft, die sie aufbringen konnte, hat ihn aus einer siebzehnjährigen Liebe herausgestemmt. Dennoch war auch sie durchdrungen von Angst. Aber legte ihr stolzestes Gesicht auf und sagte: «Ich liebe dich, Fichte. Und wenn du Lu liebst, dann liebe ich sie eben mit.» Ich liebe Boone nicht mit, Irene. Denn als Du Lu zum ersten und einzigen Mal trafst, im Frühjahr 1997 auf der Art Cologne, als sie Dir da die Hand reichte, wurdest auch Du ganz klein. Es war, als hätte jemand aus Dir einen Stöpsel gezogen, auch Du wurdest lächerlich leicht, wurdest Löwenzahnsamen. Nie vorher, nie wieder nachher hat Fichte in Dir so das junge Mädchen erkannt, das nicht weiß, wer es ist. Das war ihm beinahe peinlich. Und er machte Dich, wie Kalkreuth Fichte schuf, zur Frau. Als die Du nun von ihm gegangen bist. Doch wie Kalkreuth in mir, ist in Dir allezeit das Mädchen geblieben. Deshalb konnten Dich die Delphine holen. «Nun wirfst du mich zum alten Eisen.» Die Delphine haben sich für Lu gerächt.

Welle auf Welle.

Und das unterhöhlte Kliff.

XIX

So war nun wie in Fichtes Leben mit Lu in Deines mit Fichte etwas Neues getreten. Jemand Neues. Das hättest Du niemals geglaubt, so wenig, wie ich es noch heute glaube. Doch gab es lange vorher Zeichen. «Du hast dich verändert», sagtest Du eines Mittags, als ihr streitend bei Tisch saßt. Aber er war bloß Fichte geblieben. «Ich hoffte, du würdest dich verändern», klagtest Du einen Monat vorher, so widersprachst Du Dir in Deinen Wünschen, «ich hoffte, du würdest anders werden nach Julians Geburt.» Und locktest längst wieder die Männer, zeigtest nun andren Deinen Arsch, nahmst die Verehrer beiseite, hattest einen Heidenspaß, Dich allen zu geben. So von Fichte zurückgewiesen fühltest Du Dich. Warst so hungrig! Nein, Fichte änderte sich nicht, er brauchte immer auch andere Frauen, Du genügtest ihm nicht. Er war sechsundvierzig, Irene, und, dachte er, als Konzept rundum fertig. Ihm ging es darum, es mit Sensationen zu füllen: Fichte sollte Lebenslust sein und unnachgiebige Kunstanstrengung mit sinnlichen Genüssen verbinden. Nur seine Energie konnte den Mann in der Realität verankern. Nie nachlassen. Eine solche Existenz will verdient sein. Mühsam verdient, denn Kunst ist ein Gefängnis der Trauer. Schon deshalb scheute Fichte Depressionen. Hätte er getrauert, wäre ihm jede Haltung zerschlagen worden, er wäre insgesamt zusammengesackt. Vor vielen Jahren war ihm das zweidreimal widerfahren, einmal war er in der geschlossenen Abteilung gelandet. So wurde er nun ganz besonders vital, und sein Begehren, Dich zu vögeln, war nach der Abtreibung geradezu aufgepeitscht. Schon Kalkreuth, als Jugendlicher, hatte auf Beerdigungen immer das Bedürfnis zu lachen gehabt, sich aber damit herumgequält. Fichte ließ sich dieses Gewissen nicht machen. Am Sarg zwar bezwang er sich, lachte aber nachher um so lauter, so daß alle doppelt betroffen herumstanden. «Ich will», sagte er, «daß die Leute tanzen, wenn ich gestorben bin. Besser noch, sie feiern eine Orgie. Laßt sie Kinder zeugen auf meinem Grab. Die Toten ehrt man nur so.» Und so wahr es ist, daß meine Leidenschaft zu Dir sich beruhigt hatte und in unseren kleinlichen Alltags- und meinen von Zweifeln durchsetzten, nur vermittels Selbstüberhebung zu bewältigenden Arbeitskatastrophen zerrieben worden war, so wahr ist eben auch, daß sie nach dieser Abtreibung ganz das alte Feuer fing und um so obsessiver wurde, je weniger auch Du brennen wolltest. Doch deutlicher als mit der Abtreibung hättet ihr eure Zukunft nicht durchstreichen können. *Hallo Geliebter!* Das stand immer noch, von Dir in unserem ersten Jahr mit dem Lippenstift auf die Kacheln gemalt, in meiner Atelier-Dusche. Es stand noch bei meiner Abfahrt dort.

Immer bohrender hatte Fichte, als Julian Säugling gewesen war, darunter gelitten, daß ihm der Arbeitsrhythmus durcheinander geriet, der ihm seine Struktur gab. Er hatte ja keine andere. Nun konnte er morgens um sechs nicht mehr ins Atelier, sondern machte statt dessen, wenn Irene noch schlief, den Abwasch, hatte dabei den wachen Kleinen im Baby-Björn vor die Brust geschnallt. Er wollte nicht, daß alles an seiner Frau hängenblieb, kümmerte sich um ein Kindermädchen, wollte Irene Zeit verschaffen. Die sie für den Nachbarn nutzte. Wie hat Fichte damals gehofft, sie verwendete ihre Zeit für sich, daß sie nicht immer nur Mutter war. Das tat sie eben auch. Sie entglitt ihm, spürte ich, entzog sich ihm, er war Ernährer geworden, nahm das gerne an, ja, aber er hätte Irene so dringend als Geliebte gebraucht, als die, die ihn neuerlich mit ihren erotischen Ideen in die Ekstase hob. Wäre sie nur initiativ geworden! Aber ich weiß ja, Irene, keine Ehe läßt das auf Dauer zu. Kein Kind. Doch Fichte blieb davon derart besessen. Ich bin es immer noch, besessen, auch wenn Fichte scheinbar gelassen, wenn er wie sediert die Küsten Deiner Meere abschreitet, hinunter, hinauf, bis ihn der Schlag trifft auf dem einen Plateau seines bernsteinfarbenen sizilischen Kliffs.

Bereits im Mutterbauch war Julian immer mit ihm, kurz vor sechs, wach geworden. Der Kleine hielt das lange durch. Erst, als er zwei war, verlor sich die Gewohnheit etwas. Also nahm Fichte ihn aus dem Bett, damit Irene schlafen konnte. Sie schlief gerne lange, morgens war sie nicht anzusprechen, indessen Fichte bereits Bruckner hörte, Mahler, Strauss. Schlurfte Irene dann in die Küche, verzog sie launisch das Gesicht.

«Was hast du denn?»

Sie, unwirsch: «Nichts.»

«Aber ich merke doch, daß etwas ist!»

«Laß mich einfach in Ruhe! Nichts ist!»

Launisch ist sie immer gewesen, manchmal war das unerträglich. Dabei war Fichte morgens bloß freundlich. Er brauchte die Helligkeit, nachts zu arbeiten, war völlig ausgeschlossen. Sogar im Bunker half ihm zu wissen: Draußen ist Licht.

«Bitte nicht immer gleich schweres Blech!» seufzte sie später, nachdem sie im November 1997, drei Monate vor Julians Geburt, endlich zusammengezogen waren. Der Kleine sollte ein richtiges Zuhause vorfinden. Als Fichte, weil es den Kleinen dann gab, nicht mehr frühmorgens ins Atelier radelte und Irene ihn ständig ertragen mußte. Nach Wisetka fuhr er gar nicht in dieser ersten Säuglingszeit.

Irenes Klage war völlig neu für ihn. Von etwas Leichtem hatte sie ihm in Polen nie was erzählt, aber da hörte er mit Kopfhörern, und sie kroch, erwachte sie, unterm Zeichentisch an seinen Schwanz. Danach hat sie einfach ausweichen können, in ihr Zimmer oder den Garten, wo sie ihrem Gärtnerfreund guten Morgen sagte. Oder sie bereitete im Nebenraum am kleinen Kocher das Frühstück vor, weil sie noch weniger als Fichte Lust auf Kantinenessen hatte. Die hiesigen sauren Salate mochte sie nie. Die polnische Küche überhaupt war ihr grauslich. Viel zu viel Fett, viel zu viel Schweinswurst. Und viel zu viel Hektik. Daß die Polen immer noch horteten, sogar beim Büffet. Daß sie drängelten. Irene hat selbst in Indien das Geschiebe gestört. Doch dort ist man imgrunde phlegmatisch. In polnischen Heimen räumt man die Teller aus Zackigkeit weg. Nie sind die Tische mit Liebe gestaltet, das ertrug Irene schon gar nicht, ließ sich lieber in der Gegend herumfahren und besorgte frischen Fisch, frisches Gemüse, brachte Basmati-Reis und ihre Gewürze mit aus Berlin, Kurkuma, Cumin, frischen Koriander. Der war hier überhaupt nicht aufzutreiben. Ihr setztet euch meist gegen elf, da hatte Fichte immer schon über fünf Stunden gezeichnet. Wenn er nicht im Bunker war. An solchen Tagen frühstückte Irene allein. Und spazierte durchs Fichtenwäldchen über die Düne ans Meer, nahm im Sommer ein Morgenbad, erst damit war sie für den Tag präpariert.

Das war, als sie endlich zusammenlebten, Mutterkind und Vater, alles vorbei. Da wurde Irenes Leben, vor allem in der Frühe, zu einer leicht, aber dauernd an ihr zupfenden Qual. In der übrigen Zeit sah sie Fichte kaum noch, dabei hätte er sie morgens, wenn der Kleine in der Krippe war, so leicht überraschen und über sie herfallen können. Er tat es nicht. Er arbeitete, blieb den ganzen Tag über weg. Nur den Sonntag nahm er sich ab zehn Uhr vormittags frei. ‹Familientag› nannten sie das. Außerdem rauchte er wieder und tat es, wie alles, im Übermaß. Irene warf ihm vor, daß er auf den Kleinen keine Rücksicht nahm. Sie wollte besonnen, besinnlich, sein, schweifend, schwebend. Fichte hämmerte, sang herzerbarmend dabei. Was immer er tut, nie tut er es leise. Ging abends nicht mehr in die Oper, nicht ins Konzert, wo er früher seine Energien aufgefüllt hatte, denn er mochte Irene mit dem Säugling nicht alleine lassen, hätte ein schlechtes Gewissen gehabt; und zu zweit wäre es, schon wegen der Kosten des Babysitters, zu teuer gewesen. Fichte schaffte einen Fernseher an. Vieles, auch mit Lu, ist am Fernsehen zugrunde gegangen.

Stillschweigend einigtet ihr euch, einfach gar keine Musik zu hören. Jedenfalls morgens. Oder äußerst leise. Als aber Boone erschien, ein Jahr später, hörte Irene dauernd mit Kopfhörern; nicht, um Fichte nicht zu stören, sondern damit er nicht da war, damit Boone sich in ihr ungestört ausbreiten konnte. Das war schlimmer, als hätte sie dieses Leichte, für Fichte furchtbar Schwere, offen gehört. Also hob er den Fascho-Hammer. «Das mußt gerade du sagen mit deinem Wagner!» Du hattest ganz recht, aber Fichte war in eurem letzten halben Jahr wieder zu dem kleinen Judenjungen geworden. Zum Erbarmen verloren stand der da. Hierüber denke ich in der Kapelle, wo außer dem langen langen Zauberbogen der Stille unter dem Himmel des langen Tages gar keine Musik ist, ständig nach. Fichte hat nun seine Familie verloren. Kalkreuth hatte das auch. So sind die beiden wieder einig. Haben sich aufeinander gelegt. Was bleibt, ist mein Sohn.

Du warst immer noch nicht schlank. Ein dreiviertel Jahr nach Julians Geburt.

«Hätte es den Kleinen nicht gegeben, du hättest mich damals verlassen.»

Das stimmt nicht. Fichte wollte nur Wisetka zurück. Euer Jahr. Alma.

«Fichte, laß uns eine Paartherapie machen.»

Er faßte Irene kaum noch an. Johanna kam. Er sagte ihr ab, schrie Irene diesen fürchterlichen Satz entgegen. Es war längst Herbst, aber noch warm.

«Ich brauche keine Therapie, ich habe die Kunst.»

Irene gab auf. Unser Nachbar. Fichte litt abwechselnd unter zänkischem Größenwahn und depressiver Zerknirschung, oft an beidem zugleich im Verlauf eines einzigen Raptus. Dennoch, ihr beruhigtet euch. Er fuhr nach Polen. Der Fünfte Höllenpalast wurde fertig. Das Kliff war weiter ausgehöhlt worden, aber man sah das nicht, weil das Meer Deine Zeit hat, Irene. Das ging sogar ein wenig auf ihn über: Die letzten beiden Paläste brauchten jeweils über ein Jahr, um Gestalt anzunehmen. Ihr reistet zu Weihnachten an Deinen Felsen. Kein Brackwasser, sondern Julians erster Ozean. Es war bisweilen schwierig mit euch, aber ihr gehörtet zusammen. Daran hatte keiner von euch einen Zweifel. Wir stünden, dachtet ihr, alles durch. Wahrscheinlich hast Du auch Boone mit Fichte durchstehen wollen. Hast zwei Monate lang versucht, diesen anderen, die Undenkbarkeit eines anderen, mit dem Du fortgingst, mit Julian in Einklang zu bringen, mit Fichte und nicht zuletzt mit Dir und Deinen Projektionen. Aber Fichte sträubte sich, wehrte sich, wurde, je schwächer er war, um so aggressiver. Streitbar war er immer gewesen, jetzt wurde er doktrinär. Fast täglich gab es Szenen. Hätte Fichte von Deinen Liebhabern gewußt, seltsam, es wäre ihm leichter und Boone nichts als eine normale Affäre gewesen. Aber indem Du darüber sprachst, führtest Du Boone wie eine Waffe. «Fichte, du bist krank. Du mußt zu einem Arzt.» Nachdem dieser Mensch erschienen war und euer Leben nicht länger mehr untergründig, sondern ganz offen bestimmte, als mir klar wurde, daß ihr, daß Irene und Fichte, zuende gingt, da war er es, der eine Paartherapie wollte. Nun wehrtest *Du* ab. «Ich bin 26, ich brauche keine Therapie.» Ihr brauchtet sie beide, Irene. Fichte, weil er sein Leben nicht mehr im Griff hatte, Du, indem Du Dein Heil abermals in einem Älteren, einem Scheinvater, suchtest. Boone ist sehr weit gegangen, «come with me, little one, come with me.» Ich werde nicht aufhören, ihm das nachzutragen, daß Du ihn mit nach Hause brachtest. Am Vorabend von Fichtes Geburtstag, in den er hatte mit Dir hineinfeiern wollen. Wenn ich es recht bedenke, kann Boone nicht viel dafür. Ihm fehlte bloß der Stil, mehr nicht. Es reicht, ihn anzusehen, dann weiß man es. Ein altgewordenes Kind. Dir, die Du Dich über eure fünf Jahre zurückgebogen hattest, kam so jemand recht. Fichte hatte ja immer alles bestimmt. Nun hätte er es einfach laufen lassen sollen, zusehen und Dir ein kleines bißchen Vater werden. Aber er kam ein weiteres Mal nicht mit Entzug zurecht. Du warst wieder ein mit Was-ist-Liebe pubertierendes Mädchen, Boone war ein albernder, junkiehaft kichernder Junge, der Timothy Leary gräßliche Musiken schrieb, sich in Yoga verrenkte und den Mannvater gab, und Fichte war unrettbar in Not. Die Blutschlacht.

Fichte wollte, daß Du endlich zu verhüten anfingst, hatte sich Kondome besorgt, die lehntest Du weiterhin ab. Ihr erwogt die Spirale. Du schobst einen Arztbesuch immer wieder hinaus. Natur reagierte. Du trugst ihm die Abtreibung nach, aber auch Dir selbst verziehst Du sie nicht. Indem Du dieses Kind abtreiben ließt, hast Du Dir Fichte abgetrieben. Es war derselbe Vorgang. Nur wußten wir das nicht. Andernfalls hätte wenigstens ich um dieses zweite Kind gekämpft. Fichte wird nicht wieder glauben können, daß eine solche Entscheidung letztlich allein die der Frau sei. Und überlegt sich bisweilen an seinem Kap, ob er nicht daraus, abgetrieben worden zu sein, eine letzte Konsequenz ziehen müsse. Doch ein Fichte wird nicht springen, er wird sich nicht ins Meer fallen lassen.

«Ich will, daß das Leben weitergeht! Ich will weitergehen. Unsere Zeit ist vorbei, Fichte! Ich habe Schluß gemacht. Verstehst Du nicht?!» Nein, Irene.

Du glaubst nicht, was Fichte eben gefunden hat. Als er mit den Fingern über den Boden der Hütte strich, blieb etwas daran hängen. Haar. Zwei von der Feuchtigkeit zusammengekringelte lange, dunkle Haare, Irene. Es haftete noch das Öl an ihnen, das Du in sie eingestrichen hast.

Amla-Öl.

Blauweiße Delphine.

«Ich habe Schluß gemacht.»

Das Kliff und das Meer.

Es ist hier eine solche Hitze, Irene. Die Wellen sind ganz flach, so herzlos drückt sich der Himmel auf sie. Wäre es nicht doch ein gutes Gefühl, einfach in ihnen unterzutauchen? Loslassen können. Dich. Mich. Was geschieht dem, der ertrinkt? Was geschieht chemisch? Wie *interpretiert* das Gehirn diesen Vorgang? Singt es die Hymne vom Robbenglück?

XX

Fichte kam von Agrigento zurück, oder war das vorher gewesen, kam er aus Avola? Hatte er wieder etwas besorgt, um unsere Hütte zu stabilisieren, deren Mauerwerk in dem salzigen Wind täglich verfiel? Alle Zeit schwimmt ineinander, hierorts wäscht sie sich Grotten aus. Vielleicht hat Fichte Irenes Tod auch deshalb nicht zu Ende gebracht, weil sein Bunker solch eine Grotte war. Jedenfalls war er seit morgens nicht mehr hiergewesen, hatte auch nicht aquarelliert. Ich saß auf dem bröckelnden Sandstein des Kliffs und starrte senkrecht hinab. Unten waren zwei Jungs mit Schnorcheln und Harpunen zugange. Oben ragte, über den Aushöhlungen eines Felsens, eine luxuriöse Villa in die Luft. Haben die Leute keine Angst? Später, bevor ich zur Kapelle hinunterkraxelte, hörte ich einen nächsten Wagen sich nähern, längst standen schon einige Autos am Strand, so begriff ich nicht, daß dieser neue Deiner war. Und vergaß ihn wieder, sofort, wie ich Dich vergessen habe, als Fichte Irenes Tod schaffen wollte. Nicht zu Ende schuf, nein, sondern mit mir vor der Statue floh, was dasselbe war, aber mich endlich etwas ruhiger machte. Er ließ mich ja, solange er schuftete, in meinem Elend allein, er selber spürte seines dann nicht, jedenfalls konnte er's formen. Er grölte zu seiner Musik, natürlich half das alles nichts. Wachte Fichte morgens auf, litt er unter derselben Übelkeit wie ich. Wenigstens waren in Wisetka nicht ständig Eltern mit kleinen Kindern zu sehen, sonst wären mir sofort die Tränen in die Augen geschossen, all die Hoffnungen, Irene, unsere menschlichen Fantasien, wie der Kleine in die Musikschule ginge, eingeschult würde, wie wir zusammen mit ihm das Puppentheater und den Zirkus besuchten. Ich sehnte herbei, daß Fichte aufgab, Irenes Tod ihn endlich an seine Grenzen brächte und daß nach so vielen Jahren ein Platz für mich würde. Er nahm furchtbar ab, er rauchte noch mehr als vorher, manchmal legte er sich, weil ihm vom Nikotin so elend war, auf den Boden und blieb da zehn Minuten liegen. Hatte sich sein Kreislauf stabilisiert, wechselte er Kittel und Holzschlappen gegen Sportshorts und T-Shirt, schnürte die Laufschuhe und joggte eine Stunde den Strand entlang. Dann ging er wieder an die Arbeit. Schon der Sechste Palast, von dem Du nichts mehr wissen wolltest, hatte Dich Fichte weggenommen. Es war der vierte gewesen, der die Bunkermauern durchbrach und mitten in die Erde faßte. 5, 6 und 7 gehören zusammen, so hat sich Fichte das vorgestellt: ein Triptychon, ein Gebirge, das die anderen vier überwölbt. Er hat, als er an Deinem Tod bastelte, unser Döschen einzementiert, die Seile, eine Gurke, die vor seinen Augen welkte, verdarb, verfaulte, zerfiel. Man wird heute kaum noch erkennen, daß der Flatschen eine Gurke war. Sie ist ganz sicher nichts anderes mehr als eine tote Erinnerung. Zum letzten Mal hatte Fichte in das Döschen sein Sperma gespritzt, dann gab er Irenes Tod auf. Er hat danach, bis wir auf Sizilien waren, nicht wieder onaniert. Biomechanoiden. Streifendelphine. Künstlichkeit und Meere.

Anfangs war die Fahrt hier hinunter, je weiter wir uns von der Ostsee entfernten, Berlin aber näherten, beklemmend gewesen. Wir waren unterhalb Szczecins über die Oder gefahren, schon kam der schaurige Berliner Ring. Aber je weiter wir uns nach Süden entfernten, desto ruhiger wurde ich. Der Tank hielt bis über Dessau, dort rief

Fichte Nothelfer an. Ich saß derweil im Alfa und versuchte, nicht an Dich zu denken. Dann ging es weiter, von Dresden nach Prag, von Prag nach Linz, ich kannte diese Strecke noch nicht, wir konnten offen fahren, hatten das herrlichste Wetter, das lenkte mich immer mehr von Dir ab. Salzburg, über die Tauern-Autobahn durch die Alpen, in denen es so kalt wurde, daß wir das Verdeck schließen mußten, bis Villach, von dort an Udine vorbei durch Venetien bis Bologna, Florenz schon, dann Rom und immer die autostrada del sud hinab. Wir rasteten selten, fuhren einfach, die Landschaften waren stumme Filme, der Fahrtwind rauschte durchs Kino. Wir hielten, aßen eine Kleinigkeit, fuhren weiter, übernachteten in kleinen Pensionen, selten in einem Motel. Neue Wäsche und Hemden, auch mal eine Jeans, kauften wir unterwegs. Fichte benagte seine Lippen, aber er weinte nicht. Endlich Neapel, wo wir zwei Tage blieben. Wir schifften uns auf der Nachtfähre ein und schoben uns am Morgen darauf in den Hafen Palermos. Fichte besorgte Aquarellfarben, es war ihm auf der Reise klargeworden, er mußte jetzt etwas Kleines machen. Ganz aufgeben konnte er die Malerei nicht, das wußte er. Erstand ein paar Zeichenblöcke, eine Feldstaffelei, Kohle. Dann ging es weiter über Enna nach Catania, Siracusa endlich, dort quartierten wir uns für zwei Nächte in der häßlichen Neustadt ein. Fichte war hochnervös, ich depressiv. Deshalb blieb ich meist auf dem Zimmer, schaute aus dem Fensterchen auf blasse Betonhäuser, die Sonne lockte mich nicht. Fichte kam mit Karten zurück, armvoll Prospekten, ließ mich hier, fuhr die Gegend ab, hatte endlich gefunden, was er suchte, und wir reisten die etwa sechzig Kilometer südlich bis Portopalo. Fichte war ja immer aktiv, er konnte einfach nie ruhen. Ich hingegen war unfähig, irgend etwas zu tun, das hätte Dir nun auch nicht gefallen. Fichte baute die Hütte an der 13 Kilometer entfernten Costa dell'Ambra um. Ich blieb in einem *villaggio turistico*, einer schlichten, eckig ummauerten Anlage, die direkt auf die Isola di Capo Passerò und ein Stück Felsküste schaut und Anfang Juni so gut wie gar nicht bewohnt war. Nur drei ältere Italienerinnen hatten sich einquartiert, und Signor Corrado, der mit seiner Familie das Anwesen führt, verfügte über Gesten, die stark an Fichtes Vater erinnerten. Vielleicht nahm ich deshalb hier Quartier, wenn Fichte auch vorschützte, daß die Halbpension recht preiswert sei; außerdem war es angenehm, abends auf dem einsamen Sonnendach hin- und herzuspazieren. Allnächtlich dann dieser Wind, der in den Fugen unserer Zimmertür wie ein immer dieselbe Kadenz spielender E-Baß klang. Unter den sich in den Spalten verfangenden Böen stieg die Tonlage an, ich konnte gar nicht schlafen dabei. Morgens fuhr Fichte wieder hinters andere Kap. Und ich war es dann, der auf dem *solarium* genannten Dach das Meer beobachtete. Aber man sah nur immer die Riesendampfer, die von der arabischen Halbinsel Kurs auf Gibraltar genommen hatten, mal ein Tanker, mal ein Containerschiff. Hoch darüber zog mitunter ein Flugzeug seinen Weg von Catania wahrscheinlich nach Tunis.

Halb zerfallen, nur von Skorpionen und handlangen Tausendfüßlern bewohnt, stand die bröckelnde, fensterlose Steinhütte, in die plastiküberdachten Plantagen beinahe hineingedrückt, in einer Bucht des Stückchens Steilküste. Landeinwärts Weinfelder, Gemüseanbau, endlose Hecken und Mauern. Kleine Villen hinter blauen und roten Kaskaden von Bougainvillea. Bäume mit faustgroßen Hibiskusblüten. Die Tausende provisorischer Gewächshäuser aus über Holz- oder rundgebogene Metallgestänge gespannten milchigen Planen schützten die Pflanzungen vor dem Wind und der Sonne. Kein Wasseranschluß, kein Strom, keine sanitären Anlagen. Die Eurocard war ein Segen. Zwei Monate lang schuftete Fichte, stemmte, hämmerte, grub, wurde immer dunkler, sah schließlich fast so sonnenverwittert wie die hiesigen Bauern aus, nur daß sein Schädel, die Arme, Beine, der Nacken sich in diesen indianischen Bronzeton färbten und danach nicht mehr dunkler wurden. Abends kam er nach Portopalo, übernachtete, für den wichtigsten Baubedarf mußte er immer wieder nach Pachino oder Avola, bisweilen sogar bis Syrakus fahren. Es gab Momente, da verfluchte er, nicht mit dem Transit gekommen zu sein; in den Alfa geht ja kaum etwas rein. Zweidreimal mietete er einen kleinen, schrecklich röhrenden Transporter. Endlich bezogen wir das Quartier. Fichte stellte die Staffelei auf und versuchte es mit wenigen Strichen. Nichts als Kohleschraffuren. Zu aquarellieren begann er erst später. Ich schritt das Meer ab. Alle Meere, Irene, Dein Arabisches vor Goa, den Atlantik bei Frankreich und Portugal, die Südsee, das Chinesische Meer. Und jetzt kamst Du selbst. Mit einem Leihwagen. Nicht aus dem Meer. Ich merkte es erst, als Fichte den Alfa über den Schotter neben Deinen Fiesta fuhr. Wortlos rief er mich aus der Kapelle in sich hinein. Vielleicht ahnte er was. Sehr langsam schritt er unter der immer noch sengenden Abendsonne zum Eingang, passierte die rohe, behelfsmäßige, aus Felsbrocken gefügte Mauer, die unsere kleine Bleibe umgibt. Bis heute war nie ein Besuch hiergewesen. Keiner jedenfalls, von dem wir wußten. Fichte war nicht neugierig. Er hatte nur Angst.

Du hattest Dich an den Eßtisch unter Dein Bild gesetzt, in das Du auch hineinsahst, als wir im grob gezimmerten Holzstock standen, dem Fichte bis heute die Tür verweigert hat. Jetzt wandtest Du Dich um und erhobst Dich. Du trugst ein lockeres, duftiges Kleid, das Haar wie so oft im Nacken zusammengebunden. Verführerin wie je. Als wären die vergangenen zwei Jahre nicht gewesen.

«Du bist schmal geworden», sagtest Du.

«Aber ich rauche nicht mehr.»

«Ich habe dich gesucht.»

«Ich dich auch.»

«Du wußtest, wo ich lebe.»

«Seit wann kannst du Auto fahren?»

«Ohne Nothelfer wären wir aufgeschmissen gewesen, Julian und ich. Hast du eigentlich ein einziges Mal an dein Kind gedacht?»

«Immer. Täglich.»

«Diese Statue, wirklich! Wie soll ein Junge mit so etwas umgehen? Das ist ganz furchtbar, Fichte. Was hast du dir dabei gedacht?»

«In welchem Meer warst du?»

«Bitte? Was soll das?»

Wir hatten uns einander nicht genähert, standen nur da, ich im Türstock, Du vor dem Foto, in das sich Dein Gesicht so genau deckte, daß es aussah, als hätte sich das Abbild endlich um den Körper ergänzt. Aber, sah ich, Du trugst die Ohrringe nicht. Trugst gar keine Ohrringe. Doch die Goldkette. Wenigstens die.

«Fichte, du hast mir nach der Trennung gesagt, du willst mich nicht mehr sehen, brauchst Abstand. Ich habe mich damit abgefunden, auch wenn es nicht leicht war als alleinerziehende Mutter. Zwei Jahre, Fichte! Du hast aber auch gesagt, Du wirst da sein, wenn Julian eines Tages nach dir fragt. Er ist jetzt vier und *hat* gefragt. Deshalb bin ich hier. Es wird Zeit, daß du zurückkommst.»

«Zu dir?»

Du hobst die rechte Hand, strecktest sie vor. Der Ring. Nicht länger der mit dem Smaragd und den winzigen Brillanten, den ich Dir zum Abschluß unserer zweiten Indienreise in Bombay gekauft hatte. Ein einfacher goldener Reif. Ich war viel zu taub, um Schmerz zu empfinden. «Ich bin verheiratet, Fichte.»

Der Name ging mir kaum über die Lippen, aber ich wollte es nicht immer nur denken, nicht immer weiterdenken müssen: «Boone?»

«Ich habe dir gesagt, daß das nur Freundschaft ist. Tiefe Freundschaft. Aber – von meiner Seite aus – nicht mehr. Er hat das akzeptiert. Hättest auch du das getan, alles wäre anders gekommen …

Aber das ist vorbei. Du konntest es nicht, und wir haben die Konsequenzen gezogen. So einfach war das, Fichte.»

«*Du* hast sie gezogen.»

«Ja.»

Immer noch standen wir einander gegenüber. Ich hätte Dich so gerne umarmt, hätte Dich geküßt, wäre in Dich hineingesunken.

«Julian wird in fünf Monaten einen Bruder bekommen.»

Man sah Dir noch nichts an, so schlank warst Du, so filigran. Und hattest diesen Stolz im Gesicht, den ich rasend liebte, lieben wollte, wieder. Doch wir standen nur und hatten schußsicheres Glas zwischen uns.

«Ich liebe Sascha. Anders als damals dich. Erwachsener, Fichte, ruhiger.»

Die Kugel. Ich bezwang sie. Das war gar nicht schwer. Dennoch sahst Du sie mir an.

«Keine Szene, Fichte, bitte keinen Wutanfall jetzt. Es geht nicht um dich, es geht nicht um uns. Julian soll seinen Vater kennen. Das ist alles. Ich will nicht, daß sich deine Geschichte in ihm wiederholt.»

«Ich möchte dich zurück.»

Du schütteltest den Kopf. «Ich habe es für alle Zeit ernst gemeint, als ich mich von dir trennte.» Du schwiegst, dann setztest Du leise hintennach: «Du bist mir kein guter Mann gewesen.»

«Ich habe alles getan!»

«Du hast mich ernährt, ja und? Das tun Millionen Männer. Ohne daß sie ständig verrückt spielen wie du. Ich hatte einen Säugling, für den war ich da.»

«Nicht für mich.»

«Fang bitte nicht wieder damit an. Ich habe dich immer geliebt und ich will das nicht missen, aber es gehört der Vergangenheit an. Ich wollte Gegenwart, Fichte, endlich Gegenwart und keine Beschwörungen von Wisetka mehr. Ich hatte mich verändert, das ist normal, wir haben nicht mehr zusammengepaßt, das ist ebenfalls normal. Ich wollte Normalität, ich habe jetzt Normalität, ich lasse sie mir nie wieder nehmen.»

«Wir gehören einander, Irene.»

«Niemand gehört einem anderen.»

«Wir sind verwachsen!»

«Sieh mich an. Findest du, daß mir etwas fehlt? Ein Arm vielleicht? Habe ich zu wenig Organe ohne dich? Fehlt mir die Niere, eine halbe Lunge? Ich bin ein ganzer Mensch, auch ohne Fichte, glaub mir.»

«Warum hast du dich umgebracht?»

«Verdammt noch mal, werd endlich wach! Ich lebe, Fichte. Ja, stimmt, ich habe mich damals vor die S-Bahn werfen wollen, hab den Zügen entgegengestarrt, das alles stimmt. Aber dann bin ich zu Thomas und hab mit ihm stundenlang gesprochen. Dann rief ich dich an.»

Du logst. Du warst aus den Wogen getaucht, aber immer noch nicht, um zurückzukehren, sondern um aufs Neue Rache zu nehmen. Wofür, Irene? Wozu?

«Komm rein und laß uns miteinander sprechen. Dein Selbstmitleid ist entsetzlich. Du hast einen Sohn, mach dir das klar! Du hast Verantwortung. Du bist nicht dein Vater! Also benimm dich auch nicht wie er.»

Langsam ging ich zum Tisch, Du setztest Dich, ich zog einen zweiten Stuhl heran, nahm ebenfalls Platz.

«Nothelfer hat alles bezahlt mit deinen Arbeiten, die er verkauft hat. Er ist ein guter Galerist. Für mich wollte ich nichts, Fichte, ich wollte alleine zurecht kommen. Aber den Unterhalt für Julian. Und ich *bin* alleine zurechtgekommen. Ich habe mich über mein neues Leben gefreut, auch wenn ich dich vermißt habe. Sehr vermißt, Fichte. Doch ich habe keinen mehr gebraucht, stand endlich auf eigenen Beinen. So etwas ist ein gutes Gefühl.»

«Habe ich dich eingeengt?»

«Nein. Ich wollte es ja so. Zuletzt vielleicht, ja, aber da hatten wir uns schon lange nur noch etwas vorgemacht.»

Du schwiegst einen Moment. Ich schwieg einen Moment. Dann:

«Man schätzt deine Bilder, seit du verschwunden bist. Du bist unterdessen eine Berühmtheit.»

«Ich habe weitergearbeitet. Ein wenig.»

Du schautest kurz in Richtung der Blätter, die auf einem Podestchen dem Bett gegenüber gestapelt waren, und schütteltest den Kopf. «Ich hab's gesehen, ja. So etwas hat dein Vater immer gemalt.» In unserer Wohnung hatte ein Aquarell von ihm gehangen. «Noch einmal, Fichte: Du bist nicht dein Vater.»

«Die Sachen unterscheiden sich. Ein völlig anderer Strich!»

«Das Zeug ist matt, ist kraftlos und unpoetisch. Es hat keinen Mut. Es ist ungefähr und tastend wie von einem Anfänger, es tut niemandem weh und gibt niemandem etwas. Man kann seine Vergangenheit nicht durchstreichen. Man kann sie auch nicht vergessen, man muß mit ihr leben. Ich mußte das, und du mußt es auch. Man nennt das Reife, Fichte. Es ist erbärmlich, was du aus dir machst. Dieser ganze Müll da drüben ist erbärmlich!»

Es war seltsam, war, als würde dieses Gespräch nicht geführt. Eigentlich pustete ich, während Fichte antwortete und immer wieder ärgerlich wurde, aber sich jedesmal bezwang, die ganze Zeit in Deinen Katzenflaum. Was immer Du sprachst, galt gar nicht mir, Dir, uns, in Wahrheit hattest Du mich längst umarmt. Gut, daß es Fichte gab.

«Ich liebe dich, Irene.»

«Sei einmal ehrlich. Du bist stark, solange du frei bist. Sogar jetzt, wo du so ausgezehrt wirkst. Du wirst wieder Frauen haben, viele wahrscheinlich, aber wenn du eine feste Bindung eingehst, wird es immer werden wie zwischen uns. Du wirst Deine Lust verlieren, wirst genervt sein, weil du nicht, wie du willst, arbeiten kannst, du wirst dir Geliebte nehmen und wieder Geliebte, und deine Frau wird leiden. Du brauchst den ständigen Rausch. Ich verstehe das, aber ich will nicht so leben. Ich will nicht abhängig sein, nicht süchtig sein, möchte Sicherheit haben und jemanden, auf den ich mich unter allen Umständen verlassen kann. Unter allen, Fichte. Egal, ob ich ein paar Kilo mehr oder weniger draufhab.»

Ich starrte Dich an. «Das stimmt alles nicht», sagte ich.

«Du weißt sehr genau, daß es stimmt. Aber deshalb habe ich nicht die Gegend nach Dir abgesucht. Es geht mir um Julian. Ohne Nothelfer hätte ich dich nie gefunden. Keine Ahnung, wie er herausbekommen hat, aus welchem Automaten du immer dein Geld ziehst.»

«Er hat eine Vollmacht für mein Konto. Er wird gefragt haben.»

Du nicktest nicht einmal. «Also laß uns jetzt keine alten Wunden aufreißen, sondern fair miteinander umgehen.»

«Fair! Fair!»

Du standst auf.

Ich mußte mich unbedingt beherrschen.

«Du hast noch immer so viel Haß in dir», sagtest Du leise.

«Liebe», entgegnete Fichte und erhob sich ebenfalls. So standet ihr einander wieder gegenüber.

«Das ist keine Liebe.»

«Ich habe doch gar nicht mehr arbeiten können! Ich hab mir doch ...»

«Du hast mich für deine Kunst gebraucht, immer war überall nur deine Kunst. Nur du, Fichte, immer nur du!

Ich war sogar bereit dazu, aber das hat dir nicht gereicht, erotisch nicht gereicht. Weil ich nichts vorstellte im Leben. Weil ich nur schön war. Und auch das nicht mehr, als es unseren Jungen gab, weil plötzlich nicht mehr du im Mittelpunkt standest und da auch nicht stehen durftest. Ich hatte nicht die Kraft, Fichte, nur noch dich zu sehen. Und nicht mehr das Recht.»

«Ich hab doch auch nicht …»

«Hör auf, bitte hör auf. Ich mache dir überhaupt keinen Vorwurf, du konntest nicht anders. Dein ganzes Werk, das ich immer noch, ja, verehre, ist so. Nur will ich dich nicht mehr als Mann. Ich habe etwas zusammenkriegen wollen, was nicht zusammen geht. Das weiß ich, das war vielleicht mein Fehler.»

«Wir waren kein Fehler!»

«Wenn du beginnst, mein Leben zu akzeptieren, mein eigenes, Fichte, dann nicht, nein. Dann kann es eine schöne Zeit gewesen sein. Aber nur dann.»

«Ich möchte dich zurückhaben, Irene.»

«Wen möchtest du zurückhaben? Mich? Wirklich mich? Was war ich dir? Was bin ich dir denn?»

«Meine Frau.»

«Was verstehst du darunter?»

«Mich in dir verlieren. Und aufgefangen sein.»

«*Du* hast immer auf Differenz beharrt, nicht ich! Du selbst hast von mir erwartet, daß ich mich entwickele, studiere, arbeite, hast mich nie einfach machen lassen, wie ich wollte, wie ich es als richtig empfand. Du wolltest, daß ich deine Vorstellung von mir immer weiter perfektionierte, auch wenn da das Kind war, du warst enttäuscht, weil ich ganz anders wurde, als du dir das zurechtgelegt hattest. Du bist so kalt gewesen!»

«Ich habe dich geliebt, auch da.»

«Du hast mich nicht mehr begehrt. Und ich hätte es nötig gehabt, daß du mich in die Arme nimmst, mir das Gefühl gibst, immer noch und für alle Zeit deine Frau zu sein. Aber du hast dich mir entzogen.»

«Du dich mir!»

«Kannst du den Gedanken zulassen, daß ich vielleicht deshalb so dick geworden bin, weil ich mich irgendwie wärmen mußte?»

«Was sollte ich denn tun? Ich habe über ein dreiviertel Jahr …»

«Ein dreiviertel Jahr! Was eine furchtbare Ewigkeit! Du kanntest mich nicht, sonst hättest du Vertrauen gehabt. Hättest gewußt, daß ich wieder schlank werden würde. Ich brauche meine Zeit. Wenn du mich also nicht kanntest, wen hast du dann geliebt? Mich oder deine Vorstellung von mir?»

Fichte schwieg.

«Als ich wieder schlank wurde, Fichte, wurde ich das nicht für dich. Sondern weil ich wieder, vielleicht überhaupt zum ersten Mal Ich werden wollte. Ich. Ganz unabhängig von irgendwem.»

Ich legte mein Gesicht in die Hände. Wohin ich auch schaute: Vorbei.

«Und als ich wieder schlank war, kam ich noch einmal auf dich zu, ja, ich wollte es wieder versuchen mit uns. Aber da war dann Ines. Du hast keine Ahnung, wie mich das verletzt hat!»

«Das hat unsere Beziehung nie gefährdet!»

«Aber meine, ja, meine zu dir.»

«Ich hätte sofort aufgehört, habe sofort aufgehört.»

«Darum geht es nicht. Du verstehst es einfach nicht, Fichte. Und überhaupt, es ist ja noch ganz anders: Ines hat mir sogar Kraft gegeben, und ich konnte erneut um uns kämpfen.»

Immer noch standen beide einander am Eßtisch gegenüber, hier der sonnenverwitterte Fichte, dort die lebendige, junge Frau, die ihre Ansprüche geltend gemacht hatte, und zwischen ihnen, genau in Kopfhöhe, sah die Anima Alma aus dem Foto. Sie sah über mich hinweg, verheißungsvoll, glühend, stumm, in ihren Augen spiegelten sich das gelbe Licht des Spätnachmittags und das ionische Meer. Es war nichts als Hochglanzpapier.

«Hast du je gekämpft, Fichte? Um mich? Nicht immer nur um dich selbst, um deine Arbeit?»

«Ich bin meine Arbeit.»

«Eben, Fichte. Eben. Aber ich bin kein Kunstwerk, sondern ein Mensch, der einfach so, als solcher, geliebt werden will. Ohne daß er sich das ständig erarbeiten muß.»

«Wie soll das gehen? Was sind wir denn anderes als das, was wir schaffen? Und als Chemie? Als Begehren?»

«Du hast diese Meinung, ich weiß. Aber ich nicht. Menschen fühlen so nicht. Sie sind so nicht. Nicht einmal du selbst bist so. Du hast mich ausgenutzt, Fichte, ich war nichts als ein Teil deiner Selbsterfindung.»

«Du hast dich selbst dazu gemacht.»

«Es war erfüllend. Ich liebte es, daß du mit mir repräsentiert hast. Aber du hast mich nicht dafür belohnt, hast mich sogar abgewiesen. Du hast mich verhungern lassen, Fichte.» Du zögertest leicht. «Du hast mir nicht einmal nach dieser Abtreibung helfen können.»

«Ich wollte das Kind, Irene, ich wollte noch einmal ein Kind.»

«Noch einmal dieses ganze erste schreckliche Jahr? Mit dir?!»

Du nahmst wieder Platz.

Fichte auch, aber wie auf Sand.

«Es wäre anders geworden», sagte er.

«Ja, weil ich alles anders gemacht hätte, aber nicht meinetwegen, sondern für dich. Ich habe mit Julian gar nichts falsch gemacht. Meine Instinkte waren gut. Taten gut. Du müßtest mal sehen, was für ein aufgeweckter Bursche dein Sohn ist! Mit einem zweiten Kind wäre alles falsch gelaufen. Das wollte ich nicht, nicht gegen meine Instinkte leben. Genau das, Fichte, hast du von mir verlangt. Nicht am Anfang, nicht in Wisetka, aber dann in Berlin, nachdem wir zusammengezogen waren. Sogar nach der Abtreibung noch. Immer hast du mich bedrängt, hast nur ans Vögeln denken können, nie daran, wie es mir ging. Boone ließ mich sein, wie ich war. Auch lange noch, nachdem du fort warst. Hatte ich Lust, war er für mich da, hatte ich keine, auch. Das Ungeheuer, zu dem du ihn stilisiert hast, ist er nie gewesen. Ein guter Mann, nicht meiner, nicht auf Dauer, aber gut.»

«Er hat mich umbringen wollen!»

«Komm, Fichte, es war eine Eifersuchtsschlägerei, mehr nicht. Er hat Fehler gemacht, du hast sie gemacht und ich auch. Ich habe damals nichts mehr überblickt. Was glaubst du denn, wie man sich fühlt in so einer Situation? Als Mutter? Und auch für mich selbst: Ich habe Fichte aufgeben müssen! Hast du eine Ahnung, wie weh das getan hat! Aber ich war weder die Frau, für die du mich hieltest, noch die, für die ich mich so lange selbst halten wollte. Ich hatte nie den Drang und auch gar nicht die Energie, innerhalb von zehn Tagen fünf Riesenbilder zu malen. Wozu soll man so etwas tun? Ich bin nicht von der Sucht getrieben, auf jeden Gipfel hochzuklettern. Es interessiert mich auch nicht, mit einem kaum seetüchtigen Boot die Welt zu umsegeln. Ich will nicht einmal eine Karriere.»

«Schreibst du noch?»

«Ja, aber ich habe damit nichts vor. Wenn es veröffentlicht wird, gut. Wenn nicht, auch gut. In erster Linie schreibe ich für mich. Nur leben, Fichte. Mich wohl fühlen, glücklich sein.»

«Wer will das nicht?»

«Du. Du willst leiden ...»

«... ich will Lust!»

«... du willst das Chaos. Du hast diesen Irrsinnswillen, jemand zu sein, indem du etwas schaffst. Ich verstehe das, ich achte das an dir, habe noch immer nicht aufgehört, es zu lieben. Aber mit so einem ständig aufeinanderzuhokken, das ist häßlich, Fichte. Man bekommt ein ganz normales Familienleben damit nicht hin. Das zehrt. Haben wir jemals einfach gelacht? Uns vor lauter Ulks am Boden gekugelt? Wann? Nein, die Frau an Fichtes Seite zu bleiben, wäre mir einfach zu bitter erkauft gewesen. Du bist niemals locker, brauchst ständig Widerstände, damit du sie einreißen kannst, ja, du schaffst sie dir sogar, ganz unnötige oft, aus reinem Reflex. Man kann sich das Leben einfacher machen.»

«Leben ist kompliziert.»

«Vielleicht an sich, vielleicht generell. Insgesamt, mag sein, wenn man immer alles zugleich überschauen will. Aber nicht meines. Das ist einfach. Jetzt. Ich bin Sascha sehr dankbar dafür. – Verzeihung, Fichte, aber es ist nicht dein Recht, so verächtlich zu gucken. Ihn kennst du nun wirklich nicht.»

«Was macht er?»

«Er *ist*. Mehr zählt nicht. *Ich* bin. Wir wollen nichts als uns und dieses ...» – Du strichst Dir kurz über den Bauch, eine zärtliche Bewegung wie Luftholen – «... Kind. Und Julian selbstverständlich. Der Dir immer ähnlicher wird. Er ist immer noch morgens um sechs wach. Er hat immer noch diese gute Laune nach dem Aufstehen.» Du lachtest auf: «Es ist wirklich furchtbar.» Wurdest wieder ernst. ‹Du bist nicht mein Papa›, hat er neulich zu Sascha gesagt. ‹Warum ist mein Papa nie da?› Fichte, es ist mir wirklich ernst. Es ist *ihm* ernst.»

«Ich kann nicht», sagte Fichte.

«Du *mußt*, es ist deine Pflicht.»

«Singst du noch?» fragte er.

Da wurdest Du wütend und sprangst hoch: «Du spinnst, Fichte, spinnst! Das mit der Technosängerin, die ich angeblich werden sollte, war von Anfang an eine Hirnkotzerei von dir! Ich bin keine Musikerin, keine Sängerin und wollte das nie sein. Wie wenig du dich immer noch mit mir auskennst!» Holtest Luft, ganz erschreckt saß Fichte da. «Und wenn ich einen Müllmann lieben würde, dann würde ich gerne der Müll werden, wie? Es ist wirklich Zeit, daß du dich von diesem Gespenst...», und Du strecktest den Arm aus, faßtest Deine Fotografie, und mit einem jähen Ruck rißt Du sie runter, ließt los, sie trudelte wie eine große Feder unter das Bett. Ihr beide folgtet ihr mit den Blicken, Fichte weiter versteinert, ich merkte dennoch, wie es tobte in ihm, aber daß er seine Haltung um sich zusammenschnürte, bis er fast keine Luft mehr bekam. Es waren Minuten vergangen, als Du, langsam zum Ausgang schreitend, Deinen Satz beendetest: «...verabschiedest.» Im Türstock drehtest Du Dich zurück. «Ich fahre jetzt wieder. Es war mir nicht angenehm, dich zu stören, aber irgend jemand mußte das tun. Leb wohl, Fichte. Was du nun tun wirst, geht mich nichts weiter an, das ist alleine deine Sache. Und Julians. Das hat nur noch etwas mit Vater und Sohn zu tun. Solltest du nach Berlin zurückkommen, kann dir Nothelfer sagen, wie du den Kleinen erreichst, wo er jetzt lebt. Einfach anrufen, Fichte. Julian würde jauchzen vor Glück.» Damit gingst Du.

Fichte blieb sitzen, starrte immer noch unters Bett. Ich blieb sitzen. Draußen klappte die Autotür, ein Motor wurde angelassen, der Wagen fuhr rumpelnd über den Schotter, erst im Rückwärtsgang jaulend, dann, Gas gebend, kurz knirschte das Getriebe, vorwärts über den schmalen Stichweg davon.

XXI

Bilder kommen wie Wellen, als Wellen ziehen sie sich zurück und nehmen die Erinnerungen als Steinchen mit. Ein nächster Anlauf hebt die gläserne Bildflut auf seine Gischt, läßt sie zerbrechen, zerschellen, schon prasseln die Scherben, indem sie abermals zurechtgeschliffen werden, umeinanderrollend und -rutschend, neuerlich in das sich weitende, schwere Meer hinein, verharren, werden wieder gehoben. Jedesmal nimmt die See ein Stück Kliff mit sich heim. Eines Tages wird sie ihre nassen Fingerspitzen an die Höllenpaläste legen. Man kann sogar ausrechnen, wann. Immer wieder stürzt eine Buche, Kiefer,

Birke. Einsam in Polen, das dachte ich oft, wenn Irene nicht da war und Fichte über den Strand ging. Bleiche Dünen und leichte Dünung. Die Sonne, hellrot und klein, taucht in Grau. Die Sommer sind kurz, aber sizilisch. Eure allerbeste Zeit, Wald und Meer und Sizilien. Ich muß das Wort Hingebung denken, dauernd, und sehe Dich, wie Du Fichte bis in den Frühherbst ansahst, bis in den Winter, bevor er Dich nach Indien schickte. Wie er es genoß, daß eine ihn so ansah. So eine! Die Mutter seiner Kinder. Eines Kindes. Ihr hattet euch sieben Jahre Zeit für das zweite lassen wollen. Dann wäre Fichte 51 gewesen, und Du hättest noch keine 31 gezählt. Ein Mädchen sollte es sein, ihr wußtet sogar schon den Namen. Den einer Fee. Sieben Jahre. Sieben Höllenpaläste. Für einen achten war kein Platz. Die Sache hatte sich erschöpft, darüber hinaus wäre nicht mehr zu gehen gewesen. Es sei denn, Fichte hätte eine Verbindung zum nächsten Bunker gefunden oder unterirdisch hingeschlagen, zum wiedernächsten, dann Röhren legen das Kliff hinab und ins Meer hinein, Röhren aus mit Prothesen aneinandergefügten Extremitäten von Tieren, vielleicht auch menschlichen, plastifiziert nach von Hagens Methode. Ich hatte den Einfall gehabt, den eitlen Mann deshalb anzurufen. Doch das All läßt sich nicht steigern, der Bunker war fertig rundum, man muß wie in ein U-Boot hinein, so eng ist es drinnen, man sieht imgrunde nur noch Details. Die eigentliche Komposition bleibt dem Besucher, weil Schicht über Schicht liegt, verborgen. Das hat, ich weiß, Erschrecken ausgelöst. Nicht nur Kreienhoops, der im Sommer 1998 noch einmal herkam, um sich den Fortschritt meiner Arbeit anzusehen, sondern auch mein eigenes. Man muß das aushalten. Aber Kreienhoop kniff. «Das ist unmenschlich», sagte er in der Heimkantine, «was Sie da tun. Ich weiß nicht, ob ich das mit meinem moralischen Gefühl noch vereinbaren kann. Sie feiern die Gewalt, Fichte, wenn Sie Opfer derart ästhetisieren. Ich kenne Sie gut. Ich weiß, daß Sie das nicht so meinen, aber dieser ganze Bunker, diese Paläste, alle bisherigen zusammengenommen, wirken ausgesprochen faschistoid. Ich bitte Sie: Legen Sie den Rückwärtsgang ein!» Was für ein Waschlappen er war! «Ihre Skrupel», antwortete ich beherrscht, «sind kleinlich. Es ist ein Kunstwerk, keine Realität. In Wirklichkeit kommt hier niemand zu Schaden.» «Noch nicht, Fichte. Aber Sie zerstören die Verhältnismäßigkeiten. Den gestirnten Himmel in uns, das Gesetz, in das wir alle verpflichtet sind. Genau so, wie Ihre Arbeit die geschützte Natur des Nationalparks zur Kulisse degradiert, als wäre er nichts als einer Ihrer Rahmen aus Rinde.» Mir stand nicht der Kopf nach einer kunstphilosophischen Diskussion. Er fuhr zurück nach Berlin. Und setzte mich anderthalb Jahre später, nicht nur verärgert, sondern auch irgendwie angewidert, sogar wütend, vor die Tür. Februar 2000, da brach auch alles übrige um Fichte zusammen. Mit den Kachelöfen fing es an. Ihr heiztet ja mit Kohle, Irene, noch immer, ich hatte unbedingt in den Osten Berlins gewollt. Weil mein Atelier dort war, das ich selbstverständlich erhalten mußte. Wie soll man arbeiten, wenn ein Säugling schreit? Ich wollte auf keinen Fall lange Anfahrtswege. Zehn Fahrradminuten vom Atelier entfernt fanden wir etwas. Dennoch bist Du später kaum noch hergekommen. Hattest ständig die Angst, mich zu stören. Daß da eine andere Frau war. Wieso hat Fichte das niemals bemerkt? Schon bemerkt, freilich, aber es nicht wahrhaben wollen. Das war doch ein solcher Alarm! Er war imgrunde ganz gerne allein. Imgrunde ist Fichte im Atelier wohnen geblieben, ging frühmorgens, kam spätabends, ihr habt euch, seit ihr zusammenlebtet, weniger gesehen als zuvor. Weniger intensiv sowieso. Ich habe den Alltag immer gescheut. Und Du, die einen Schlüssel hatte, nutztest den nicht mehr.

Die ganze Wohnung stank nach Rauch. Seit Dezember. Dezember 1999. Es war bitterkalt, wir hatten Angst um den Kleinen, Du ließt Tag und Nacht die Elektroheizer laufen. Was irrsinnig teuer war. Beschwerden bei der Hausverwaltung fruchteten erst, als Fichte die Miete minderte. Anderthalb Monate hatten wir entweder in der Kälte oder im Kohlenmonoxyd gehockt. Du mehr als ich. Ich hatte ja mein Atelier. Dann wies mir Kreienhoop die Tür. Schrieb in der ART gegen mich. Natürlich. Er mußte seine Entscheidung öffentlich rechtfertigen. «Deutscher Größenwahn» war der Artikel überschrieben. «Indem in Wisetka ein aufgelassener Bunker und der Wald in ein begehbares Gesamtkunstwerk verwandelt werden, mit unterirdischen Gängen und viel Blei, mit viel Natur und noch mehr Farbe, wird vor lauter hochfahrenden Titeln und pathetischer Weltweisheit die Chance vertan, neben dem unerträglichen Mythomanen den Maler Fichte sichtbar zu machen, der vor zehn Jahren wie kein anderer Bildräume entwerfen konnte, denen ihr Pathos nicht zum Verhängnis wurde.» Tritt auf Tritt. Und immer ins Kreuz. Und in die Weichen. Unser nächster, irrsinnig gewaltsamer Streit, als ich aufwachte, nachts, weil Kalkreuth losschrie, ganz plötzlich, brüllte. Da kotztest Du auf meinen Schwanz. Ich sagte unsere dritte Indienreise ab, war nur noch mit Lexotanil zur Ruhe zu kriegen, der Flug ließ sich problemlos stornieren, weil der Psychiater, den Fichte aufgesucht hatte, meiner Depression Suizidalität attestierte. Der fürchterlichste Geburtstag meines Lebens nahte. Die Blutschlacht, die ihn einleitete, das vor Entsetzen heulende Kind, die Polizisten, die ich rief, als Du mich allein gelassen hattest und mit Boone fortgegangen warst. «Come with me, little one, come with me.» Tritt auf Tritt. Dennoch malte ich weiter, brachte Julian in den Kindergarten, heulte dort, war ausgeheult, malte weiter drauf los. «Die Harpyen», nix als Fell und Späne und Klebstoff. «Sternenkarte für Julian»: Damit verließ ich die Höllenpaläste imgrunde schon, griff auf ältere Perioden zurück, auf 1994/95, bevor Du dagestanden bist in Deiner Lederjacke. Kürbiskerne, Sonnenblumenkerne, Robert Fludd. Lehm, Asche, Leim und Öl. Fichte zog sich beim Training, das ich ingrimmig weitertrieb, eine Trizeps-Entzündung an der linken Schulter zu, Tritt auf Tritt, so daß er sich nicht einmal mehr die Not aus dem Leib stemmen konnte, heulte abermals, nun vor der Apothekerin, die homöopathisches Zeug vor ihm auftürmte. Wahrscheinlich ahnte sie, daß ich jedes greifbare Medikament hemmungslos in mich einwarf. «Die Ungeborenen», Irene, das war *meine* Methode, aus Deiner Abtreibung eine Schönheit zu machen. Schönheit, damit der Verlust sich aushalten, damit sich ihm Leben abringen ließ. Ich telefonierte stundenlang mit Nothelfer, der keinen Moment gezögert hatte, aus Kreienhoops Entscheidung seinen Profit zu ziehen. Er setzte sich hin, schrieb einen Gegenartikel: «Die Ungeborenen oder: Fichtes höllische Räume». Er fand sogar meine Anspielungen auf Stockhausen heraus. Darüber hatte ich mit keinem gesprochen, außer mit Dir und Lu. Wäre ich nicht so verzweifelt gewesen, vor Erstaunen hätte ich aufgelacht. Der Feuerofen war geradezu zentrale Deutungs-Metapher, Fichte hätte das selbst kaum besser erklärt. Aber das war auch schon der einzige lichte Moment im Winter 2000. Sonst nur Tritte. Weil Fichte partout nicht devot werden wollte. Aber elendig schwach wurde er. «Vielleicht hab ich im letzten halben Jahr ja meine Dominanz entdeckt.» Sogar mit Lu telefonierte ich, die nun sicher nicht die richtige Adressatin für mein Unglück war. Aber sie hörte zu, sie riet mir, behielt ihre bewundernswerte Klarheit. «Was ich bei alledem nur nicht verstehe», sagte sie, «warum hat Irene damals so einen Kampf um dich geführt? Wußte sie nicht, wer du bist?» Unentbehrlich gemacht. «Du wirst mich nie wieder los.» Einmal, vielleicht 1996, vielleicht später, hatte Lu gefragt: «Hat wenigstens auch Irene mit deinen Frauengeschichten zu tun?»

Es stimmt, Fichte war nie ein treuer Mann. Kalkreuth wäre es gewesen, aber den hatten die Mädchen nicht gemocht. Der war so lächerlich weich gewesen. Fichte nicht. Fichte war, seit es ihn gab, von Frauen immer umgeben. Und er bekam sie, wenn er wollte. Beinahe jede. Auch diesbezüglich war mein Ruf nicht gut. Es gab Bekannte, die setzten sich, wenn ich hinzukam, um, setzten sich zwischen mich und ihre jeweiligen Begleiterinnen. Erinnerst Du Dich? Sicher. Und tatest es mir gleich. Aus ‹moralischen Gründen› wollte man mir die Teilnahme an der Basler Kunstmesse verweigern. Typisch Schweiz. Nur weil sich unter den Juroren herumgesprochen hatte, daß ich im Vorjahr und dem Jahr davor noch während der Öffnungszeiten die hübschen Hostessen abgeschleppt hatte. Aus moralischen Gründen! Ist das zu fassen? Aber schon an der HdK wurde immer gemunkelt. Ich galt als Jugendverderber, als hemmungslos erotoman. Woran ja was war. Das hatte der junge Kalkreuth werden wollen und sich dafür regelrecht trainiert. Welche Selbstüberwindung für ihn, Frauen anzusprechen! Auf eine Fremde zuzugehen, zu lächeln und freundlich zu sagen: «Ich möchte gern mit Ihnen schlafen.» Daß viele es dann taten, war völlig überraschend für ihn. Auch so entstand Fichte. Ich merkte Kalkreuth bald kaum noch, obwohl er wie ein Virus bloß eingekapselt war, so daß sich periodisch neue Virenflut in mich ausschütten konnte, jedes Virion eine alte Angst.

Frauengeschichten. Die Hostess Sabine aus Basel beschnüffelte mich wie ihr Hund, den sie liebte, die wirklich Hündin wurde, bevor der Moment nahte, daß sie bereit war. Sogar ihre Nase war naß. Johanna und ihr Tittentablett. Die hübsche, knabenhafte Michiko, deren schmale Vulva Samt und Elfenbein glich, die Schamlippen ganz ihren Schlupflidern ähnlich. Nicht Schamhaar, sondern Flaum. Wie verwundert sie war, wie sie das sich hingeben ließ, daß mich ihre Menstruation nicht störte, daß, angeblich unrein zu sein, nicht einmal meine Zunge zurückschrecken ließ. Das kannte sie von ihren Landsleuten nicht, das brachte sie beim Vögeln um den Verstand, machte sie warm und biegsam, man konnte ihren Hinterkopf mühelos auf ihre Fußsohlen legen. Dann öffnete sich der Samtspalt, weil er so herausgedrückt wurde, um vier tiefrosa Millimeter, und der gesamte rückwärts gebogene Vorderleib war eine formreine Brücke, die bebte, wenn ich sie beschritt. Ines, die ebenso arbeitsbesessen war wie ich und immer eigenartige Knubbel in ihre Ölbilder malte, alles hatte Knubbel: Nasen, Stirnen, Geschlechtsteile, alles aggressiv überladen. Wer ihre Achselhöhlen ausleckte, bekam von ihr, was er wollte. Nur devot war sie kein bißchen. Wir malten zweidrei Mal gemeinsam in ihrem Atelier, ich skizzierte die kleine erotische Reihe, die Du Dir erst nicht ansehen mochtest. «Versuchung I–XII». Als Du später doch ein paar Blicke darauf warfst, fandest Du die Arbeiten unzeitgemäß. «So etwas sagt modernen Menschen nichts mehr.» Wenige Striche, die das Zentrum suchten, die Tiefe, Irene, nur das Zentrum von Lust. Auch Mösen sind Höhlen. Ines hockte mit bloßem Unterkörper, den sie sich dabei rieb, auf der waagrecht am Boden festgespannten Leinwand und besudelte die und sich. Dann ließ sie langsam Speichel in meinen Bauchnabel fallen und leckte ihn wieder heraus. Ich ließ sie das mit meinem Sperma tun, begeistert war sie dabei. «Welche Frau schmiert nicht schon gerne einmal herum?» hatte vor vielen Jahren eine andere, Marion hieß sie, gesagt. Daß das wahr ist, hätte Kalkreuth nie geglaubt; sein Frauenbild war derart reinlich und ätherisch gewesen, daß sich nicht eine einzige Projektion realisieren konnte. Doch. Alma. Ein nächster Tritt. Die blonde Rebekka, die, noch jünger als Du, mich teils bewunderte, teils mich begehrte, aber nie in sich hineingelassen hat. Sie war Schülerin an der HdK, wo ich, weil wir Geld nötig hatten, eine Zeit lang unterrichtete. Sie küßte mich oft und ausgebig, ich griff ihr in den Ausschnitt und holte, was ich immer mochte, eine, nur eine, ihrer überaus festen Brüste heraus, leckte daran, dann saß die Brust mir Modell. Du bist Rebekka ja begegnet, warst immer ein wenig neidisch auf sie, weil sie bereits mit dreiundzwanzig ihre erste Ausstellung hatte. Weil ich gerne auf sie einwirkte, sie wie ein Mündel förderte. Einmal, Irene, seltsam, was Fichte heute, da er diese Bilanz zieht, alles wieder in die Erinnerung kommt, einmal hast Du uns beobachtet, Du mußt uns gefolgt sein, hast mit angesehen, wie wir uns küßten an einer Ecke Kurfürstenstraße. Eine Woche später erzähltest Du es, ich stritt alles ab. Nie wieder kamst Du darauf zu sprechen, obwohl ich Rebekka zuzeiten wiedersah. Nicht häufig, nein, sie war dann auch nach Braunschweig gezogen. Die elegante, sportliche Fotografin Clara, um die ich mich gleichsam aus dem Handgelenk bemühte und ohne wirklich zu wollen. Sie war allzu verliebt in ihren Freund, den ich dummerweise ebenfalls mochte, so daß ich schon deshalb die Finger von ihr ließ. Ines, die mit Clara befreundet war, lachte mich deshalb ein wenig gehässig aus. Doch manchmal ist Sympathie schwerer als sexueller Druck, der wird dann einfach flach auf dem Boden gehalten, kann sich vor lauter Zuneigung nicht heben. Die Chat-Devoten schließlich, die sich von mir per email als Dienerinnen ausbilden ließen: Ulrike aus Stuttgart, die so sehr und vergeblich darauf drang, daß wir uns wirklich einmal treffen, Zofe Elke aus Münster, die das gleichfalls wollte, weil sie davon träumte, meinen Schwanz fest zwischen ihre Lippen zu nehmen, damit, wenn ich urinierte, nichts verloren ging. Sie wollte unbedingt in meiner Pisse baden. Auch sie traf ich nie, ich verzweifelte schon viel zu heftig an Dir, als daß ich zu neuen Johanna-Spielen überhaupt fähig gewesen wäre. Außerdem macht Not einen ganz besonders grausam. Hätte ich meinen Fantasien nachgegeben, es wäre, nach der Erfahrung mit Johanna zudem, nach der mit mir selbst, unverantwortlich gewesen.

Meine Versuche, mich Dir, indem ich Boones Terrain in Besitz nahm, wieder zu nähern, Dir entgegenzukommen. Immer weiter. Prinzip für Prinzip zerbrach, der Panzer sprang, es knackte Chitin. Fichte knackte. Erst trat weißlich Füllmasse aus, dann war das Bauchmark zu sehen. Die Techno-Club-Nacht. Aber Du tanztest so gut wie gar nicht mit mir, standest auf der Achtelempore des Roten Salons, sahst mir zu, als wäre auch das Übertretung: daß ich in Deine Gefilde hineingriff. Ach, daß ich nicht bei allem dabeigeblieben war! Der Tangokurs, von dem Du nicht mehr wolltest, daß ich dazustieß. Im Sommer, Frühsommer 1999, hattest Du mich gefragt, ob wir nicht tanzen lernen wollten. Ich wehrte ab, zu tanzen war für mich noch allzu sehr, immer noch, von Lu besetzt: «Mach erst einmal allein den Anfängerkurs, danach dann komme ich mit.»

Fichte wurde 1982 geboren. Da war er achtundzwanzig Jahre alt. Jetzt ist er zwanzig, also genau in dem Alter, in dem Du warst, als Du mich kennenlerntest, als Du begannst, mich zu lieben. Ist das nicht seltsam Irene? Tritt. Die Öfen. Kreienhoops Artikel. Tritt. Die Blutschlacht. Und dann verlor ich mein Zentrum. Dich. Frauengeschichten, Kunst und Delphine.

«*Du* wolltest doch immer weg weg weg! Und dein Atelier war dein und ist es noch immer. Und das teilten wir nie.»

Den Schlüssel hast Du nur selten genutzt. Einmal mit Ines. Tritt. Und einmal vorher, da fühlte ich mich gestört. Seitdem kamst Du von Dir aus nie wieder her. Du hast so oft nach mir gerufen, aber ich hörte Dich nicht.

XXII

Fichte wurde 1982 auf der Documenta geboren. Bis dahin trug Kalkreuth ihn aus. Er ist wahrscheinlich mein größtes Kunstwerk, mein lebendigstes jedenfalls, und, was ich allmählich begreife, viel enger mit Vostells Fluxus verbunden, als es die «Erinnerungen an Cas Concos» waren, die ihm sozusagen als Taufbecken dienten. Fichte ist so vollkommen, weil er nie fertig war, ich bin nicht fertig, auch wenn mir meine Selbsterfindung allmählich, ganz wie damals Dir, unhinterfragbar geworden ist. Man kann sogar sagen, daß Du es warst, die die Nehrung wieder abgetragen, die das Fließende in Fichte, das längst Haff geworden zu sein schien, ins Meer zurückgeleitet hat. Du warst der Süßwasserzufluß meiner Fichte-Lagune und drängtest, wie jeder Fluß, in den Ozean heim, aus dem Dich der Seewind verdunstet hatte. Aber das wußtest Du nicht, Du wolltest selber Familie und Haff sein. Wir haben uns beide getäuscht. Nun sieht es so aus, als müßte Julian Kalkreuth, Julian v. Kalkreuth, ins Leben zurück, um ein paar Dinge zu ordnen, die für Fichte tabu sind.

Ich habe wieder gemalt. Die anderen Aquarelle habe ich gestern verbrannt. Nicht alle, nein, drei der Blätter waren gut. Mit dem übrigen Zeug hattest du recht. Es war ein Freudenfeuer. Drei Ragazzi halfen mir. Waren erst ein wenig verwundert, als ich sie mit ihren Gitarren an mein Feuer rief. Es schien sie zu betrüben, wie ich die Bilder eins nach dem anderen sorgfältig in die Flammen legte, mich ihrer Vernichtung sozusagen widmend. Aber die jungen Leute tauten auf, als ich von unten Käse, Brot und Wein holte. Sie nahmen sogar ihre Gitarren, zwei Gitarren, dann sangen wir Ramazzotti. Ja, Irene, auch ich. Es machte ihnen nichts aus, daß ich nicht singen kann, es machte auch mir nichts aus. Und ich erzählte ihnen, weshalb ich hergekommen war. Es tat gut, darüber zu sprechen. Ist das nicht bizarr, Irene, daß sich hier um mich wie in Cas Concos um meinen Vater eine Legende gebildet hat? Die hat mich geschützt, du faßt es nicht! Ich habe deshalb auch gar keine Tür gebraucht. Einer der jungen Männer erzählte, daß er einmal in meiner Hütte gewesen sei, als ich weg war. Er habe sich umgesehen, nur umgesehen, und dann den anderen davon berichtet. Auch seiner Mutter. Die habe ihm ein Votivbildchen für mich mitgegeben. Das hätten zwei Tage später ein paar andere und er gleich hinter der Mauer vor meinen Eingang gelegt und mit Steinchen beschwert. Ich erinnerte mich und sah, bevor ich schlafen ging, nach: Es lag immer noch da, ein verwitterter Fetzen ehemals bunten Papiers. Eigentlich hatten die Jungs den Alfa stehlen wollen. Das gab der hübsche Kerl unumwunden zu und lachte dabei mit Deinen Alabasterzähnen. Aber, sagte er, man bestiehlt keinen Wolf, der sich zurückzieht. Man darf, sagte er, niemals die Trauer bestehlen, auch wenn man noch so dringend das Geld nötig hat. Es wurde spät. Man kann sagen, das Meer war still. Auch das Meer hörte zu. Die drei knatterten auf ihren Motorrädern weg. Das Meer hörte weiterhin zu.

Ich stehe morgens wieder gerne auf. Ich lausche den Wellen und ihrem Robbenlied. Auch wenn es mir von einer solchen Lebenskatastrophe erzählt. Aber so viel Fichte bin ich schon noch, ihr ins Auge zu sehen. Vielleicht erreiche ich es, über mich zu lachen, heftigst zu lachen. Ich meine, es geht ja auch um unseren Kleinen, ein zerrissener, sich zerreißender Vater, was hülfe ihm der? Dann besser Boone. Die Meere wollen.

Komm, Gooverooska, zurück!

Legenden. «El lobo». So haben die mallorquinischen Spanier meinen Vater genannt. Und die Ragazzi sprachen von mir als von einem *lupo*. Noch trauere ich, während ich das alles erkunde und Kalkreuth aus meiner Vergangenheit ziehe. Nicht Dich trotzte ich dem Meer ab, sondern ihn. *Da*zu fuhr ich her. In Wirklichkeit riefen die Delphine nach mir. Täuschten mich, damit ich folgte. Damit ich den Transit in Wisetka ließ, alles zurückließ, die Paläste, Deinen Tod, den ich doch mitnahm wie die Vampire. Ich werde mich noch einmal an ihn setzen, werde das ‹Tod› durchstreichen müssen, nicht nur den Titel wegätzen, sondern die Skulptur insgesamt in eine andere formen. Licht muß sie werden, ganz Meeresjubel. Danach werde ich gehen. Die Höllenpaläste aber sollen in Wisetka bleiben. Frau Simolanski schrieb ich, ich holte den Lieferwagen irgendwann ab. Wenn sie wollten, sollten sie ihn benutzen. Es war mir alles egal, sogar, daß die Belegschaft und auch die neuen Stipendiaten geradezu befriedigt reagierten, als bekannt wurde – und es wurde schnell bekannt –, daß Du mich verlassen hattest. Selbstbestätigung in den Gesichtern: So ein Alter und solch eine Junge, was hat der sich denn gedacht?! Wie lange so etwas hält? Und dann noch: Mit so wem wie dem!

Daß ich jetzt an Deine Mutter denken muß, die mich genausowenig mochte wie ich sie, eine bedrückte, verklemmte, hagere Frau, die außer Gemüse nichts aß und nichts trank außer Tee und die keine Ahnung hatte, wie Du sie ausgenutzt hast. Du warst nie zimperlich, Dich durchfüttern zu lassen. Ihr furchtbarer Versorgtseinswunsch, denn auch sie, ganz wie Du, wollte einen Mann. Wieder einen. Zugehörig sein, Familie haben. Sie tat immer alles, was ihr Pflicht zu sein schien, darüber hinaus aber nichts. Liebe gab sie so wenig wie meine geben konnte, als ich in Deinem Alter war. Es war ihre große Leistung gewesen, einen Ausländer zum Mann zu nehmen, einen der ersten indischen EDV-Spezialisten. Sie wollte vier schöne Kinder gebären, das war ihr Lebensziel gewesen, das hatte sie erreicht. Danach ging die Ehe zu Bruch. Er sprach genauso gebrochen Deutsch wie Boone, mit dem Du Dich nur unzulänglich unterhalten kannst. «Er versteht mich so gut», sagtest Du, was gegen mich gewendet war. Deine Erzählung jedenfalls kann er nicht lesen. Kann es sein, Irene, daß Du auch Deine Mutter wiederholst? «Was sorgst du dich?» fragte Wernecke. «Boone ist keine Konkurrenz. Auch wenn er dir ein wenig ähnelt.» Weil er Glatze, weil er sich das Haar wegrasiert hat wie ich? Mochtest Du von dem Gefühl nicht lassen, so einen

Hinterkopf in der Höhlung einer Hand zu fühlen, wenn Du zärtlich gestimmt warst oder feurig und mich an Dich zogst? Glaubst Du den in mir vergeblich gesuchten Vater in Boone gefunden zu haben und läßt Dich führen von ihm, als wäre er ich? Gibst ihm Deine Sekrete, trinkst seine, wie meine? Die Elixiere der Liebe … ach, ein Techno-Fichte, Irene? Halb blind, damit auch er Dich nicht sieht?

Ich fürchte, meine Unbeherrschtheiten haben noch lange kein Ende. Ich wünsche es mir. Aber es müssen Julian v. Kalkreuths werden. Setz Dich zu mir an das Kap der Ströme. Sieh mit mir aufs Meer. Welche Geschichten erzählen wir uns? Nein, Du hast recht. Du warst keine kleine Meerjungfrau, wolltest nicht zu Schaum zergehen. Auch um meinetwillen nicht.

Fichte wurde 1982 geboren. Immer wieder ansetzen. Welle. Immer wieder beginnen. Auf Welle. Sich immer wieder zurückziehen. Und von neuem, Welle, beginnen. Ich bin ganz Meer, Irene, ein Teil von Dir, Du die Hebung, ich die Senkung. Deine Augen. Deine Lippen. In mir. Obwohl sie nicht da sind, sondern anderswo die Steine schleifen, ihr Prasseln, das prickelnde Zerplatzen des immer wieder allerletzten Feims, den die Gischt auf den spitzen Fels klatscht, Zungenwärzchen aus Wasser und Salz, noch die feinsten Sandgeschmäcker an sich bindend, in sich lösend, um sich dann erst, mit ihnen, zurücksaugen zu lassen. Nichts kannst Du halten. Was ist das, Irene, Leben? Wenn Du alt wirst und zurückschaust, wie schnell alles fließt. Davonfließt. Du mailtest wütend: «Niemals werde ich ein Ende bedenken, warum sollte ich? Damit ich leide? Weil Leiden so toll ist?» Recht hast Du. Recht. «Fichte, du wirst mich nie wieder los.» Das war die Nehrung, Irene. Das Meer rief nach Dir, da hast Du sie durchstoßen. Ohne es zu wollen, es war die Natur. Das eine Kliff, das im Osten, ließt Du zurück, als es nicht mehr sehr massiv war, zwar hoch und weiterhin kantig, unübersehbar, doch geologisch imgrunde schon schmal. Das Haff hat sich von hinten herangeschoben, ist von hinten gestiegen, leckte von hinten. Und vorne schlug das Meer in den Kalk, den es löste. Du schwammst einem anderen, englischen Kliff zu, liefst ins Wasser, einfach so, mit allem, was Du trugst. Einfach nur schwimmen, ganz langsam, Irene, so daß es keine Angst haben mußte. Auch wenn Du nun dieses abtragen würdest.

Welle auf Welle, wieder Fichte, Documenta 1982. «Hast du nie daran gedacht, deinen schrecklichen Namen abzulegen?» hatte mich Gert Wolfheim gefragt, da war ich noch nicht einmal so alt gewesen, wie Du heute bist. «Solange du Kalkreuth heißt, wird sich kein Galerist deiner annehmen, das garantiere ich dir. Kein Museum wird dich zeigen.» So war es auch. Ich hatte das Abendgymnasium begonnen, in Bremen, vorher den Zivildienst abgeleistet in einem Verwahrheim, das Drogenkranke, Alkoholiker und verelendete Alte in engen Zimmern zusammenstopfte, von dieser Zeit sind viele meiner späteren Portraits inspiriert. Hier ist mir, wenn ich es bedenke, auch Boone zum ersten Mal begegnet. So viele Jahre später hat mich einer meiner Junkies doch noch ausgetrickst. Was sie damals dauernd versuchten. Damit man an das Geld für die Droge kam. An Dich, Irene. Meine Droge.

Mein Deutschlehrer Korenstein war mit Wolfheim befreundet, der sich überaus für moderne Kunst interessierte. Also nahm er mich zu ihm mit. Wolfheim lehrte, bevor er zurück nach Paris ging, an der Bremer Universität. Er hatte keine Hörer, weil er Leistung erwartete. Das war dort 1979/80 wenig opportun. So daß wir zu dritt das Seminar bestritten, Korenstein, seine Geliebte, die er aus der Schülerschaft rekrutiert hatte, und ich. Wolfheims Eltern waren in Nordhausen umgekommen, Werk Dora, Du weißt schon, Zweiter Höllenpalast: Genau so groß hätte ich den Bunker gerne gehabt. Ich probierte Pseudonyme, imaginierte, der brillanteste aller Abendgymnasiasten zu sein und wurde es deshalb. Versuchte, den kleinen Judenjungen zu henken. Du wirst auch einmal aufgehängt. «Der Vampir, op.9». Noch war ich Kalkreuth, aber es war schon Fichte, ein Vor-Fichte, den die Studienstiftung nicht wollte. Einer der drei Gutachter mochte die Biomechanoiden nicht. Bereits damals das übliche Urteil: ästhetizistisch, überladen, manieriert. Aber das war mir egal. Ich war anders, Fichte war anders. Die Freunde kamen zu meinem Geburtstag mit Visitenkarten. Auf denen stand nur FICHTE. Nichts sonst. Alles andere Leere. Zu füllen. Mit Bildern zu füllen. Es ging dann Schlag auf Schlag: Abitur, ich zog weg, sozialisierte mich neu, Documenta. Selbst meine Strafmandate erhielt Fichte. Natürlich, Du weißt, Irene, daß noch in unserer Zeit, also viele Jahre später, immer mal wieder ein Journalist mein, wie einmal geschrieben wurde, «apartes Pseudonym» aufdecken wollte, und immer wieder kamen im Lauf einer Ausstellung Leute zu mir, um zu fragen, «ob das wahr» sei. Zu Anfang der Selbstfiktion, als es noch darum gegangen war, mich durch und durch als Fichte zu fühlen und mich nicht jedesmal, wenn jemand auf der Straße «Julian!» rief, irrtümlicherweise umzudrehen, war mir so etwas unangenehm, bisweilen füllte es mich mit fast derselben Wut, die mich bei den harmlosen, naiven Verlustigungen von Menschengruppen derart explodieren ließ. Aber später wurde es egal, und ich beantwortete Fragen nach meiner Herkunft meist mit einem müden Ja. Oder, war ich dazu aufgelegt, erzählte ein wenig von meiner Familiengeschichte, aber als spräche ich über einen Fremden. Ich hatte keine Familie, ich war entstanden aus eigenem Willen. Die erste Ausstellung, die ersten Frauen, wirklich, die wenigen ersten, mit denen ich schlief. Da war ich vierundzwanzig. Seitdem haben mich die Frauen nicht mehr verlassen.

Nein, Familie wollte ich nie und war doch an die Familie gebunden geblieben. Untot schleppte ich sie mit mir herum. Ich begriff nicht, daß spätestens unser Streit mit den Müttern unsere Liebe endgültig kappen mußte. Wir können uns von den Wurzeln nicht trennen. Ich kann mich von Kalkreuth nicht trennen, es gefiel ihm nicht, so lebendig begraben zu sein, und schlug Weihnachten 1999 los. Die Abtreibung lag hinter Dir, aber quälte Dich noch, quälte uns. Und unter uns hämmerte Boone am Fundament. Wir hatten die Mütter eingeladen, für Julian, das erste große, gemeinsame Familienfest. Die Omas sollten sich kennenlernen. Und mochten sich auf Anhieb nicht. Meine Mutter rauchte und trank, Deine stocherte lustlos im Salat, nippte nur Tee, aß keine Süßigkeiten, war mir ganz unerträglich. Also qualmte ich abends mit Nachdruck, Deine Mutter hustete in einer Tour. Du warst schrecklich genervt, meine Mutter war genervt, ich war genervt. Es kam zum Krach zwischen meiner Mutter und Dir, sie zog aufgebracht um, richtete sich für die verbleibenden Tage in meinem Atelier ein. Und Kalkreuth platzte. Wenn meine Mutter nicht hierbleiben wolle, müsse auch die Deine verschwinden. Ich schrie sie an, «zusammengekniffene Fotze!» und warf sie raus. Du warst völlig aufgelöst, hin- und hergerissen zwischen ihr und mir. Tatsächlich mir? Sie hoffe nur, hat sie Dir, als Du sie zum Bahnhof brachtest, gesagt, unser Kleiner werde einmal nicht wie sein Vater.

Unser schönstes ‹Ehejahr› war das Deiner Schwangerschaft, unser schlimmstes das, das mit Julians Geburt begann. Da quälte ich mich durch alle Probleme, die Väter mit Mutter und Säugling nur haben. Stand neben mir, verstand die Dynamik, saß dennoch in ihr fest. Du fühltest Dich so zurückgestoßen, hattest doch erreicht, was Du wolltest: Deine Familie. Ich aber bockte. Weshalb sah ich Dich nicht? «Als wir uns kennenlernten, habe ich mehr gewogen als heute!» Ich stand neben mir, beobachtete mich. Platzte schon wieder. Wie oft habe ich ausgerufen: «Ich muß arbeiten, Irene! Alles geht mir kaputt!» Wie oft drohte ich Dir an, mich von Dir zu trennen. Wie oft bin ich immer dann doch geblieben. Es war, als hätten wir büßen müssen für unsere Obsessionen, für dieses grenzenlose Ineinander. Die Meere tobten wegen des zweiten, wegen des in den Abfall geschmissenen Kinds. Außen wüteten Meere, innen wütete Kalkreuth. Dabei war ich zugleich derart stolz, daß ich nicht mehr nur noch mich, nein, auch Dich und meinen Sohn mit Kunst ernährte. Zugleich war ich in Panik, uns das nicht erhalten zu können. Immer hatte ich über meine Verhältnisse gelebt und dennoch künstlerisch nie Zugeständnisse gemacht, hatte meinen Kopf noch jedesmal durchgeboxt. Wenn etwas schiefging, begann ich eben von neuem. Das nächste Werk, die nächste Zumutung, Feindschaften, Kampf. Der braucht dauernd Deiche, befestigte Kanäle, ein penibles System von Drainagen. So etwas muß ständig gewartet sein, damit nicht die Marsch immer wieder überschwemmt und das Koogland in Prilen weggerissen wird. Daß ich immer irgendwo Geld leihen mußte, merktest Du erst, als wir zusammenwohnten, daß Zwangsvollstreckungsdrohungen kamen, wie auf der Kippe ich stand und mit welchem Ingrimm mein Strahlen, das Dich so von mir eingenommen hatte, erstritten war. Es ist eine reine Frage der Energie: Ließ sie nach, brach der Steilhang zusammen. Meine Gegner ahnten das. «Irgendwann gibt auch der nach.» Ich klagte nicht, Irene, ich klagte an, was etwas völlig anderes ist. Machte mich über die schlappen Kollegen lustig, über den Kleingeist, immer wieder den Kleingeist, die machtgeile, verklemmte Kritik. Die Leute brachen doch schon bei der leichtesten Bö in die Knie und flennten. Antichambrierten. Waren bis in die Keimdrüsen korrupt. Groß denken! heißt es bei Kjærstad. Plötzlich hätte ich klein denken müssen, denn es ging nicht mehr um mich allein. Mit Unbedingtheit meine eigene Existenz zu gefährden, war eine Sache. Nun gefährdete sie euch. Das machte mich nervös. Und Du bliebst allezeit dick.

Daß ich an Prag denken muß, Welle, Du flogst ja so billig, weil Dein längst frühpensionierter Vater bei der Lufthansa gearbeitet hat. Ich hatte die Einladung zu einer Gruppenausstellung vom Goethe-Institut bekommen, war mit dem Zug gefahren, hatte die Reise über skizziert, die Veranstaltung dann war ganz unmöglich gewesen, die Leiterin rücksichtslos uninformiert, sie konnte nicht einmal tschechisch. Wer nicht das kalte Kotzen kriegen will, fragt besser nicht, wie so jemand in eine solche Position gelangt. Egal. Nach der Matinee mit viel Geschwätz und noch mehr Staropramen spazierte ich in Begleitung Michaela Kopetzkys, einer der miteingeladenen Künstlerinnen, durch die hochgechicte, ins Kitschgold polierte Stadt. Ich fand alles ziemlich erbärmlich, ziemlich *hot dog* und verdrießlich, Golems rutschten hier aus, so gebohnert war das Parkett. So neualt. Vollkommen *disneyficated*. Nirgends ein Aleph. Ich wollte zum Hradschin rauf, wir überquerten Richtung Kleinseite die Karlsbrücke. Die

Sonne schien wie für den Postkartenfotografen bestellt. Da lehntest Du prachtvoll am Geländer, sahst auf die Moldau hinunter. Was für ein anderes Licht aus dem Geländer brach, auf das Du Dich stütztest. Es strahlte auch aus den Steinfiguren, die auf uns hinabsahen, und der Himmel glühte wie Meer. Ich schritt benommen auf Dich zu, spürte Michaelas, die Dich nicht kannte und für irgendeine Tschechin hielt, verständnislose Blicke in meinem Rükken und wie sie kleiner wurden, immer kleiner. Du drehtest Dich um. Deine ägyptischen Augen. «Fichte, du wirst mich nie wieder los.» Wir sprachen nicht. Wir küßten uns. Saugten uns aneinander fest. Ließen Michaela zwischen den hundert Sommerfrischlern stehen. Gingen umklammert in mein Hotel und vögelten. Du hattest Dich auf gut Glück ins Flugzeug gesetzt, hast nicht einmal gewußt, wo ich untergebracht war. «Ich hätte es schon herausbekommen. Aber ich war mir sicher, Dich sowieso noch vor dem Abend zu treffen.» 1995. Wisetka kam erst danach.

Daß ich an Rom denken muß, Welle. Pforte hatte mir für den Dezember 1997 in der Villa Serpentara, Olevano Romano, einen kleinen Aufenthalt verschafft, und wir waren geflogen, Du, im siebten Monat schwanger, mit der Lufthansa, ich aus Kostengründen mit Gulf Air. Unten in Rom war es erstaunlich warm gewesen, wir schlenderten durch die Straßen, wollten etwas essen, mir ging es mal wieder nicht schnell genug. Außerdem hatte ich die Pizza scharf bestellt, was ich bekam, war labbrig. Gleichgültig schob man mir gehäckselte Chili herüber. Das sei nicht italienisch! Ich ließe mich nicht neppen! Ich bekam einen Wutanfall: Ich laß mir nicht meine Ehre nehmen! Du nahmst für den Cameriere Partei. Ich gab das Essen zurück, Du Deines auch. Schon stritten wir uns auf der Straße. «Es ist sein Beruf!» rief ich. «Ich kann doch wohl erwarten, daß er mich richtig bedient, wenn er diesen Beruf hat!»

Ich hatte Dir kurz vorher aus dem Strauß eines fliegenden Blumenhändlers eine Rose geschenkt, die warfst Du zornig vor meinen und den Augen der Leute weg, die stehengeblieben waren und uns nun voll amüsiertem Interesse zusahen. Das brachte mich erst recht auf. Und auch Dich.

«Immer sollen alle gleich springen, wenn du etwas willst! Wer bist du denn, Fichte?! Mehr wert als andere?! Glaubst du das wirklich?! Werde endlich mal bescheiden!»

«Ich verlange, daß sie richtig tun, was sie tun! Ich muß das auch!»

«Ja! Ja!» schriest Du. «Immer du! Immer sollen alle sein wie du!»

«Deine Bescheidenheit geht mir am Arsch vorbei!»

«Du bist so beschissen hochmütig, Fichte!»

«Glaubst du, ich hätte mit Demut die Höllenpaläste geschaffen?!»

«Na klar, deshalb sollen auch immer alle anderen demütig sein! Deshalb läßt du großer Künstler dir ja so gerne die Füße lecken!»

Daß Du das nun hier in den Streit bringen mußtest. Meine, *unsere* Intimität zuschliffst und wie ein Messer führtest. Zwei Wochen später, ein anderes Messer, eines in Dir, zucktest Du zusammen, mitten auf der Via del Corso, schriest leise, griffst Dir unter den prächtigen Bauch, nie habe ich, wie prall Dich Julian machte, als Dicksein empfunden, das kam erst später, nach seiner Geburt. Du schriest noch einmal, gingst sogar in die Hocke, ich fing Dich. Dann war der Anfall vorüber. Du warst sehr weich in den Knien, den ganzen Rückweg mußte ich Dich stützen.

«Irene, wir sollten besser zu einem Arzt.»

«In Rom? Bestimmt nicht.»

Der hiesige Kulturattaché hatte auf einem Empfang gescherzt: Was tut ein Deutscher, wenn er in Italien krank wird? Nun? – Er wendet sich an die Lufthansa.

Es hatte keinen Sinn, in Dich zu dringen.

XXIII

«Ich bin in einer halben Stunde da. Komme mit Boone. Geht das okay?»

Eine SMS von Dir. Es war der Vorabend meines Geburtstags. Es wurde Kalkreuths Wiedergeburtstag, das ahnte ich nicht.

Ich saß an dem neuen Zeichentisch, den Du mir bei unserem letzten, diesem unseligen Weihnachten geschenkt hattest, damit ich endlich einen Platz in unserer Wohnung fand, damit ich wisse, ich gehörte auch hierher, zu uns, nicht nur in mein Atelier. «Schade, daß Du nicht von selbst und viel früher hast ankommen wollen!» schriebst Du in Deiner wütendsten Mail. Du hattest tags gejobbt, und ich hatte den Kleinen schon gebadet und zu Bett gebracht. Im Kühlschrank lagen zwei Flaschen Sekt, ich freute mich so sehr, etwas zur Ruhe gekommen zu sein und nachher mit Dir, meiner Frau, nicht nur auf mich, nein, auf uns anzustoßen. Wir gehörten zueinander. Wir würden uns nie los.

«Komme mit Boone.»

Was sollte ich tun?

«Geht das okay?»

Hätte ich ein Nein zurückschicken sollen? Es war Nötigung. Das feindliche Heer hatte sich gesammelt, das meine den Nachmittag im Lexotanil vor sich hingedöst. Ich war längst zu geschwächt, um auch nur ein Scharmützel klaren Kopfes durchzustehen. Es wurde die bitterste Schlacht, und ich verlor, indem ich mit aller Kraft, derer ich noch fähig war, den Gegner in die Knie zwang. Ich weiß nicht, woher ich sie nahm. Da hast Du Dich auf die Seite des Besiegten geschlagen, weil Du schon so sehr Herrin warst. Was Du nicht mehr aufgeben konntest. «Vielleicht hab ich im letzten halben Jahr ja meine Dominanz entdeckt.» Du hattest die Schwäche lieben gelernt. Weil sie nachgiebig ist. Weil sie weich ist. Weil sie, Irene, menschlich ist. Sogar, daß er feige war, hat Dich an Boone nicht gestört. Daß er zugab, auch künstlerisch zu Kompromissen bereit zu sein. Die er nicht einmal für sich selbst eingestand, sondern seinem Compagnon, mit dem er komponierte, in die Schuhe schob. Ich kann Dir nicht sagen, wie widerlich mir so etwas ist.

Wolltest Du mich am Boden sehen? Du konntest doch nicht ernsthaft glauben, einer wie Boone und einer wie Fichte könnten auch nur im selben Zimmer atmen? Bereits im Herbst hattest Du mit Irritation darauf reagiert, sechsundzwanzig Jahre alt geworden zu sein. So plötzlich. Das sollte es nun gewesen sein? Alle Abenteuer vorüber? Du warst jung und wolltest, wie Du dann immer wieder mailtest, Deinen ‹Spaß› haben. *Spaß* wurde nun Dein Lieblingswort. So warfst Du Boone und mich zusammen. Aber hatte nicht ich selbst vor einem halben Jahr einen ganz ähnlichen Gedanken, als das mit Ines herausgekommen war? Hatte nicht auch ich gedacht, Euch irgendwie miteinander decken zu können? Flotter Dreier, so in dieser Richtung. Und dann hattest Du, als ihr das erste Mal aufeinandertraft, in der Handtasche eine Pistole gehabt, die Thomas Dir gegeben hatte. Ich wußte davon nichts. Obwohl ich auch so etwas hätte ahnen können; wehrhaft bist Du ja immer gewesen. «Sieh dich vor dieser Frau vor. Wenn es ihr auf etwas ankommt, kämpft die mit Gift.» Von dieser Bemerkung hatte mir Ines, eine eigenartig distanzierte Skepsis in der Stimme, zwei Wochen vor Eurer Begegnung erzählt. Als ich von der Pistole erfuhr, meine Güte, Irene, wie ich Dich liebte dafür! Ganz heiß, wie einst, wie in Wisetka, wie davor. Als hätte es unser Unglück niemals gegeben, keine Wutausbrüche, keine Tränen. Erst recht nicht «Du bist derart fett!» Gar nichts davon. Nur bedingungslose Bewunderung, so daß Du ein weiteres Mal schwanger wurdest. Die Abtreibung dann. Damit gabst Du auf. Mich auf. Hattest das Kind aufgegeben, Dich aufgegeben. Und Boone fand die Spalte, in die sich sein Hebelchen hineinhämmern ließ.

Das Künstlerfest in der Akademie. Das war ganz anders als damals Deine Begegnung mit Lu. Ines gegenüber bliebst Du Frau. Wir setzten uns ab, zu dritt, landeten lange nach Mitternacht in einer Kneipe. Ihr spracht miteinander. Für mich war Ines vorbei. Nicht für Dich. Du hattest nur noch Augen für sie, ich war in die Ecke gestellt. Ihr lachtet, ich erhob mich und ging, ging heim, schloß leise die Haustür auf, um Julian und das Kindermädchen nicht zu wecken. Du bliebst die ganze Nacht fort, kamst vormittags gegen zehn, gabst mir einen Kuß und schwiegst. Ich fragte nicht. Wir frühstückten. Ich zitterte innerlich, Du schienst völlig gelöst zu sein, geradezu heiter. An diesem Tag, einem Sonntag, bin ich daheim geblieben. Rief heimlich, übers Handy, Ines an.

«Was ist passiert?»

«Hat Irene nichts erzählt? Dann hörst du auch von mir nichts.»

Als ich Montag früh in mein Atelier kam, lag dort unsere alte Matratze, meine Ateliermatratze, die ich, seit ich nicht mehr dort schlief, in einer Ecke verkeilt hatte, und das hervorgekramte Bettzeug war verwühlt. Du glaubst nicht, Irene, wie ich lächeln mußte. Was wirklich geschehen ist, habe ich nie erfahren, nicht von Dir, nicht von Ines. Habt ihr miteinander geschlafen? Seid ihr bloß nebeneinander in erschöpfte Träume gesunken? Habt ihr Stunden über Stunden geredet, wie wir, Irene, hätten reden müssen? Wie Du mit Boone geredet hast? Gelöst hatte sich damit allerdings nichts, ich vögelte nur nicht weiter mit Ines. Du bist ihr feindlich gesonnen geblieben. Und wolltest nun Boone und mich vereinen. Der mir schon körperlich unangenehm war, der zuckende Bewegungen wie die Junkies an sich hatte, mit denen ich in der Zeit meines Zivildienstes so viel umgegangen war. «Er ist kein Junkie!» schriest Du mich an, obwohl Du weißt, welche Rolle Ecstasy und Koks in seiner Szene spielen. Du hattest ohnehin Deine Erfahrungen damit gemacht. Ich nie. Auch das nagte an mir. Doch nach der Blutschlacht ließ mich Boone gar nicht mehr los. «Er würde so gerne alles bereinigen, Fichte. Bitte, er würde so gern mit uns beisammensitzen und, wenn du es wünschst, sich auch entschuldigen. Obwohl er keine Schuld hat. Obwohl du zuerst ihn angegriffen hast. Er würde alles tun, damit wir in Frieden leben können.»

In Frieden leben? Mit ihm? Gewiß nicht damals und, Geliebte, wahrscheinlich nie. Ich werde ihm, daß Du mich in die Blutschlacht zwangst, nicht verzeihen. Daß Du mich dem aussetzen wolltest, mit ihm und vor ihm unsere Liebe zu diskutieren. Daß Du unseren Kleinen alleine ließt in dieser Nacht, um Boone zu folgen. Daß Du um ihn besorgt warst, nicht um mich. Daß Du ihn zum Arzt brachtest, nicht mich. Daß Du – als überall dieses Blut war, auf dem Boden stand es in Pfützen voll zersplitterter Flaschen und Gläser, auf der Platte meines umgekippten neuen Zeichentischs haftete es, endlich war ich angekommen, und überströmte fett mein Gesicht – daß Du da mit ihm gingst, nicht bei mir bliebst und, noch einmal, nicht bei unserem Kleinen. «Ich bin gegangen, weil ich wußte, daß du dann ruhig würdest … Julians wegen ruhig würdest.» Die ganze Matratze hatte sich mit dem Blut vollgesogen, als Du mich rittst, das letzte Mal rittst vor der Geburt, Du mußtest auf mir sitzen, weil Julian nicht länger erlaubte, daß ich von oben stieß. Es war sehr dunkel gewesen, nachts, wir wässerten uns, wie der Mond den Meeren ihren Rhythmus gibt, auch das Blut kennt die Tide, Springfluten, Nippfluten. Das Zimmer war jauchzergefüllt, es stöhnte, schrie, wollte sich verschießen, versprengen, alles Geschlechtsgischt, Brandung, das Meer, das Kliff, der Wind Deines böigen Atmens, das abgehackte Crescendo des meinen.

«Gib mir, gib mir!»

«Ich will dich!»

«Ich halte dich!»

«Ich halte dich!»

«Ich liebe dich.»

«Irene!»

«Fichte!»

Und mittendrin, ich dachte, du pinkelst, was ist das? Ich lachte. Ich dachte, die Fruchtblase sei Dir geplatzt. Plötzlich hatte das Meer die Wände durchschlagen und beleckte die Zimmerdecke, durchströmte Deinen Schreibtisch, die Stühle, die Bücherregale, Deinen alten, weißgestrichenen Kleiderschrank. Ich lachte noch immer, mein Bauch vibrierte.

«Irene, was machst du?»

Du bewegtest Dich nicht mehr. Ich lag in dem ganz warmen, klebrigen Naß und Du hocktest darin.

«Ich weiß nicht, Fichte, ich weiß nicht.»

Wir waren beide viel zu verwundert, um erschrocken zu sein. Es war nicht unangenehm, es war lediglich überraschend. Die zerfaserten Blätter der Laichkrautgewächse flatterten in den Strömungen wie Fahnen und wir wehten, befingert, mit. Wie so etwas hatte hereindringen können, wenigstens dreihundert Kilometer von jeder See entfernt! Die Matratze ein einziger Schwamm. Der Meeresgrund Poseidonienrasen.

«Liebst du Irene?» Das war der erste Satz, den ich sagte, als ihr hereingekommen wart. «Was ist Liebe?» fragte Boone zurück. Ich: «Ich fühle, was sie ist.» Er: «Jeder fühlt sie anders.» So feige. «Erkläre mir mal», sagte er, «was du für Liebe hältst. Dann sag ich es dir.» Ach, feige! Zweieinhalb Stunden brauchte er, um es zuzugeben, dieser häßliche Mann mit den Zylindergläsern, mit einer Glatze wie meiner, natürlich ganz in Schwarz gekleidet, wie sich das für einen Techno-Guru gehört, ich, wie sich das für einen Fichte gehört, in Anzug und Krawatte Euch gegenüber, denn selbstverständlich hast Du Dich zu ihm gesetzt. Erst später nahmst Du einen Stuhl. Da war die erste Angriffswelle vorüber, da bluteten wir schon. Du nicht, Du sahst nur zu. Warst hilflos, immer wieder so hilflos bemüht. Doch es schmeichelte Dir auch, wie unsere Wohnung Arena wurde, in die Du Gladiatoren hineingehetzt hattest. Nach Schmeicheleien warst Du seit jeher süchtig. Denn Boone war von Dir überredet worden, er hatte gar nicht kommen wollen. «Mach Dir keine Sorgen», hatte ich in mein Handy getippt und die SMS dann abgeschickt. Anstatt, daß ich ging. Ich konnte es nicht, Julian schlief nebenan. Du pufftest Boone in den Oberarm, ihr albertet, alles vor meinen Augen, kindlich, ein Mädchen, er kicherte, ein Junge, nicht minder kindlich als Du. Keine vier Jahre jünger als ich. Es gefiel Dir, mich zu verletzen. Du hast es immer geliebt, wenn andere von Dir abhängig wurden. Das war auch Boone. «Du willst also der Vater meines Sohnes werden.» Abermals wich er aus. «Fichte, was soll das?» riefst du. «Sprecht doch vernünftig miteinander!» Du kriegtest mich schon noch klein.

Wir holten den Sekt. Wir tranken zwei Flaschen. Er sprach nur Englisch. Ich sollte mich, Dich, uns so weit entfremden, daß ich mein Innerstes ins unvertraute Idiom hinüberstotterte. Uns einander unvertraut machen. Endlich war ich angekommen, noch stand der Zeichentisch. Da lernte Fichte, was Kalkreuth immer schon wußte: daß es ein Zuhause nicht gibt. Dieses Wissens wegen hatte ich Kalkreuth zum Schweigen gebracht. Du gingst hinaus, um beim Türken eine Flasche Wein zu kaufen. Boone versuchte eine freundlichere Konversation. «Was sie hier mit uns macht ...», sagte er. Momentlang saßen wir neben uns. Du kamst zurück.

Endlich faßten wir uns, und Du hobst Dich von mir herunter, meine Beine, mein Rücken klebten auf dem Laken, ich rollte mich aus dem Bett und machte Licht. Alles war voller Blut, die Decken, die Matratze, Dein Unterleib und mein Körper vom Bauch an bis zu den Waden hinab. «Um Gotteswillen!» Wir riefen sofort einen Krankenwagen, wir hatten solche Angst um das Kind. Ich hatte solche Angst um Dich. Ich duschte mich schnell ab. Die Feuerwehr kam. Einer der Männer leuchtete Dir mit einer Taschenlampe ins Geschlecht. Ich suchte die wichtigsten Dinge zusammen, dann brachte man uns mit Martinshornjammern in die Friedrichshainer Klinik. Kalter Nachtbetrieb. Die junge Ärztin schob ein Spiegelbesteck in Dich hinein. Es muß sehr weh getan haben. Du schriest. Sie war ungeschickt, setzte neu an, nochmals neu. Du schriest immer wieder. Der Muttermund hatte sich bedrohlich geöffnet, wir hielten uns bis zum Morgen in diesem Krankenhaus auf. «Ich möchte hier nicht bleiben, nicht eine weitere Nacht. Bitte, Fichte, können wir nicht anderswo hin?» Chefarztvisite, ein arroganter Mann, der es genoß, vor uns die Geheimnisse zu machen, die er draußen mit seinen Studenten besprach. Ich telefonierte mit der anderen Klinik, der, die wir uns zwei Monate vorher ausgesucht hatten, Mariahilf, Pankow, du hattest eine Wassergeburt gewollt. Eine Meeresgeburt. «Wir nehmen Sie gerne, aber wir haben keine Pränatalstation. Wenn etwas schief geht, müssen wir Ihre Frau nach Buch überweisen.» Wir beratschlagten kaum, unterzeichneten das Formular. Auf eigenes Risiko. Keine Verantwortung. Kein Versicherungsschutz für die Fahrt. Kopfschüttelnd sahen die Ärzte und Schwestern uns nach, als wir bepackt, Du immer noch gebeugt, das Klinikum verließen.

«Du willst also meine Frau.» Wir waren bereits sehr betrunken. «Sie ist nicht deine Frau.» «Sie ist meine Frau!» «Das entscheidest nicht du.» «Also liebst du sie?» Immer noch Ausweichen, Schweigen. Feiger Arsch. «Unterhaltet euch doch einmal über Musik», schlugst Du vor. Wir fingen damit an, da war erst recht kein Verständnis möglich. Er kannte sich in der Ästhetik nicht aus, kannte nicht Hegel, nicht Schopenhauer, nicht Adorno, geschweige Boulez. Die ganzen kunsttheoretischen Überlegungen der Moderne waren ihm fremd. Er hatte keine Bildung, es war nicht einmal auf Englisch schwer, ihn zu überführen. Aber Dich, Irene, störte das nicht. «Du hörst ihm nicht zu, Fichte.» Und wiederholtest Deinen alten pubertären Satz: «Er spricht zum Herzen, du bist immer nur Verstand.» Ich hätte höhnisch lachen, höhnisch lachend gehen sollen! Aber hörte mir zweidrei seiner Stücke an, mit dem Kopfhörer. Das Zeug war entsetzlich, war lächerlich. Du wolltest, daß ich nachgab. Daß ich aufgab. Und dann wolltest Du, daß wir über unsere Beziehung mit ihm sprachen. Ich weigerte mich. «Fichte, ich will jetzt mit dir reden!» «Nicht in seinem Beisein!» «Sehr wohl in seinem Beisein!» «Auf gar keinen Fall! Sag ihm, daß er verschwinden soll!» «Er bleibt hier!» «Geh!» schrie ich Boone an. Er: «Nur wenn Irene das will.» «Ich habe ihn mitgebracht, ich möchte ihn hierhaben», sagtest Du. Was sollte ich tun? Ich konnte nicht fort, hätte mein Kind alleingelassen. Hätte Dich aufgegeben. Hatte nicht die Übersicht, mich einfach in Julians Zimmer zu legen und euch meinetwegen sich miteinander vergnügen zu lassen. So sprang ich hoch, packte Boone am Kragen, riß an ihm. Er wehrte sich, schlug zu. Ich schlug zurück. Du schriest. Wir rangen, schlugen, rangen. Du warfst Dich dazwischen, zerrtest uns auseinander. Ich rief die Polizei an. Wer sei denn Mieter der Wohnung? wollten die Beamten wissen. Wir beide, sagte ich. «Dann hat Ihre Frau das Recht, einen Gast mitzubringen. Da können wir nichts machen.» «Aber er hat mich geschlagen.» «Sollen wir eine Streife schicken?» Ich wurde unschlüssig. Du übernahmst das Telefon. «Nein, nein, lassen Sie mal. Wir haben das wieder im Griff.» Aus dem Kinderzimmer Weinen, ein erstes Mal stand der Kleine in der Tür. Du gingst zu ihm, nahmst ihn, legtest ihn in unser gemeinsames Bett. Ich saß Boone gegenüber. Er reichte mir ein Taschentuch, damit ich mir das Blut aus dem Gesicht wischen könne. Ich schlug es ihm aus der Hand. Beide allein, er, ich. Du mit dem Kleinen in Deinem Zimmer, wo unser Bett stand. Ich rief eine mütterliche Freundin an, es war schon lange nach ein Uhr nachts, sprach mit ihr, weinte, schimpfte, ließ meine ganze Verzweiflung heraus. Sie versuchte, mich zu beruhigen. Du immer noch in Deinem Zimmer. Und diese miese Abscheulichkeit, die Du mir vorzogst, in unserem Wohnzimmer. «Dieser Junkie nimmt mir meine Frau! Wenn du sehen könntest, Lydia, wie häßlich er ist!»

Er stand jenseits des Tischs, trat junkiehaft von einem Fuß auf den anderen und zischte in abgehacktem Rhythmus: «Fuck you! – fuck you! – fuck you!» «Pressen! Pressen! Pressen!» Du hattest Dich halb aufgerichtet und hieltest Dich an der Kopflehne des Geburtsbettes fest. «Ich möchte eine Spritze!» Du weintest. «Eine Spritze, bitte!» Du hattest den ganzen Monat über liegen müssen, die Geburt sollte auf die 32. Woche hinausgezögert werden. Was auf den Tag genau gelang. Wie freundlich alle waren, welch helles Zimmer man Dir gab. Dennoch. Dir, die niemals jemanden Fremdes in sich hineingreifen lassen wollte, täglich Untersuchungen, ständig Wehenschreiber, Tabletten, dann Spritzen, schließlich der Tropf. Dein Körper war so stark! Und unser Kleiner war stark. Wollte hinaus. Was für eine Quälerei! Nicht einmal zur Toilette zu gehen, erlaubte man Dir. Aber Du hast Dich durchgesetzt, nein, nicht auch die Pfanne noch! Heimlich schobst Du das fahrbare Gestell mit der Apparatur vor Dir her, mit Dir mit, und erleichtertest Dich bis zum Ende des Klinikaufenthaltes zivilisiert. Jeden Tag war ich stundenlang bei Dir. Ich brachte Skizzenblöcke mit, stellte in Deinem

Zimmer zwei Tische aneinander, wir sprachen, ich umsorgte Dich, arbeitete, umsorgte Dich wieder. Ich war da, einfach da. In meinem Atelier hielt ich nur das Notwendigste aufrecht. Stellte kleine Musikboxen auf, damit wir Dir die tragbaren CD- und Cassettenabspielgeräte anschließen konnten, kopierte, zur Genesung, zum Mutmachen, die Goldberg-Variationen, zwei Aufnahmen, beide von Gould, 1955, 1981, immer hilft Musik. Sie tötet aber auch, grenzt aus. «Fuck you! – fuck you! – fuck you!» Drohendes Stakkato, die Techno-Sprache eines menschgewordenen Maschinengewehrs, ich hatte, begriff ich, einen meiner Biomechanoiden im Raum, der rechts auf den Fuß trat und links auf den Fuß trat, die Hände dabei immer zackig haßvoll im Takt. «Keine Ringe, Fichte. Aber vielleicht ein Tattoo.»

Dein Zimmer wirkte wie ein Aufnahmestudio, derart verkabelt warst Du mit Tropf und Anlage und dem kleinen Fernsehgerät, das ich für Deine langen Abende geliehen hatte, und überall lagen meine Stifte herum. Noch einmal die Stimmen der Jünglinge im Feuerofen, noch einmal Stockhausen, aber gewendet: Selten gelangen mir so klare Gesichter wie auf dieser kleinen Serie: «Für Julian I–IX». Derart nah war ich bei Dir. Und jetzt stand dieser Typ da und zischte immer weiter: «Fuck you! – fuck you! – fuck you!» Und kam näher. Du liebkostest nebenan unser Kind in den Schlaf. Ich heulte und zeterte unausgesetzt ins Telefon. Ich beschimpfte ihn, verfluchte ihn, der noch näher kam, immer noch näher, skandierend, das hohle baßdumpfe Pochen des immergleichen Schlags, Gewaltschlags, dieser aggressiven, entmenschten Musik, die einem mit dem Baseballschläger aufs Herz hieb. «Bleib da stehen, du faschistisches Arschloch, hör damit auf!» «Pressen! Pressen! Pressen!» Immer wieder maßen die Schwestern die Herzfrequenz des Säuglings, man gab Dir eine gefäßerweiternde Spritze in den Muttermund, Du schriest wieder, eine Elektrode wurde am Köpfchen des Kleinen befestigt, den die Ärztin bereits sah. Du blutetest schon. Und wieder: «Eine Spritze, bitte, Fichte, befiehl ihnen, mir diese Rückenmarksspritze zu geben!» Deine Fingernägel stießen sich mir in den Unterarm, krampften, auch ich weinte, so verschlungen waren wir ineinander, so fest umklammerte ich Dich. «Fichte …! Fichte …!» «Fuck you! – fuck you! – fuck you!» «Du sollst da stehenbleiben, Schwein!» «Pressen!» «Eine Spritze!» Die Schwestern sahen mich an. Boone kam weiterhin näher, stand jetzt fast auf Atemnähe vor mir. Ich konnte doch gar nichts entscheiden, es war *Dein* Körper, Irene, und ich merkte, daß Ärztin, Hebamme und Schwestern nicht wollten. Daß sie Dich das ohne Betäubung wollten durchstehen lassen, daß sie glaubten, daß Du das schafftest. «Da müssen aber erst Formulare ausgefüllt werden», sagte die Ärztin. Formulare! Mitten in den mächtigen, kurz aufeinanderfolgenden Wehen! Ich streckte Boone die linke Handfläche entgegen, eine der Schwestern ging langsam hinaus, diese Formulare zu holen. Ich sah ihr nach: Wieviel Zeit sie sich ließ! Den Moment nutzte Boone, drehte sich weg, griff sich vom Tisch die hohe Pfeffermühle, sprang auf mich zu, hieb sie mir über den Schädel. Ich ging in die Knie, das Telefon schleuderte mir aus der Hand. Schon war ich ihm am Hals. «Du mußt lernen, Junge, zurückzuschlagen.» Ich preßte. Seine widerliche Brille war ihm aus dem Gesicht geflogen, als er fiel, weil ich mich auf ihn geworfen hatte und weiterpreßte. Er rang um Atem. Umbringen. Ihn aus der Welt schaffen. Irgendwie kam der Zeichentisch, endlich zuhause angekommen, zu Fall, die lose Platte rutschte vom Gestell und krachte auf ihn und mich drauf. Diesen Lärm hattest Du mitbekommen, standst plötzlich im Zimmer, schriest: «Laß ihn los, Fichte! Das ist unfair, Fichte! Er ist doch halb blind!» Ich preßte seine Gurgel zu, am liebsten hätte ich mich verbissen in ihr, sie ihm aufgerissen, aber ich kam nicht ran. Er hieb von unten in meine Weichen, ich drückte nur noch weiter zu. Fester zu. Noch fester. «Pressen! Pressen!» Nicht fest genug preßte ich, nicht einmal seine Zunge guckte vor. Also durchhalten. Einfach festhalten und drücken. Er schlug und strampelte und schlug. Ich preßte, ich spürte nicht den geringsten Schmerz. Nur Haß, Irene, solchen Haß. «Es kommt! Das Kind kommt!» Solche Liebe. Für die Spritze war es unterdessen zu spät. Du warst auf den Rücken gedreht, ich lag halb über Dir, halb um Dich, Dein Gesicht atmete in meiner linken Achselhöhle, so sogst Du mich in Dich hinein, meine ganze Kraft. Alles war naß, weil wir so weinten, weil so viel Blut aus Dir herausquoll, etwas Urin, das Fruchtwasser und einmal ein Fitzelchen Kot, den die Schwester mit einem Tupfer wegnahm. Was uns in unseren Rasereien nie restlos gelungen war: ein einziges Geschöpf zu werden, gelang uns nun, wir hätten die Geburt ohne einander kaum durchgestanden, «Ohne dich, Fichte», sagtest Du einmal, «hätte ich das nicht geschafft.» Und ich nicht ohne Dich. Du packtest mich von hinten, während von unten Boone schlug, Du zerrtest an mir, solche Angst hattest Du um ihn. «Ich sehe ihn, ich sehe sein Köpfchen!» rief ich. Immer noch zerrtest Du wütend an mir, auch Du haßerfüllt, «Fichte, laß ihn los!» Da kam Julian aus Dir heraus, nein, kam nicht, er flutschte in einer eleganten, glitschigen Hülle in die Welt, die riesige blaue, geradezu leuchtende Nabelschnur, die ich dann, zweimal ansetzend, um sechs Uhr fünfundfünfzig durchschnitt, wie ein durchströmter Schlauch aus opalisierendem PVC an ihm dran. «Du sollst ihn loslassen!» Und zerrtest. Er, von unten, hieb weiter und weiter. «Wir gehen jetzt», sagtest Du, «wir gehen jetzt sofort. Komm, Boone, steh auf.» Du suchtest seine Brille aus dem Blutsee, den Scherben, den hingestürzten Büchern, Flaschen, Julians Kinderzeichnungen. Reichtest sie ihm. «Das genügt jetzt, Fichte.» Ihr standet bereits in der Wohnungstür. «Du gehst mit ihm?» schluchzte ich. Da heulte auch unser Kleiner wieder, da torkelte er auf seinen Füßchen ein zweites Mal aus dem Schlaf, stand im Rahmen zu Deinem Zimmer, weinte, weinte. Und Boone beugte sich vor, beugte sich ihm zu und, indem er mehrmals den Zeigefinger seiner rechten Hand locken ließ, sprach er diesen Satz: «Come with me, little one, come with me.»

Wie wunderbar unser Kind war! Sie gaben Julian für anderthalb Stunden ins Sauerstoffzelt, dann war die kritische Phase vorüber, wir saßen die ganze Zeit dabei, steckten unsere Finger durch den Schlitz, den Kleinen zu berühren. «Wir sind bei dir. Papa und Mama sind bei dir. Sie werden dich niemals verlassen. Du mußt keine Angst haben, Kleiner.» Wir weinten immer wieder. Wir lachten erschöpft. «Legen Sie sich doch etwas hin, Frau Adhanari, Sie brauchen jetzt Ihre Ruhe.» Aber Du gingst von Deinem Sohn nicht weg. «Ich hab es geschafft, Fichte. Ich habe es ganz ohne Spritze geschafft.» Es gibt einen unendlich glücklichen Stolz. «Herr Fichte, würden Sie...? Wegen der Papiere...?» Ich schloß die Tür, in meinem Arm den Kleinen. «Die Mama... die Mama...», weinte er. Ihr standet noch draußen, ich hörte das, aber konnte nichts mehr tun. Ich mußte die Scherben wegbekommen, Julian beruhigen, damit er wieder schlief, ihn streicheln, ihn küssen. Und weinte wie mein Kind. Weinte, Irene, selten habe ich so geweint. Nur bei Julians Geburt. Und als Du Dich trenntest. Als unser Kleiner zum ersten Mal auf Deinem Bauch lag und Eure Körper sich trennten. Da hast auch Du, wie jetzt ich, geweint. «Ach nein», seufztest Du und weintest. Wenn es auf etwas wirklich ankommt, dann ist es immer naß. Und salzig. «Ach nein.» Immer wieder, als er auf Dir lag, das verklebte Köpfchen zwischen Deinen Brüsten. Der Gnom war noch so wunderbar häßlich. Und krächzte, das Frühchen. «Ach nein», seufztest Du. Wieder und wieder. So kam Julian auf die Welt. Ein kleiner Dionysos, Irene, so sah er aus.

XXIV

«Wir haben einen Jungen, Fichte, der wird uns ewig verbinden», hast Du einmal gesagt. Ich weiß nicht mehr, wann. Welch neuen Inhalt mit einem Mal unsere Sätze bekommen. Und abermals bekommen werden. Und wieder. Nichts ist für immer. Es ist dunkel geworden, das geht hier manchmal von nun auf jetzt. Als wäre ich in Afrika. Tatsächlich liegt der Capo delle correnti südlicher als Tunis.

Ich bin aufs Kliff hoch. Wieder haben junge Leute in einem wackligen Blechgrill ein Feuer entfacht, die Holzkohle zum Glühen gebracht und braten sich nun Fleisch und Gemüse, ich habe sogar ein paar Kartoffeln gesehen. Eine Frau am Feuer füttert ausgelassen ihre Freunde mit einer weißen Plastikgabel. Ein hübsches blondes Mädchen singt und schunkelt im Stehen. Dazwischen wippt ein Kind auf den Knien des Vaters. Das Kofferradio plärrt italienischen Schlager, so macht sich die Gruppe Gefühle. Du wirst es nicht glauben, ich spüre auch dieses Mal keine Abwehr, sondern lächle, was aber auch schon, eigentlich, arrogant ist. Dennoch, die Kugel ist still. Als traute sie sich in solcher Meeresnähe nicht mehr aus ihrem Versteck. Oder als hätten die Strömungen sie weggespült. Ich bin anders als andere. So ist es. Damit leben. Mich nicht länger in Fichte verstecken. Die Dinge laufen lassen. Fließen lassen. Wir sind allein auf die Welt gekommen, wir gehen alleine. Alles dazwischen sind Begleitungen für einen Zeitraum. Wir hatten, Irene, eine herrliche Liebe, eine furchtbare Liebe, da wurden wir uns beide nicht los. Dann kam ein anderer Mann, es kommen auch noch andere Männer. Es werden andere Frauen kommen. Auch wenn Du in mir bleibst. Für eine Art Ehe, wie wir sie uns wünschten, haben wir beide nicht getaugt. Ich hatte das von mir gewußt, aber Du hast Dir den Einzigen so sehr erhofft, daß Du mich, Julian v. Kalkreuth, der ebenfalls auf eine Einzige hoffte, zu Deinem Gatten machtest. Darum rebellierte Fichte. Vielleicht taugt die Ehe für keinen Menschen, der sich nicht abfinden möchte und sein Leben nicht auf Angst stellt. Auch für Dich nicht, Irene. Auch für Dich und Sascha nicht.

Ich rief die Polizei an, ein Protokoll wurde aufgesetzt, es kam zur Strafanzeige, die Sache wurde niedergeschlagen. Du wolltest noch einmal zu mir. Kamst. Ein letztes Mal hob sich die kleine Familie in uns. Doch im Seegang rollte weiterhin Boone. Du fuhrst allein für zwei Wochen nach Indien, kehrtest einen Tag früher zurück, um mich, noch Deinen Mann, zu überraschen. Wie herrlich dunkel Du warst! Wie Deine Zähne leuchteten! Wir vögelten nicht, Du warst viel zu müde, auch am nächsten Tag. Wir kuschelten uns aneinander. Montags mußte ich eines Vorgesprächs wegen nach Köln, nahm Dienstag sehr früh den Zug zurück, weil ich wußte, Julian war im Kindergarten, Du wärest zuhause, wir hätten endlich für uns Zeit. Auf dem neuen Zeichentisch lag eine Nachricht: «Bin mit Boone zum Frühstück.»

Als wir uns spätnachmittags am Kindergarten trafen, gab es deshalb Streit. Ich stellte Dich vor die Alternative: Er oder ich. Du warst verzweifelt. Warst Deinem Felsen so fern. Schriebst erst Boone einen Abschiedsbrief, dann Julian diesen kleinen Zettel und setztest Dich an den U-Bahn-Damm, um zu springen. Aber es gibt keine Delphine in Berlin, weshalb Du den alten Freund aufsuchtest, der Dich an mich verloren hatte. Es war wie ein Zyklus. Du wolltest Dich auch von Thomas verabschieden, von allen anderen Freunden, wenn Du Boone nicht behalten durftest. Acht Stunden redetet ihr, dann riefst Du mich an. «Ich weiß, Fichte, das ist nicht gut am Telefon.» So trenntest Du Dich. Ich kämpfte zwei Wochen. Es war vergebens. Wir mailten uns, ich schrieb bittende, bettelnde, wütende Briefe. Schlug immer nur noch mehr kaputt. Erfuhr von Deinen Männergeschichten. Jagte nach Wisetka, vergrub mich in dem Bunker, um mich war alles Höllenpalast. Die Kiefern, die Buchen, das Kliff. Ich spazierte die Dünung entlang, hörte Dich. Ich sah auf das aufgepeitschte Wasser bei Sturm, hörte Dich. Immer wieder zerstörte ich die Skulptur. Sie gelang nicht. Sie wurde so schön. Deshalb fuhr ich Dich suchen. Zwei Jahre ist das her. Fast genau vor sieben Jahren hast Du das erste Mal vor mir gestanden. Du, Irene Urmi Adhanari. Dein deutscher Vorname hat Dir nie gepaßt.

Der Mond steht hoch, das Wasser ist ruhig. Bisweilen gluckert es irgendwo, aber man hört das kaum durch die Musik der jungen Leute hindurch. Fast alles eine Masse dunklen Blaus. Nur das Lagerfeuer leuchtet und, weit hinaus, fast am Horizont, glimmen Schiffs- und Bootslichter, Rot unten, Weiß oben. Selbst die Moskitos ruhen. Ich möchte schwimmen, hinausschwimmen, in weiten, sicheren Zügen dorthin gelangen, wo Kalkreuth und Fichte eines werden, hochgehoben vom Meer, fallengelassen, aufgelöst, ineinander wieder, ganz wie sich die Küsten übers Wasser berühren, das Mittelmeer hier vor Sizilien, Dein indischer Ozean, Irene, und die Ostsee vor meinem polnischen Kliff, das immer schmaler wird und mich merken läßt, endlich merken läßt: Das ist Liebe. Also habe ich Dir jetzt die Antwort gegeben. Die Liebe nagt am Kalk, wie ich immer an Deinen Ohrläppchen nagen wollte, was Du nicht zugelassen hast, sie leckt, wie ich Dich leckte, sie streicht mit ihren langen, endlos langen flüssigen Fingern über die Erde, und ihr Kuß ist ganz Deiner. Es sind geöffnete Lippen, die es einatmen, das Kliff, auch das bernsteinfarbene hier, es lösen, in seine Elemente lösen, neu verteilen, ein Stäubchen hierhin, ein Sandkorn dahin, und die Moleküle kombinieren einander zu wieder neuer, wechselnder Gestalt. Wenn morgen die Sonne wieder aufgehen wird, wird sie mich hier immer noch finden, damit ich auf Deinem Felsen Abschied nehmen kann, und wird dem Meer entgegenleuchten, einer flachen riesigen Ebene aus Licht, die sich über die Wogen deckt und sie vergoldet, damit die Delphine etwas haben, wo sie prachtvoll hindurchspringen können.

Nein, es fällt mir nicht leicht zurückzukehren. Ich verlasse meine Hütte nicht gern. Aber ich habe vorhin Dein Bild abgenommen, habe es zu den neuen Zeichnungen gelegt. Wer das Leben so will, wie ich immer vorgab und glaubte, daß ich auf seiner Seite sei, der muß auch die Verwandlung wollen, die Umwandlung und das Verschwinden dessen, was wir lieben. Und den Haß akzeptieren, die Verachtung, die bleibt. Ich will wieder kämpfen, auch wenn das bedeutet, Irenes Tod nun fertigzustellen. Dort, wo Du hinausgeflossen bist, muß nächstes hineinfließen dürfen, anstelle daß da ein Fichte dauernd die Höhlung verrammelt. Ja, ich werde jetzt schwimmen gehen.

Ich bin zurück. Es ist auf Dauer noch etwas kalt im Wasser. Ich bin nahezu eine dreiviertel Stunde geschwommen, einmal nahm mich die Strömung mit, aber ich kraulte gut gegen sie an. Als ich an Land stieg, waren die jungen Leute weg, jedenfalls war es von oben irritierend still. Ich habe mir etwas übergezogen und bin den schmalen, gedrehten Weg noch einmal hochgestiegen, Asche und restliche Glut waren auf den Stein gekippt; das glomm vor sich hin. Ich habe mich dort hingesetzt. Es wäre Unsinn, Fichte zu verleugnen. Fichte ist. Aber Kalkreuth ist auch. Wen soll Julian Vater nennen? Mich? Ihn?

Wer ist er, wer von beiden bin ich? In Wisetka erwartet mich Irenes Tod, der nicht Deiner ist, Irene. Aber fertiggestellt werden will, freiwerden, ins Leben will. Damit er wirklich ins Meer gehen kann. Vielleicht helfe ich ihm dabei. Das könnte ein Fest werden. Du weißt doch, die Figuren aus Pappmaché, die von den Hindus in die Arabische See getragen werden. Kleiner elefantengesichtiger Gott, der sich auflöst, während am Strand die Jungens Böller krachen lassen. Und alle singen über Chowpatty Beach, Bombay. «Fichte, du bist nicht dein Vater.» Das ist wahr, so viel Macht gestehe ich Wernher v. Kalkreuth nicht zu, daß er den aus mir macht. «Ich freue mich, Fichte, auf ein neues Leben.» Wann hast Du das ausgesprochen? Ich weiß es nicht mehr. «Ich will wieder frei sein.» Wie alles, das mir wichtig ist, hast du viel ertragen müssen. Den Dingen, die ich liebte, mutete ich immer Strapazen zu. Meinen Schuhen, meinen Anzügen, den Materialien, den Bildern. Und meinen nahesten Menschen. Ganz wie mir selbst. Was das nicht aushält, hielt nicht. So ist Fichte. Er bekam Dich, er verlor Dich. Kalkreuth hätte Dich nicht einmal kennengelernt.

Nota

Außer Professor Dietger Pforte und dem Berliner Galeristen Nothelfer sind die vorgestellten Personen Fiktion. Viele der erwähnten Bilder sind Arbeiten Anselm Kiefers oder ihre Umkehrung («Höllenpaläste»), bzw. von ihm, sowie von Arnulf Rainer, inspiriert. Entstehungszeiten wurden der Erzählung angepaßt. Die zitierten, kaum modifizierten Kritiken sind mit Ausnahme der Nothelferschen Replik, bzw. des vorangegangenen Angriffs, der Kreienhoop unterschoben wird, original, stammen also auch von den genannten Verfassern. Darüber hinaus wurden Anleihen bei Wolf Vostell gemacht, dem der Autor sein bißchen Kunstverständnis verdankt. Die mehrmals erwähnten Biomechanoiden sowie die geschilderte Spritzpistolentechnik sind bei H. R. Giger abgeschrieben worden. Mein Wissen um Delphine wiederum verdanke ich Thomas Orthmann, der viele fragende Emails hat über sich ergehen lassen. Danke dafür.

April bis Juli 2002 · Januar und Februar 2003

Berlin
Międzycechowy/Wolinsky Park Narodowy, Polen
Portopalo di Capo Passerò und Costa dell'Ambra, Sizilien
Olevano Romano, Italien
Berlin

Die Deutsche Bibliothek verzeichnet diese Publikation in der deutschen Nationalbibliografie; detaillierte bibliografische Daten sind im Internet unter http://dnb.ddb.de abrufbar.

1. Auflage 2003

Umschlaggestaltung Ⓢ sans serif, Berlin
(Motiv: Marianne Müller, *Beine*, 1997, 150 x 100 cm, C-Print. First published in: Marianne Müller *A Part of My Life*, ScaloPublishers 1998)
Typografie Farnschläder & Mahlstedt, Hamburg
Schrift Stempel Garamond und Linotype Syntax
Druck und Bindung Clausen & Bosse, Leck
Printed in Germany
ISBN 3-936384-09-6